皇甫冉 皇甫曾 研究

The Research of Poets Huang Fu-ran
and Huang Fu-zeng in Tang Dynasty

王超 著

中国社会科学出版社

图书在版编目(CIP)数据

皇甫冉皇甫曾研究/王超著.—北京：中国社会科学出版社，2019.8
ISBN 978-7-5203-5080-8

Ⅰ.①皇… Ⅱ.①王… Ⅲ.①皇甫冉—唐诗—诗歌研究 ②皇甫曾—唐诗—诗歌研究 Ⅳ.①I207.22

中国版本图书馆 CIP 数据核字(2019)第 194255 号

出 版 人	赵剑英
责任编辑	宋燕鹏
责任校对	万建国
责任印制	李寡寡

出　　版	中国社会科学出版社
社　　址	北京鼓楼西大街甲 158 号
邮　　编	100720
网　　址	http://www.csspw.cn
发 行 部	010-84083685
门 市 部	010-84029450
经　　销	新华书店及其他书店

印　　刷	北京君升印刷有限公司
装　　订	廊坊市广阳区广增装订厂
版　　次	2019 年 8 月第 1 版
印　　次	2019 年 8 月第 1 次印刷

开　　本	710×1000　1/16
印　　张	13.75
插　　页	2
字　　数	203 千字
定　　价	68.00 元

凡购买中国社会科学出版社图书，如有质量问题请与本社营销中心联系调换
电话：010-84083683
版权所有　侵权必究

目 录

前 言 ……………………………………………………………… (1)

第一章 皇甫冉生平考 …………………………………………… (1)
第一节 皇甫冉籍贯之争 ……………………………………… (2)
第二节 皇甫冉生卒年旧说考辨 ……………………………… (9)
  一 开元二年至大历二年说 ………………………………… (9)
  二 开元四、五年至大历四、五年说 ……………………… (10)
  三 开元六年至大历六年说 ………………………………… (10)
  四 开元八、九年至大历八、九年说 ……………………… (11)
第三节 皇甫冉生卒年新证 …………………………………… (14)
第四节 皇甫冉生平分期及年谱 ……………………………… (23)
  一 早年至天宝十五载登第 ………………………………… (24)
  二 避安史之乱东归时期 …………………………………… (30)
  三 就任无锡尉及避刘展之乱弃官隐居时期 ……………… (42)
  四 入河南幕辗转京、洛、徐州时期 ……………………… (59)
  五 大历初在京为官时期 …………………………………… (74)
  六 晚年隐居丹阳时期 ……………………………………… (84)

第二章 皇甫曾生平考 …………………………………………… (90)
第一节 皇甫曾生卒年考辨 …………………………………… (91)

第二节　皇甫曾生平分期 ……………………………………… (93)
　　　一　早年至安史之乱前 ……………………………………… (93)
　　　二　避安史之乱东归江南时期 ……………………………… (96)
　　　三　再次赴京为官时期 ……………………………………… (106)
　　　四　贬舒州司马时期 ………………………………………… (115)
　　　五　与湖州、浙东诗人交游及兄丧时期 …………………… (118)
　　　六　晚年任阳翟令时期 ……………………………………… (128)

第三章　二皇甫思想研究 ……………………………………………… (130)
　第一节　二皇甫的科举观及仕进观 …………………………… (130)
　　　一　"沧洲未可行，须售金门策"
　　　　　——皇甫冉的科举观 …………………………………… (131)
　　　二　"人生有怀若不展，出入公门犹未免"
　　　　　——皇甫冉的仕进观 …………………………………… (142)
　　　三　皇甫曾的仕进观 ………………………………………… (149)

　第二节　二皇甫与佛教关系新论 ……………………………… (151)
　　　一　"访古应知彭祖宅，得仙何必葛洪乡"
　　　　　——皇甫冉并非佛教徒 ………………………………… (152)
　　　二　"名重朝端望，身高俗外踪"
　　　　　——皇甫曾的佛教信仰 ………………………………… (163)

第四章　二皇甫的诗歌艺术 …………………………………………… (168)
　第一节　王维诗对皇甫冉的影响 ……………………………… (169)
　　　一　"唯将山与水，处处谐真赏"
　　　　　——皇甫冉与画家的交往 ……………………………… (169)
　　　二　"驿树寒仍密，渔舟晚自还"
　　　　　——皇甫冉以景为画的写景手法 ……………………… (173)

第二节 "春愁暝色渚烟空"——二皇甫诗歌的艺术特色……… (179)
      一 "暝色赴春愁"——二皇甫诗的情感表达和意象选择…… (180)
      二 "渚烟空翠合"——二皇甫诗歌的意境追求………… (184)

第五章 二皇甫诗集版本与递藏考论 ………… (186)
   第一节 "宋本"《皇甫冉诗集》版本与递藏考述 ………… (186)
      一 《皇甫冉诗集》实为明影宋本 ………… (186)
      二 《皇甫冉诗集》明清递藏考 ………… (188)
   第二节 明刘成德《唐二皇甫诗集》版本与递藏考述 ………… (192)
      一 《唐二皇甫诗集》体例概述 ………… (192)
      二 刘成德与萧海生平 ………… (193)
      三 《四库》底本《唐二皇甫诗集》递藏考述 ………… (195)

附录一 独孤及《唐故左补阙安定皇甫公集序》 ………… (198)

附录二 高仲武《中兴间气集》皇甫冉小传 ………… (200)

附录三 王廷相《刊大历二皇甫集序》 ………… (201)

附录四 杨慎《刊二皇甫诗后语》 ………… (202)

参考文献 ………… (203)

前　　言

2013年，我完成了硕士学位论文《皇甫曾研究》。此后几年中经历了工作、辞职、考博等一系列事情，这个早年投入了相当精力的研究课题，数年之中都未再列入日程。但当年在《皇甫曾研究》中留下的诸多错漏和遗憾，始终让我难以释怀。每每忆起，不仅深感惭愧，也总想着有朝一日能够加以完善。这也是我写作本书的最初动力。

皇甫冉、皇甫曾两兄弟本就有极强的相关性，单纯的皇甫曾研究终究是割裂的。在决定写作本书以弥补此前遗憾之后，我便自然而然地进入了皇甫冉研究的领域。不过，让我倍感惊讶的是，作为盛、中唐之际的大诗人之一，当代的皇甫冉研究竟然如此惨淡！自20世纪八九十年代傅璇琮、储仲君等数位先生的研究之后，学术界再无皇甫冉研究的相关力作，近年来甚至沦为了低水平重复研究的重灾区。皇甫冉生平、思想等基础研究仍然停留在20世纪90年代初的水平。在反复钻研皇甫冉诗、相关历史文献以及前人研究成果时，有几个问题一直让我感到疑惑：

1. 皇甫冉生于何年、卒于何年？

独孤及在《唐故左补阙安定皇甫公集序》中不仅明确记载了皇甫冉活到了54岁，而且还点明了皇甫冉死后皇甫曾服丧和编集的行为。如此情形下，依照皇甫冉自身的诗歌系年，再结合皇甫曾的生平行踪，运用历史研究的方法考证出皇甫冉的确切卒年并非不可能。为何时至今日，研究者谈及皇甫冉卒年之时仍然沿用30余年前的初步考证结论？

2. 皇甫冉到底有着怎样的仕途经历？

皇甫冉天宝十五载登进士第。按照独孤及的说法，他在登第后经历过无锡尉、左金吾卫兵曹参军、河南幕掌书记、左拾遗、左补阙等官职。那么皇甫冉登第后究竟是避乱江南还是授官江南？他到底避了几次战乱？他担任这些官职的具体时间和过程究竟能不能准确考证？晚年辞官前"奉使江表"去的究竟是哪儿？辞官的原因又是什么？这些问题的答案必然隐藏在现存的两百余首皇甫冉诗之中。

3. 皇甫冉的思想有什么特点，与其弟皇甫曾是否有所区别？

二皇甫历来为外界并提，仿佛二者各方面皆是一致的，二皇甫在思想上真的没有区别吗？

从皇甫冉的诗中可以清晰地看出，皇甫冉的科举之途并不顺利，从开始参加科举到进士及第，经历了十多年时间。这期间他饱受各种打击，漫游过，归隐过，心态上也是数经变化。登第后未及享受胜利的喜悦，又数经战乱，在江南蹉跎岁月，相当长的时间里仕途毫无发展。在这样漫长而复杂的过程中，皇甫冉是如何看待科举的？又是如何看待出仕与归隐的？在这些思想观念上，皇甫冉与参加科举不到五年就成功登第，此后仕途又相对平顺的皇甫曾是否有区别？

前人皆认为二皇甫曲附王维、王缙、杜鸿渐等权贵，因此必然都笃信佛教。有的前辈学者为了证明这件事，千方百计地从皇甫冉诗中寻觅其受到佛教影响的痕迹。既然皇甫冉皇、甫曾两兄弟都如此信佛，为何二者所作的与佛教有关的诗歌面貌差别非常大，且诗中佛理的水准也完全不可同日而语？皇甫冉为什么对笃信佛教的王缙大谈仙道？这似乎都暗示着二皇甫的宗教信仰有所区别。

4. 今人认为是宋刻本的《皇甫冉诗集》到底是怎么一回事？

《皇甫冉诗集》的版本问题前人有所考述，讲清楚了一部分问题。但最重要的所谓宋刻本却有疑点。作为宋本，卷末为何又出现了明"嘉靖"落款？书中多枚藏书章究竟说明这个版本有何递藏历史？明人刘成德编辑《唐二皇甫诗集》与清《四库全书》收录的《二皇甫集》

有何关联？如何断定现藏国家图书馆的明本《唐二皇甫诗集》就是《四库全书》所用底本？这些问题前人均没有交代清楚。

  以上每一个问题，时至今日，都没有人做出过翔实可信的解答，一切答案都仍然散落在《二皇甫诗集》以及其他众多史料之中。这些问题都应当是本书逐一探讨的重点，由此也决定了本书应当是一部针对二皇甫生平、思想等方面进行基础性研究的专著。本书在总结前人研究成果的基础上，试图为上述疑问找到最为合理的解释和答案。这其中一定也会存在诸多不足与错漏，权作抛砖引玉，以待方家指正。

王 超

2019年4月9日夜

第 一 章

皇甫冉生平考

皇甫冉，字茂政，润州丹阳人。皇甫冉与其胞弟皇甫曾均为唐天宝至大历年间著名诗人，后世并称为"二皇甫"。

现存文献中，记录皇甫冉生平最早、最详尽的当属独孤及的《唐故左补阙安定皇甫公集序》[①]。此序作于皇甫冉去世后一年，从生平、性格、诗歌创作等多方面对皇甫冉进行了概括和评价，是准确度和可信度最高的文献。但独孤及对皇甫冉生平经历的叙述非常简略，对皇甫冉科举、仕途、生卒年等重要问题均未详述。此后，高仲武在《中兴间气集》中给皇甫冉作了小序[②]，高仲武的小序侧重于皇甫冉的诗歌创作成就，并未述及其任何生平事迹。

唐代之后的文献中，《新唐书·萧颖士传》后附皇甫冉传[③]；《新唐书·艺文志》有皇甫冉小传[④]；《唐才子传》亦有小传[⑤]。这些后代文献的内容大抵均源自独孤及的序文，对研究皇甫冉的生平助益十分

[①] （唐）独孤及撰：《毗陵集》卷十三，页六至七；（民国）张元济等编：《四部丛刊》初编，上海商务印书馆民国十八年版。

[②] 傅璇琮、陈尚君等编：《唐人选唐诗新编》（增订本），中华书局2014年版，第478页。

[③] （宋）欧阳修、宋祁撰：《新唐书》卷二〇二《文艺中》，中华书局1975年版，第5771页。

[④] 《新唐书》卷六十《艺文志四》，第1610页。

[⑤] （元）辛文房撰，傅璇琮主编：《唐才子传校笺》卷三，中华书局1987年版，第一册，第562页。

有限。

当代学术界对皇甫冉生平的研究始于20世纪80年代傅璇琮先生的《皇甫冉皇甫曾考》①。傅璇琮考证了皇甫冉籍贯、生卒年以及生平中的一些基本问题,虽然其中一些结论可以商榷,但对后来的研究具有很大的启发意义。20世纪90年代初,储仲君先生陆续发表了《皇甫冉诗疑年》②《皇甫冉考论》③等数篇文章,对皇甫冉诗歌系年等问题进行了细致的研究。虽然其诗歌系年存在不少错误,但仍为后来的研究奠定了坚实的基础。

本章在前人研究的基础上,对皇甫冉籍贯、生卒年等问题做了进一步讨论,并以皇甫冉诗歌系年研究为基础,对皇甫冉生平进行分期,编纂成年谱。

第一节　皇甫冉籍贯之争

有关皇甫冉的籍贯问题,最早的记载出自独孤及的《唐故左补阙安定皇甫公集序》。按此序标题,皇甫冉似为安定人(今甘肃省泾川县),元人辛文房《唐才子传》从之④。然唐人姚合在《极玄集》中称皇甫冉为"丹阳人"⑤,这是史料中称皇甫冉为润州丹阳人的最早记录。北宋时编撰的《新唐书·艺文志》中亦称其为"润州丹阳人"⑥。

傅璇琮先生在《皇甫冉皇甫曾考》中已据皇甫冉家族世系,考证出皇甫冉的祖上早已南下,至其曾祖皇甫敬德时,已定居在润州丹阳

---

① 傅璇琮撰:《唐代诗人丛考》,中华书局1980年版,第427页。
② 储仲君:《皇甫冉诗疑年》,《山西大学师范学院学报》(综合版)1993年第1期。此文有三续,共计四篇。
③ 储仲君:《皇甫冉考论》,《山西大学师范学院学报》(综合版)1991年第1期。
④ 《唐才子传校笺》卷三,第562页。
⑤ (唐)姚合编:《极玄集》,《唐人选唐诗新编》(增订本),第695页。
⑥ 《新唐书》卷六十《艺文志四》,第1610页。

县。故而独孤及所谓"安定皇甫公"仅为表其郡望。①

傅璇琮对皇甫冉籍贯的考证,已为学界共识,无须赘述。但黄桥喜在《皇甫冉里居生平考辨》②中对皇甫冉的籍贯和出生地提出了异议。黄桥喜认为丹阳不可能是皇甫冉的家乡,既非其籍贯,亦非其出生地。最主要的依据有二:

第一个依据是皇甫冉的《同诸公有怀绝句》,诗云:

旧国迷江树,他乡近海门。移家南渡久,童稚解方言。③

通观全篇诗意,前两句写景之中蕴含着旧国荒芜和身在他乡的流离之感。后两句写移家避地时日已久,自己的幼子已经可以听得懂本地的方言。黄桥喜认为诗中所谓"海门"为"'焦山东北有两山对峙,谓之海门';一说镇江以东江面,长江东流入海,至此江面愈广,故称海门"。无论取哪个义项,都必在润州境内。由此推导出"他乡近海门"一句中的"他乡"必是指丹阳。所以,丹阳绝无可能是皇甫冉的家乡。黄桥喜又以此逻辑为前提,再解此诗的后两句,则丹阳只是"冉于成年后迁居。'童稚'指他的孩子,盖为三十岁之前来丹阳落籍"④。

此分析乍看似有道理,但可惜的是,黄桥喜考证"海门"时,仅从地名的角度搜取了看似有利于自己观点的资料,完全忽略了"海门"这个词语作为一个诗词意象在诗歌中的运用。唐诗中用"海门"这个意象并不鲜见。王昌龄《宿京江口期刘眘虚不至》中就有"霜天起长

---

① 《唐代诗人丛考》,第428页。
② 黄桥喜:《皇甫冉里居生平考辨》,《文学遗产》1990年第1期。按:黄桥喜在文中用了"里居"一词。"里居"一词,《辞源》中有两种解释:一谓辞官居于乡里;二谓比户相连列里以居。黄氏用"里居"替换了"出生地"的概念,却又将籍贯"丹阳说"作为驳斥的对象,显然是误用了词义,这是一种概念上的混淆。
③ (唐)皇甫冉:《皇甫冉诗集》卷上,页五,B面,《中华再造善本》影印宋刻本。北京图书馆出版社2003年版。
④ 黄桥喜:《皇甫冉里居生平考辨》,《文学遗产》1990年第1期。

望，残月生海门"①；韦应物《赋得暮雨送李胄》中亦有"海门深不见，浦树远含滋"②。二诗中的"海门"均不是特指地名，而是意指江河的入海口。这说明唐诗中的"海门"经常作为诗歌意象而出现，而不能作为考证诗歌创作确凿地点的有力证据。不仅如此，"海门"这一意象在皇甫冉诗中也并非仅仅出现一次。皇甫冉作于越州的五言排律《和袁郎中破贼后经剡中山水》中，就有"兵连越徼外，寇尽海门西"③一联。很显然，此处所说的"海门"，绝非黄桥喜所谓的润州"海门"，而是指越州的钱塘江入海口。"寇尽海门西"一句描写的是袁郎中率朝廷大军在钱塘江入海口以西的广阔地域荡平贼寇的功业和气魄。反观《与诸公有怀绝句》中，与出句中"江树"对仗的"海门"，也是一个诗歌意象，同样指江河入海口，而非润州的一个地名。将这里的"海门"附会为润州某地，并以此为孤证，断定前诗所谓的"他乡"一定是指丹阳，是极不严谨的。

皇甫冉乾元年间、广德年间均曾至越州，其中乾元元年（758）至上元元年（760）春更是客居于此，与灵一、严维、张南史、张继、朱放等诸公相酬唱。④此诗完全可能是乾元年间居越州时所作，既有"海门"，又具"诸公"，同时比至德年间居润州时更符合"移家南渡久"。至于方言，唐时润州与越州均说吴语。皇甫冉天宝中从未返江东，其幼子原本不通吴语实属正常。况诗云"童稚解方言"，只是说明幼子此前可能不解方言，不等于说皇甫冉自身也不解方言。

此诗中唯一需进一步解读之处即是"移家"之说。读皇甫冉诗，

---

① （清）彭定求等编：《全唐诗》卷一四二，中华书局1960年版，第1440页。
② （唐）韦应物著，陶敏、王友胜校注：《韦应物集校注》（增订本），上海古籍出版社2011年版，第232页。
③ 《皇甫冉诗集》卷下，页二十，B面，《中华再造善本》影印宋刻本。
④ 皇甫冉居越州事详见本章第四节《皇甫冉生平分期及年谱》。皇甫冉与灵一等诸公相酬唱，参见（宋）赞宁《宋高僧传》卷十五《唐余杭宜丰寺灵一传》，中华书局1987年版，第359页。又见（唐）独孤及《唐故扬州庆云寺律师一公塔铭并序》《毗陵集》卷九，页一，（民国）张元济等编《四部丛刊》初编，上海商务印书馆民国十八年版。

有一现象颇可关注：皇甫冉曾多次在诗歌中标榜自己为洛阳人。皇甫冉兄弟年少时即在洛阳，天宝年间长居洛阳。① 天宝中，皇甫冉的《送包佶赋得天津桥》中即有"洛阳岁暮作征客""他乡一望人堪老"② 之句。大历中，皇甫冉在长安为官，作《冬夜集赋得寒漏》，又有"清冬洛阳客，寒漏建章台"③ 之语。二诗均有以洛阳为家之意。大历三年（768）后，皇甫冉归隐丹阳老家。其《题裴二十一新园》中仍可看到"久为江南客，自有云阳树"④ 之慨，可见其对洛阳情感之深，且看似并不以润州丹阳为家。然而大历年间皇甫冉辞官归隐时，洛阳早已收复，并非不可回，但皇甫冉却返回丹阳隐居，足以说明其归根之意。况且，独孤及《唐故左补阙安定皇甫公集序》中明确有"省家至丹阳"之说，可见其亲族尚在丹阳。因此并不能以皇甫冉自称"洛阳客"便以为得了铁证，对其出生地甚至籍贯问题妄下定论。皇甫冉对洛阳之情感深厚，大抵只是自幼长于洛阳，早年长居洛阳使然。

要之，《同诸公有怀绝句》一诗作于丹阳的结论是不成立的，其当为乾元年间作于越州的诗。黄桥喜以此诗为论据是不合适的。

黄桥喜第二个依据是皇甫冉的《泊丹阳与诸人同舟至马林溪遇雨》，诗云：

云林不可望，溪水更悠悠。共载人皆客，离家春是秋。
远山方对枕，细雨莫回舟。来往南徐路，多为芳草留。⑤

---

① 参见本章第四节《皇甫冉生平分期及年谱》。
② 《皇甫冉诗集》卷上，页二十，A面，《中华再造善本》影印宋刻本。
③ 《皇甫冉诗集》卷上，页十二，A面，《中华再造善本》影印宋刻本。按：储仲君《皇甫冉诗疑年》认为此诗为天宝中在洛阳作，详见《山西大学师范学院学报》（综合版）1993年第1期。但此诗云："清冬洛阳客，寒漏建章台。出禁因风彻，萦窗共月来。"依"建章台""出禁"之语，诗当为大历初在京为官时作，储考误。
④ 《皇甫冉诗集》卷上，页二十四，A面，《中华再造善本》影印宋刻本。
⑤ 《皇甫冉诗集》卷上，页十九，《中华再造善本》影印宋刻本。按：原本题中"泊"为"迫"，黄桥喜据《全唐诗》作"泊"。

黄桥喜认为，既是"作于'家乡丹阳'，又谈何'泊'"[①]？因此断定丹阳不可能为皇甫冉家乡。这个论证也是值得商榷的。

　　第一，黄桥喜所引的诗题并不准确。考《皇甫冉集》现存版本，最早的明影宋本、明正德刻本等诸本中，"泊"皆作"迫"。诗题以《迫丹阳与诸人同舟至马林溪遇雨》为是，意为"临近丹阳，行至马林溪处遇雨"。黄桥喜不曾校勘诸多早出版本中的文字差别，以致对诗意的理解出现偏差。若舟已然停泊于丹阳，又何谈行至马林溪？

　　第二，皇甫冉此诗所写之情景，颇有深意。颔联"共载人皆客，离家春是秋"当为离乡之语。颈联"远山方对枕，细雨莫回舟"，指的是向着远山而行，遇细雨而不回舟，亦是离乡之意。尾联中"芳草"多喻隐士。全诗应理解为远赴他乡求官，而非从远地还家。

　　如此，要正确理解诗意，则需从历史地理的角度仔细考察诗中数个地名之间的关系。

　　首先是"丹阳"这一地名。《旧唐书·地理志》载："润州，……武德三年，……置润州于丹徒县。……天宝元年，改为丹阳郡。乾元元年，复为润州。"润州领丹徒、丹阳、延陵、上元、句容、金坛6县，丹徒为郡治所在。"丹阳，汉曲阿县，属会稽郡。又改名云阳，后复为曲阿。……天宝元年，改为丹阳县，取汉郡名。"[②]唐代文学研究中，"丹阳"这个地名或泛指润州全境，盖因其曾为丹阳郡；或仅指润州所领之丹阳县。此二者是今人对"丹阳"这个地名的普遍理解。前文所称皇甫冉之籍贯丹阳，即指丹阳县。

　　但唐诗中的丹阳一词，往往并不只有这两层含义。仅皇甫冉作品中，"丹阳"一词就出现过三次。除本诗之外，另有《同温丹徒登万岁楼》[③]

[①] 黄桥喜：《皇甫冉里居生平考辨》，《文学遗产》1990年第1期。
[②] （后晋）刘昫等撰：《旧唐书》卷四十《地理志三》，中华书局1975年版，第1583—1584页。
[③] 《皇甫冉诗集》卷下，页二，B面，《中华再造善本》影印宋刻本。按：此本中颈联"丹阳"作"聊阳"，《文苑英华》卷三一二收录此诗，作"维阳"（页六，B面，中华书局1956年版，1603页），二者皆不可解。其余各本皆作"丹阳"，当以此为是。

《李二侍御丹阳东去新亭》① 两首。《同温丹徒登万岁楼》作于润州州治所在的丹徒县。《太平寰宇记》载："万岁楼。《京口记》云：'晋王恭为刺史，改创西南楼名万岁楼，西北楼名芙蓉楼，楼之最高者，至今存焉。'又按《舆地志》云：'俗传此楼飞向江外，以铁锁縻之方已。'"② 诗云："丹阳古渡寒烟积，瓜步空洲远树稀。"这里的丹阳古渡，是在万岁楼上即可望见的丹徒县渡口。显然，诗中"丹阳"并非指代整个润州，也非指丹阳县本身，而是指润州丹阳郡郡治所在地丹徒县。这种用法是以州郡名特指州郡治所，与今天以某市名特指其城区相同。

《李二侍御丹阳东去新亭》一诗题中的"新亭"在润州最西的上元县。《太平寰宇记》载："临沧观，在劳山。山上有亭七间，名曰新亭，吴所筑，（刘）宋改为新亭。"③ 诗题断句应为"丹阳东，去新亭"，意为从"丹阳"的东边去往"新亭"。润州以东为常州，诗中的"丹阳东"显然不会在常州辖内，因此，这里的"丹阳"也不可能指代整个润州，而应指润州治所丹徒县或丹阳县二者之一。但是，唐诗中提及丹阳县，又多以"云阳"等古称代之，皎然《七言送皇甫侍御曾还丹阳别业》即有"云阳别夜忆春耕，花发菱湖问去程"之语④，上文所引的皇甫冉《题裴二十一新园》中亦有此例。故《李二侍御丹阳东去新亭》中的"丹阳"，亦是指润州治所丹徒县，而非其他。如此，《迫丹阳与诸人同舟至马林溪遇雨》中的"丹阳"，亦应是指丹徒县。

其次是"马林溪"。《元和郡县图志》载："练湖，在（丹阳）县北一百二十步，周迴四十里。晋时陈敏为乱，据有江东，务修耕绩，令弟

---

① （唐）皇甫冉撰：《唐皇甫冉诗集》卷五，页四十五，B面，明刘成德正德十三年（1518）刻本。按：此诗明影宋本未收录，《文苑英华》卷三一五收录，题作《丹阳东去新亭游记》（页七，B面，第1623页）。

② （宋）乐史撰，王文楚等点校：《太平寰宇记》卷八十九《江南东道一》，中华书局2007年版，第1759页。

③ 《太平寰宇记》卷九十《江南东道二》，第1791页。

④ （唐）皎然：《吴兴昼上人集》卷四，页七，A面，（民国）张元济等编：《四部丛刊》初编，上海商务印书馆民国二十四年版。

谐遏马林溪以溉云阳，亦谓之练塘，溉田数百顷。"① 《太平寰宇记》引《舆地志》云："练塘，陈敏所立，遏高陵水，以溪为后湖。"又"湖水上承丹徒高骊、覆船山、马林溪水。"② 可知马林溪是位于丹阳县北方的练湖的水源之一。马林溪本身的方位，《读史方舆纪要》载："《志》云：'丹徒境内高骊、长山诸水引流为蜃溪，宋避孝宗嫌名改曰辰溪，汇八十四汊之水而为练湖'。……又马林溪，亦在（丹阳）县西北。《志》云：'在丹徒县南三十里，即辰溪支流也。'今有马林桥跨辰溪上，长山八十四派之水皆繇此入于练湖。"③ 可知，马林溪即在丹阳县与丹徒县之间，位于丹阳县西北，是由丹阳县去往丹徒县水路的必经之路。

从"丹阳"所指之地，以及"马林溪"的地理方位，即可知《迫丹阳与诸人同舟至马林溪遇雨》当为皇甫冉与诸公乘舟从家乡丹阳县出发，北上将至丹徒县时所作。④ 明确了地名方位后，再联系全诗之意："离家春是秋"显为刚刚离家之感慨；"细雨莫回舟"，言可回舟却不愿回，恰恰说明了离家不远，若离家千里，又岂是遇细雨便可回舟？尾联又叹归隐不得，则北上之行内心怀有矛盾，既想求官，又不舍自在。黄桥喜以此诗为据，既未解诗意，又不察诗中诸地之间的地理关系，以至论证谬误。

要之，黄桥喜质疑皇甫冉籍贯之论据皆不成立。

皇甫冉的出生地，向无文献记载，皇甫冉兄弟二人的诗歌中也不曾述及，以现存资料无法确考。通常认为，丹阳县即为皇甫冉老家，《极玄集》《新唐书》又称其丹阳人，则其出生在此的可能性较大。

综上所述，安定仅为独孤及在作序时对皇甫冉郡望的标榜，与皇甫

---

① （唐）李吉甫撰，贺次君点校：《元和郡县图志》卷二十五《江南道一》，中华书局1983年版，第592页。

② 《太平寰宇记》卷八十九《江南东道一》，第1764页。

③ （清）顾祖禹，贺次君、施和金点校：《读史方舆纪要》卷二十五《南直七》，中华书局2005年版，第1264页。

④ 据诗意，皇甫冉此行的路线应是自丹阳出发，至丹徒渡江至扬州，经运河北上求官，与广德年间入河南幕相合，当系于彼时为是。参见本章第四节《皇甫冉生平分期及年谱》。

冉本人并无实际关系。润州丹阳县为皇甫冉兄弟之籍贯无疑。若无新出文献，则此问题当无须再议。

第二节 皇甫冉生卒年旧说考辨

皇甫冉的生卒年，史料没有记载，唯一与其生卒有关的唐代文献亦是独孤及的《唐故左补阙安定皇甫公集序》。但此序并没有记录皇甫冉确切的生卒年，只是说皇甫冉"大历二年，迁左拾遗，转右补阙。奉使江表，因省家至丹阳。朝廷虚三署郎位以待君之复。不幸短命，年方五十四而没"①。由于此序写作时间距皇甫冉卒年颇近，故其称皇甫冉活到五十四岁当无疑问。但皇甫冉具体的生卒年却只能通过其他方法考证，故而学界对此一直有多种说法。

一 开元二年至大历二年说

最早提到这一问题的是清代著名学者陆心源。其《三续疑年录》云："皇甫茂政，五十四，冉。生开元二年甲寅（714），卒大历二年丁未（767）。独孤及《毗陵集》。"②编纂于清末的《辞源》在"皇甫冉"这一词条下给出的生卒年为公元714—767年，即开元二年至大历二年，疑即采用陆氏之说。③这个数字符合独孤及文中所谓"年方五十四而没"的表述。

此后提到皇甫冉生卒年的是闻一多先生。他在《唐诗大系》中定皇甫冉的生年为开元十一年（723），卒年为大历二年（767）。④但《唐诗大系》对唐代诗人生卒年的表述大多都是很有问题的，这个说法更像是

---

① 《毗陵集》卷十三，页七，A面，《四部丛刊》初编。按：原文中"右"字后有"文萃作左"小字，据此序之题，当以左补阙为是，后文兹不赘述。
② （清）陆心源撰：《三续疑年录》卷二，页八，A面，清光绪五年刻本。
③ 辞源修订组编：《辞源》（修订本），商务印书馆1988年版，第1182页。
④ 闻一多：《闻一多全集》，第七册《唐诗编中》，湖北人民出版社1993年版，第156页。

闻一多信手而为，并无任何佐证，连皇甫冉活到五十四岁都颠倒成了四十五岁，故不足取信。

二　开元四、五年至大历四、五年说

20 世纪 80 年代初，傅璇琮先生在其《皇甫冉皇甫曾考》中首次详细讨论了皇甫冉生卒年问题。① 傅璇琮不仅指出了闻一多《唐诗大系》的错误，又根据皇甫冉《和樊润州秋日登城楼》作于大历四、五年（769、770）间，推断皇甫冉即卒于大历四、五年间，并依此时间上推五十四年，估算其生年约在开元四、五年间（716、717）。傅璇琮的考证将持续了近百年的说法向前推进了一步，具有开创性的意义。但其考证并不足够深入，其文尚余诸多问题以待后来者深究。

三　开元六年至大历六年说

20 世纪 90 年代初，黄桥喜在《皇甫冉里居生平考辨》一文中认为皇甫冉生于开元六年（718），卒于大历六年（771）。②

皇甫冉有《杂言迎神词》二首，前有诗序，其序云："吴楚之俗与巴渝同风，日见歌舞祀者，问其故，答曰：'及夏不雨，虑将无年。'复云：'家有行人不归，凭是景福。'夫此二者，皆我所怀。寄地种苗，将成枯草；弟为台官，羁旅京师。秉笔为迎神、送神词，以应其声，亦寄所怀也。"③

《新唐书·五行志》："大历六年春，旱，至于八月。"④ 黄桥喜将此记载与皇甫冉诗序所言之旱情相附会，仅凭此一条，便断定《杂言迎神词》二首作于大历六年，进而断定皇甫冉大历六年夏尚在世。并在没有其他任何其他佐证的情况下，直接祭出了皇甫冉生于开元六年、卒于大

---

① 《唐代诗人丛考》，第 438—439 页。
② 《文学遗产》1990 年第 1 期。
③ 《皇甫冉诗集》卷上，页七，B 面，《中华再造善本》影印宋刻本。
④ 《新唐书》卷三十五《五行二·常旸》，第 917 页。

历六年的结论。

黄桥喜的论证主要有以下两点问题：其一，《新唐书·五行志》中记载的旱涝灾害，如不标明受灾地域，一般均指关中畿辅一带。大历六年之旱灾，是否波及江南，仅据此条记载无从证实。况且，古人以农历纪年，四月即入夏，皇甫冉云"及夏不雨"，只能说明到了农历四月还没有下雨，并不能证明此年旱至八月，因而将皇甫冉所言与《新唐书·五行志》记载的大旱相联系实属牵强。其二，皇甫冉又云："弟为台官，羁旅京师，秉笔为迎神送神词，以应其声，亦寄所怀也。"这其中就涉及皇甫曾的生平。皇甫曾大历初在京任职，约大历四年坐事贬舒州司马，大历六年早已在舒州。皇甫冉大历三年秋奉使江表，此后辞官归隐。① 是以，皇甫冉在润州而皇甫曾在长安的时间交集即是大历四年。《杂言迎神词》二首当系于大历四年为是。黄桥喜考证皇甫冉生卒年的唯一依据不成立，因而其观点亦无法取信。

四 开元八、九年至大历八、九年说

同样在20世纪90年代初，储仲君先生相继发表了《皇甫冉考论》②及《皇甫冉诗疑年》③。二文对皇甫冉的生卒年均有论述，提出了皇甫冉约生于开元八年（720）至九年（721），卒于大历八年（773）至九年（774）的观点。

独孤及《唐故左补阙安定皇甫公集序》称皇甫冉"十岁能属文，十五岁而老成，右丞相曲江张公深所叹异，谓清颖秀拔，有江徐之风"④。"右丞相曲江张公"即张九龄。《旧唐书·玄宗纪上》载："（开元）二十二年（734）春正月……己巳（初六日），幸东都。……二十四年……冬

---

① 皇甫冉、皇甫曾大历年间生平参见本章第四节《皇甫冉生平分期及年谱》及第二章第二节《皇甫曾生平分期》。
② 《山西大学师范学院学报》（综合版）1991年第1期。
③ 《山西大学师范学院学报》（综合版）1993年第1期。此文有三续，共计四篇。
④ 《毗陵集》卷十三，页六，B面，《四部丛刊》初编。

十月戊申（二十一日），车驾发东都，还西京。"① 在此期间，张九龄随驾洛阳，而皇甫冉早年亦久居洛阳。储仲君认为皇甫冉得见张九龄应在二者皆在洛阳时，故皇甫冉十五岁的时间点当在开元二十二年至二十四年。以此推算，皇甫冉生年当在开元八年至十年②。这个推断是有一定道理的。

储仲君在旧有文献的解读和皇甫冉本人作品的系年方面，均比前人有所推进。但其用以推断皇甫冉卒年上下限的依据却值得商榷。

首先是卒年上限。储仲君考证皇甫冉的《酬张二仓曹杨子所居见寄兼呈韩郎中》作于大历七年，因而判断皇甫冉卒年上限是大历七年。③ 此诗云：

> 孤云独鹤自悠悠，别后经年尚泊舟。
> 渔父置词相借问，郎官能赋许依投。
> 折芳远寄三春草，乘兴闲看万里流。
> 莫怪杜门频乞假，不堪抉病拜龙楼。④

张二仓曹，即张南史。《新唐书·艺文志四》载："张南史诗一卷。字季直，幽州人。以试参军，避乱居扬州杨子。"⑤ 张南史有《江北春望赠皇甫补阙》⑥，依诗中对皇甫冉的称谓，可知诗作于大历三年皇甫冉任左补阙后。张南史诗云"闻道金门堪避世，何须身与海鸥同"，与皇甫冉诗尾联"莫怪杜门频乞假，不堪抉病拜龙楼"恰为问答，当作于同时。韩郎中，储仲君认为是韩翃，但实际上应是大历中知扬子留后的司封郎中韩洄。权德舆《唐故大中大夫守国子祭酒颍川县开国男赐紫金鱼袋赠

---

① 《旧唐书》卷八《玄宗纪上》，第 200—203 页。
② 参见《皇甫冉考论》，《山西大学师范学院学报》（综合版）1991 年第 1 期。
③ 《皇甫冉诗疑年》（三续）。《山西大学师范学院学报》（综合版）1994 年第 4 期。
④ 《皇甫冉诗集》卷上，页二十三，A 面，《中华再造善本》影印宋刻本。
⑤ 《新唐书》卷六十《艺文志四》，第 1610 页。
⑥ 《全唐诗》卷二九六，第 3360 页。

户部尚书韩公行状》云:"大历初,转运使刘尚书晏,盛选从事,分命四方,而江淮上流,为之枢会,奏改屯田员外郎,兼侍御史,知扬子留后。累岁,就加司封郎中。……六七年间,号为称职,名实益茂。征拜谏议大夫,数与左补阙李翰连上封章,极言得失。"① 可知,韩洄大历初为刘晏荐为扬子留后,数年后又加司封郎中,在扬州任上共计六七年,在任时间最晚可至大历八年到九年。因而皇甫冉与韩洄交游的时间较难确定。皇甫冉晚年归隐润州后,与韩洄等人并非仅有一次唱和。皇甫冉另有《和朝郎中杨子玩雪寄山阴严维》②,李嘉祐同和,题作《和韩郎中扬子津玩雪寄严维》③,是知皇甫冉诗中"朝"当为"韩"之误,所和亦为韩洄。李嘉祐诗云"春物受寒催",作于早春时节。皇甫冉诗颈联云:"谢家兴咏日,汉将出师年。"出句用谢家咏雪之典,喻众人赏雪之雅趣。对句则殊难解。按唐诗一般习惯,多以汉将出征指代本朝之边塞战事。以此为解,则此句当指本年有边疆战事。然查《旧唐书》《新唐书》《资治通鉴》等文献,大历四年至九年并未有元月出征边疆的记载,因此二诗难以准确系年。李嘉祐大历三年(768)入京,大历四年春尚在京城,有《送冷朝阳及第东归江宁》证之。大历六、七年间则在袁州刺史任,可参见傅璇琮《李嘉祐考》④。李嘉祐早春出现在扬州,且与韩洄在扬州的时间产生交集的年份或为大历五年,或为大历八年、九年。如此,只能证明皇甫冉这两首酬韩洄的诗不早于大历五年,但若以此判定皇甫冉卒年上限为大历七年,则是不准确的。

储仲君推断皇甫冉卒年下限的依据是独孤及作《唐故左补阙安定皇甫公集序》的时间。独孤及《集序》在现存各本《毗陵集》以及《文苑英华》中均没有落款时间。但此序在明刘成德正德刻本《唐二皇甫诗集》

---

① (唐)权德舆撰,郭广伟点校:《权德舆诗文集》卷二十《行状》,上海古籍出版社2008年版,第313页。
② 《皇甫冉诗集》卷下,页十八,A面,《中华再造善本》影印宋刻本。
③ 《全唐诗》卷二〇六,第2154页。
④ 《唐代诗人丛考》,第247页。

以及《四库全书》《四部丛刊》等诸本《二皇甫集》中，落款均为"时大历十四年月日司封郎中独孤及序"①。独孤及卒于大历十二年四月无疑②，故此落款时间有误，当为明人编集时擅加。《四库全书总目》载："《二皇甫集》七卷，……《曾集》一卷，与《书录解题》合。《冉集》六卷，较《书录解题》多五卷。然《曾集》前有大历十年独孤及序。"③储仲君据此记载认定独孤及《集序》作于大历十年。参照《四库全书》本《二皇甫集》前序文字，显然，《四库全书》馆臣在此所称之"大历十年"，仅仅是由于记错了《四库全书》本《二皇甫集》序后"大历十四年"的落款，而并非找到了此文作于大历十年的文献依据。因此，《四库全书总目》中的记录并不能作为独孤及《集序》作于大历十年的证据。故而，无论储仲君据此而推断出的皇甫冉卒年下限是否准确，其依据都不可取信。

第三节　皇甫冉生卒年新证

上节所述诸家对皇甫冉生卒年的研究可谓层层推进，其间虽有疏漏，但这些考据证明了皇甫冉的生卒年并非不可探究。储仲君的论证依据虽有不足之处，但其以考证皇甫冉诗歌中系年最晚者为其卒年上限，又以独孤及《集序》创作时间为卒年下限的思路和方法最能给人启发。

皇甫冉有《送李使君赴抚州》，诗云：
远送临川守，还同康乐侯。岁时徒改易，今古接风流。

---

① 见《唐皇甫冉诗集》卷首，页二，B面，明刘成德正德十三年（1518）刻本。《二皇甫集》卷首，页二，B面，《景印文渊阁四库全书》，台湾商务印书馆1983年版，第1332册，第283页；《唐皇甫冉诗集》卷首，页二，B面，《四部丛刊》三编。按：刘成德刻本为《四库全书》《四部丛刊》本的底本。

② 赵望秦撰：《独孤及年谱》，黄永年主编《古代文献研究集林》第二集，陕西师范大学出版社1992年版，第85页。

③ （清）永瑢等撰：《四库全书总目》卷一八六《集部·总集类一》，中华书局1965年版，第1690页。

五马嘶长道，双旌向本州。乡心寄西北，应此郡城楼。①

李使君，应为李承。《旧唐书·李承传》载："承在贼庭，密疏奸谋，多获闻达。两京克复，例贬抚州临川尉。……淮南节度使崔圆请留充判官，累迁检校刑部员外郎、兼侍御史。圆卒，历抚州、江州二刺史，课绩连最。"② 是知李承曾两度任职抚州，前为临川尉，后为刺史。皇甫冉诗云"双旌向本州"，或有此意。按本传所述，李承刺抚州，时在崔圆死后。崔圆的死亡时间，《旧唐书·代宗纪》载：大历三年"六月……庚子（二十八日），淮南节度使、检校尚书左仆射、知省事、扬州大都督府长史、赵国公崔圆卒"③。依此两条记载，李承刺抚州似在大历三年。但崔圆卒时，抚州刺史并非李承，而是刚刚赴任不久的颜真卿。殷亮《颜鲁公行状》载颜真卿"于大历三年迁抚州刺史。在州四年，以约身减事为政。……七年九月，拜湖州刺史"④。然殷亮对颜真卿就任抚州和离任抚州的时间表述并不够准确。颜真卿《乞御书题额恩敕批答碑阴记》云："大历三年夏五月蒙除抚州刺史。六年闰三月代到，秋八月至上元。"⑤ 是知颜真卿刺抚州时在大历三年五月，此时崔圆尚在世。按颜真卿自己的说法，大历六年闰三月，其继任者已到郡，故其离任亦在此时。此后颜真卿并未马上转授，而是到了润州上元县。又据颜真卿《有唐茅山元靖先生广陵李君碑铭》载："洎大历六年，真卿罢刺临川，旋舟建业，将宅心小岭，长庇高踪。"⑥ 此与《乞御书题额恩敕批答碑阴记》所述尽皆吻合，可证其时间无误。故知殷亮所谓"在州四年"，意为从大历三年五月到大历六年闰三月，跨四年，而非满四年。如此，李承任抚州刺史便只

---

① 《皇甫冉诗集》卷上，页二十二，A面，《中华再造善本》影印宋刻本。
② 《旧唐书》卷一一五，第3379页。
③ 《旧唐书》卷十一《代宗纪》，第289页。
④ （清）董诰等编：《全唐文》卷五一四，页二十一，A面，中华书局1983年版，第5229页。
⑤ 《全唐文》卷三三八，页二十二，A面，第3431页。
⑥ 《全唐文》卷三四〇，页七，A面，第3447页。

能在颜真卿之后。颜真卿并未阐述其继任者姓名，但无论是不是李承，皇甫冉送李承赴任抚州都绝无可能早于大历六年春。这是目前证据最为可靠的皇甫冉作于大历六年后的诗。

此外，皇甫冉另有《庐山歌送至弘法师兼呈薛江州》①一诗。薛江州，当为薛弁。《新唐书·宰相世系表》载："（薛）弁、江州刺史。"②《庐山记》载："大历中，道士刘玄和、何子玉居焉。张弘《道门灵验记》云：'刘玄和，地仙也。尝为郡守李承、薛弁章奏，皆有天曹批报。'"③按照唐宋时的记述习惯，薛弁刺江州当在李承之后。上引《旧唐书·李承传》，李承先刺抚州后刺江州，赴抚州不早于大历六年闰三月，且历二州皆有"课绩连最"之说，则不可能出现在任不足一年即改刺的情况，其刺江州不早于大历七年。薛弁即为李承之继任，其刺江州最早亦当在大历八年左右。皇甫冉此诗当系于大历八年后。但薛弁刺江州的确切时间，由于文献证据不足，只有合理的推断，并无铁证。因此皇甫冉此诗可以作为考证其卒年的参考，却不宜直接作为主要依据。

要之，以皇甫冉自己的诗歌系年为依据，可以得出明确结论：皇甫冉绝无可能卒于大历六年春以前。

恰如储仲君的思路，独孤及《唐故左补阙安定皇甫公集序》的确是考证皇甫冉卒年的重要线索之一。前文已述，此文的落款时间不可取信，因而要考证其确切的创作时间，需要从其他角度入手。

独孤及大历五年至八年任舒州刺史④，皇甫曾约大历四年贬舒州司马，大历七年或八年任满，二人同在一州数年，多有唱和⑤。傅璇琮、赵望秦、蒋寅等诸先生即以独孤及、皇甫曾此段生平的交集为据，认为

---

① 《皇甫冉诗集》卷下，页一，B面，《中华再造善本》影印宋刻本。
② 《新唐书》卷七十三，第3039页。
③ （宋）陈舜俞撰：《庐山记》卷三《叙山南篇第三》，页十七，A面，《景印文渊阁四库全书》第585册，第37页。
④ 参见赵望秦撰《独孤及年谱》，《古代文献研究集林》第二集，第77—80页。
⑤ 本节内皇甫曾生平年份皆参见本书第二章第二节《皇甫曾生平分期》。

《集序》作于大历六年到八年。① 此结论若在皇甫冉卒于大历四、五年间的前提下来看，是有理的。但在皇甫冉诗歌系年下限推迟到大历六年之后的前提下，这个结论就站不住脚了。

独孤及《集序》中称："孝常既除丧，惧遗制之坠于地也，以及与茂政前后为谏官，故衔痛编次，以论撰见托。"② 此段叙述阐明了几个重要问题：首先，皇甫冉死后，皇甫曾是有过守丧经历的；其次，皇甫曾除丧后，唯恐皇甫冉的作品散佚不传于世，因而将所存之诗稿编次成集；最后，由于独孤及与皇甫冉先后为谏官，彼此熟识，故在编成诗集之后托独孤及作序。

按惯例，同胞兄长亡故，兄弟亦服"齐衰"之丧，一般为时一年。由此可知，皇甫冉死后的一年多时间里，皇甫曾应在丹阳老家服丧以及编次兄长遗作。从皇甫冉卒，到独孤及作序这段为期一年多的时间无论如何不应为研究者所忽略。

皇甫曾约大历四年贬舒州司马，大历六年间尚与独孤及在舒州等地交游。皇甫曾离开舒州的时间在大历七年或大历八年。独孤及有《答皇甫十六侍御北归留别作》，诗云："正当楚客伤春地，岂是骚人道别时。"③ 可知皇甫曾离开舒州时在春日。戴叔伦亦有《京口送皇甫司马副端曾舒州辞满归去东都》，诗云："晚景照华发，凉风吹绣衣。"④ 其在京口送别皇甫曾北上的时间有可能在暮春，也有可能在初秋，当与独孤及诗作于同年。由此二诗可以明确两点：第一，皇甫曾离开舒州北上的路线是沿长江而下，至润州北上入运河返洛阳，这是从舒州至洛阳最普通的路线；第二，皇甫曾离开舒州是由于任期已满，而非意外因素。

皇甫冉若卒于皇甫曾在舒州期间，则皇甫曾大历七年前后应当在家

---

① 傅璇琮观点见《皇甫冉皇甫曾考》；蒋寅观点见《独孤及文系年补正》。蒋寅著：《大历诗人研究》，中华书局1995年版，第566页。
② 《毗陵集》卷十三，页七，B面，《四部丛刊》初编。
③ 《毗陵集》卷三，页六，B面，《四部丛刊》初编。
④ 《全唐诗》卷二七三，第3088页。

服丧及编集，其在舒州官所与独孤及等唱和，以及从舒州正常任满归北洛阳之事均不可能发生。因此，皇甫冉绝不可能卒于皇甫曾任舒州司马期间，必在其离任之后。皇甫曾离任舒州的时间上限是大历七年春，则皇甫冉卒时只能在此之后。如此一来，独孤及《集序》的写作时间也绝不可能早于大历八年。

既然皇甫冉卒于皇甫曾离舒州后，则皇甫曾此后的行踪，就成了考证皇甫冉卒年以及独孤及作序时间的重要线索。皇甫曾此后数年的行踪，可以从其交游考知。

皎然有《五言春日陪颜使君真卿皇甫曾西亭重会韵海诸生》①。"韵海"即是指颜真卿主持编纂的《韵海镜源》。颜真卿《湖州乌程县杼山妙喜寺碑铭》云："真卿自典校时，即考五代祖隋外史府君与法言所定切韵，引《说文》《苍雅》诸字书，穷其训解，次以经史子集中两字已上成句者，广而编之，故曰《韵海》；以其镜照原本，无所不见，故曰《镜源》。……大历壬子岁（七年），真卿叨刺于湖。公务之隙，乃与金陵沙门法海、前殿中侍御史李崿……以季夏于州学及放生池日相讨论。至冬，徙于兹山东偏。来年春，遂终其事。"② 但殷亮《颜鲁公行状》载："（大历）七年九月，拜湖州刺史。"③ 则其到任当已至冬季，故知颜真卿的自述中，所谓"以季夏于州学及放生池日相讨论"，当在次年，即大历八年季夏，其所谓"来年春"则为大历九年春。因此，皎然此诗作于大历九年春无疑。由此可知，皇甫曾大历九年春赴湖州访颜真卿、皎然等友人，并随同众人与《韵海镜源》诸位编者宴集。

皇甫曾在湖州期间，与众多文人交游唱和，有《五言建元寺皇甫侍御院寄李员外纵联句一首》④，作者包括皇甫曾、皎然、崔子向、郑说等，

---

① （唐）皎然撰：《吴兴昼上人集》卷三，页十，A面，（民国）张元济等编：《四部丛刊》初编，上海商务印书馆民国二十四年版。
② 《全唐文》卷三三九，页六，B面，第3436页。
③ 《全唐文》卷五一四，页二十一，A面，第5229页。
④ 《吴兴昼上人集》卷十，页三，B面，《四部丛刊》初编。

情致十分闲适。此外,皎然集中共有三首送别皇甫曾的诗。其中,《七言送皇甫侍御曾还丹阳别业》诗云:

> 云阳别夜忆春耕,花发菱湖问去程。
> 积水悠扬何处梦,乱山稠迭此时情。
> 将离有月教弦断,赠远无兰觉意轻。
> 朝右要君持汉典,明年北墅可须营。①

云阳,即丹阳县。《元和郡县图志》载:"丹阳县。本旧云阳县地。"②,菱湖,在湖州。嘉泰《吴兴志》载:"菱湖,在归安县东南四十五里。唐崔元亮开,即陵波塘。"③《新唐书·地理志》载:"乌程……东南二十五里有陵波塘,宝历中,刺史崔玄亮开。"④ 此诗作于皇甫曾归丹阳前夜,皎然在"菱湖"上相送,时间正是春日。皎然另一次在湖州送别皇甫曾的季节不在春季,此诗当为本次皇甫曾离湖州时的送别之作。尾联所云"朝右"既可指州郡的辅佐官吏,也可指位列朝班之右的高官。由尾联诗意可知,皇甫曾此次离开湖州回丹阳应是受到某位州郡官吏的任职邀请,并有回乡营建新别业的意图。

皇甫曾临行前,也留下了名篇《乌程水楼留别》⑤ 惜别各位友人。很显然,皇甫曾此次湖州之行纯属访友、交游,情致闲适惬意。无论其自己,还是友人的诗歌中,均未提及皇甫冉半个字。这看似与皇甫冉是否在世毫无关联,但恰恰是这种表面上的无关,为考证皇甫冉卒年提供了非常重要的一条线索。

---

① 《吴兴昼上人集》卷四,页七,A面,《四部丛刊》初编。
② 《元和郡县图志》卷二十五《江南道一》,第591页。
③ (宋)谈钥撰:嘉泰《吴兴志》卷五《河渎》,页四,B面,《宋元方志丛刊》第五册,中华书局1990年版。
④ 《新唐书》卷四十一《地理志五》,第1059页。
⑤ (唐)皇甫曾撰:《唐皇甫曾诗集》卷一,页六十三,B面,明刘成德正德十三年(1518)刻本。

以皇甫曾大历九年春的湖州春游为坐标原点，则可将皇甫冉离世时间分为在此前及在此后两种可能。

倘若皇甫冉卒于皇甫曾赴湖州之前，则必在大历七年夏之前春至大历八年。

假设皇甫冉卒于大历七年，则皇甫曾向独孤及求序之事又有在舒州与在常州两种可能。独孤及《谢常州刺史表》云："臣伏奉去年十二月二十三日敕，授臣使持节常州诸军事守常州刺史充当州团练守捉使。……今以三月十七日到州上讫。"① 又梁肃《朝散大夫使持节常州诸军事守常州刺史赐紫金鱼袋独孤公行状》云："擢拜常州刺史本州都团练使。……为郡之四载，大历十二年四月壬寅（二十一日）晦，暴疾薨于位。"② 是知独孤及自舒州改刺常州在大历八年十二月，大历九年三月到任。若求序事在舒州，则时间必须在大历八年十二月之前。如此，则需满足以下所有条件：第一，皇甫曾任满离舒州的时间便只能定为大历七年夏之前春，而不能是八年春；第二，戴叔伦送皇甫曾北归洛阳也只能在此年春季，而不能是初秋；第三，皇甫冉之卒必须在皇甫曾北归后不久，至迟不能晚于夏季。在以上三个条件皆满足的情况下，皇甫曾自舒州任满到求序期间的时间脉络为：大历七年春，皇甫曾离舒州，至润州未停留，与戴叔伦相遇后立即北赴洛阳，随后皇甫冉卒。皇甫曾在洛阳得知兄长亡故之讯，立即南下返乡，其至润州至少已入秋。还乡后服"齐衰"一年，除丧之时已在大历八年秋。除丧之后，恐兄长之诗不传，故编次皇甫冉诗集，又费数月，此后再赴舒州寻独孤及求序。按此时间计算，皇甫曾赴舒州的时间最早也要到大历八年冬。

即便以上所预设的时间和过程尽皆巧合，亦恐皇甫曾尚未抵达舒州，独孤及已然启程离开舒州。而以上三项假设中但有一项不符，则大历八年冬赴舒州求序便无任何可能性。故而皇甫冉卒于大历七年的假设过于

---

① 《毗陵集》卷五，页十二，B 面，《四部丛刊》初编。

② 《全唐文》卷五二二，页五至六，第 5303 页。按：大历十二年四月晦日并非壬寅日，此处意为独孤及卒于四月壬寅之夜。

牵强，其实际发生的可能性几可忽略。

假设皇甫冉卒于大历七年秋冬，则皇甫曾除丧后向独孤及求序的地点应在常州，时间则应在大历九年三月独孤及到任常州之后。上文已述，皇甫曾大历九年春尚在湖州交游，这在时间上就产生了矛盾。如皇甫曾赴常州求序事在游湖州之前，则其入湖州时必已在四月后，不可能在春日奉陪颜真卿、皎然交游。如求序事在湖州之行后，则皇甫曾除丧、编集之后，竟不就近去求序，而是先越过近在常州的独孤及，而远赴湖州访友，并在湖州之行中对此事只字不提，返回之时亦不谈求序，只道意欲回乡任职并营建别业，这显然更是荒谬的。

经以上分析，皇甫冉卒于大历七年的所有可能性假设，在将皇甫曾生平与独孤及作序时间相结合的分析中都根本无法自圆其说。因而可断定，皇甫冉并非卒于大历七年。

假设皇甫冉卒于大历八年，则大历九年春，皇甫曾或在服丧，或在编集，决然不可能在服丧之期未满，且未编完兄长遗作之时，就南来湖州与皎然等人悠然酬唱，亦不可能在此时意欲接受郡官之辟回乡任职，更遑论营建别业诸事。况且，皎然作为皇甫曾的好友，其在送别诗中如若一定要写对方回乡的目的，也没有必要有意绕过服丧或编集，更绝不可能在此时用惜别的语气特地点出对方任官、建宅等违反礼制的事情。因此，皇甫冉也不可能卒于大历八年。

要之，将皇甫曾此段生平与独孤及作序时间相结合进行分析，显而易见，皇甫冉卒于大历九年春之前是不可能的，皇甫曾游湖州之时，皇甫冉必然在世。

如此，则需讨论皇甫冉卒于大历九年春皇甫曾自湖州归来之后的可能性。

皇甫曾有《送少微上人东南游》诗云：

> 石梁人不到，独往更迢迢。乞食山家少，寻钟野寺遥。

松门风自扫，瀑布雪难消。秋夜闻清梵，馀音逐海潮。①

此诗作于秋日，独孤及、刘长卿等同和。独孤及《送少微上人之天台国清寺序》云："岁次乙卯，自京持钵而来……既而飞锡济江，休于晋陵。又东至于姑苏，将涉震泽、踰会稽、上天台，至国清上方而止。"② 乙卯岁，正是大历十年。又《元和郡县图志》载："常州，……汉改曰毗陵，晋东海王越谪于毗陵。元帝以避讳，改为晋陵郡。"③ 可知独孤及、皇甫曾等送少微上人就在常州，且时在秋日。因此，皇甫曾于大历十年秋赴常州见独孤及一事可确信无疑。

据上文所引皎然诗所述，皇甫曾大历九年春受到润州官员的任职邀请，由湖州返回润州，并欲营建别业。但其返乡后却并未有任职的记录，亦未有建成别业之说，反而在近一年半的时间里，既无走访，也无唱和，完全销声匿迹。直至次年秋突然出现在常州，与独孤及唱和。在此之后，皇甫曾才回归常态，再次开始了在江南一带的漫游和访友生活。这说明，皇甫曾大历九年春从湖州返乡后，一定发生了使其不能出仕，不能营建别业，亦不能访友交游的意外情况。结合一系列依据来看，这个意外情况必然是皇甫冉的突然薨逝，时间就在大历九年皇甫曾从湖州回乡之后不久。这个时间既符合皇甫曾的生平行踪，亦符合独孤及的作序时间，是诸多可能中唯一能够自圆其说的解释。此卒年亦与皇甫冉《庐山歌送至弘法师兼呈薛江州》作于大历八年后的推断相符。同时，以皇甫冉卒于大历九年逆推其生年为开元九年，也与其十五岁时在洛阳得见张九龄相符。

至此，若无墓志、行状等新的确切文献出世，皇甫冉生于开元九年

---

① 《唐皇甫曾诗集》卷一，页六十六，A面，明刘成德正德十三年（1518）刻本。
② 《毗陵集》卷十六，页八，B面，《四部丛刊》初编。
③ 《元和郡县图志》卷二十五《江南道一》，第598页。

（721），卒于大历九年（774）之说当为皇甫冉生卒年的最终结论。①

第四节　皇甫冉生平分期及年谱

皇甫冉的生平经历，独孤及《唐故左补阙安定皇甫公集序》叙述最为详尽："十岁能属文，十五岁而老成。右丞相曲江张公深所叹异，谓：'清颖秀拔，有江徐之风。'伯父秘书少监彬尤器之，自是令问休畅。举进士第。一历无锡县尉，左金吾兵曹，今相国太原公之推毂河南也，辟为书记。大历二年，迁左拾遗，转右补阙。奉使江表，因省家至丹阳。朝廷虚三署郎位以待君之复。不幸短命，年方五十四。"② 这百余字的简短叙述，简介了皇甫冉的一生，相当于一篇人物小传。

独孤及是与皇甫冉同时代的文人，曾经与皇甫冉之弟皇甫曾在舒州有同僚之谊，且与皇甫冉先后为谏官，彼此之间自不陌生。此文为皇甫冉离世一年多后，皇甫曾亲自向独孤及求得，所述内容应真实可信。其后的文献如《新唐书·萧颖士传》所附《皇甫冉传》，《极玄集》等，均与之相符。至如《唐才子传》等后出文献，偶有臆测，亦是由此文中的叙述推导或误解而来。

当代对皇甫冉生平的研究，除前文述及的傅璇琮、储仲君二先生的文章外，鲜有高水平成果面世。至于近年新出的诸多以皇甫冉为研究对象的学位论文等成果，几乎在皇甫冉生平考证方面没有任何建树。近年研究无法取得应有成果的原因主要有以下几点。

第一是史料不足。不仅皇甫冉本人的史料十分有限，与皇甫冉交往密切的同时代诗人，如刘方平、刘长卿、李嘉祐等的史料皆严重匮乏，这给研究皇甫冉生平增加了相当大的难度。

---

① 近年新出研究著作，如吴在庆主编《唐五代文编年史》，依旧系皇甫冉卒年于大历六年。其考证疏漏前文已述，不再赘述。参见《唐五代文编年史·中唐卷》，黄山书社2018年版，第68页。

② 《毗陵集》卷十三，页六，B面，《四部丛刊》初编。

第二是不能细究诗意。在史料不足的前提下，诗人的作品是研究诗人生平最重要的材料。但很多研究者不能深究诗意，随意解读，导致诗人重要的生平系年出现重大失误。

第三是学力不足，用心急躁。中唐诗人之间交往纷繁，考证一家生平，通常需要熟悉与之相关的一系列诗人生平。中唐文学研究成果众多，很多诗人的生平众说纷纭，几无定论。不少新进学者学力不足，难以分辨；或用心急躁，懒于一一验证前人所言，只从众说中选取最著名前辈学者的观点加以盲从，导致一些谬误长时间延续，无法得到纠正。

本节在独孤及《集序》以及其他古代文献的基础上，结合作品系年和交往行迹等多方面考证，按皇甫冉人生轨迹，将其生平分为六个时期，编成年谱，并对独孤及《集序》中个别导致当今学者误解的说法予以阐释。

一 早年至天宝十五载登第

开元九年至天宝十五载之间的时间跨度很大，贯穿了皇甫冉的童年、少年、青年时期，直至其步入中年。这一时期里，皇甫冉经历了少年成名的意气风发，经历了在洛阳与达官名士交游的轻松惬意，也经历了青年时期屡试不第的苦闷颓唐。直到天宝十五载，才在唐王朝极盛的最后一瞬，终于如愿登科。

开元九年辛酉（721），一岁。

皇甫冉于本年出生。参见本章第三节《皇甫冉生卒年新证》。

开元十八年庚午（730），十岁。

独孤及《唐故左补阙安定皇甫公集序》云："十岁能属文。"

开元二十三年乙亥（735），十五岁。

在洛阳。

皇甫冉少年时才情出众，十五岁时，诗文已初有气象。独孤及《集序》中称："十五岁而老成。右丞相曲江张公深所叹异，谓清颖秀拔，有江徐之风。伯父秘书少监彬尤器之，自是令问休畅。"① 可见，在得到张九龄、皇甫彬的赞赏后，皇甫冉少年成名，并在文坛崭露头角。《旧唐书·玄宗纪上》载："（开元）二十二年春正月，……己丑（二十六日），至东都。……（二十四年）冬十月戊申（二十一日），车驾发东都，还西京。"② 在此期间，张九龄、皇甫彬等人皆随驾洛阳。《唐才子传》云："张九龄一见，叹以清才。"③ 则皇甫冉得张九龄称赞时必在洛阳，而非远在丹阳老家，其迁居洛阳时间当在此前。独孤及又云："曾，字孝常，与君同禀学诗之训，君有诲诱之助焉。"④ 由此可知，皇甫冉兄弟年少时一同学诗，则皇甫曾早年也生活在洛阳，兄弟皆年少迁居，则应是随父辈而迁。皇甫冉作为兄长，与胞弟皇甫曾同习诗文，对其学业有"诲诱之助"。结合皇甫冉少年时期在文坛的名气，指导胞弟的学业是合乎情理的。

约天宝六载丁亥（747），二十七岁。
在洛阳。本年之前已开始赴科举。

皇甫冉青年时的事迹史料中仅有只言片语，其登科之前的诗歌和交游也大多无法准确系年。但从皇甫冉现存作品内容分析，其科举之途十分坎坷，天宝年间曾多次往返两京赴考。皇甫冉开始参加科举的最早时间可通过其写给胞弟皇甫曾的诗探究一二。

皇甫冉有《曾东游以诗寄之》，诗云：

> 出郭离言多，回车始知远。寂然曾城暮，更念前山转。
> 总辔越城皋，浮舟背梁苑。朝朝劳延首，往往若在眼。

---

① 《毗陵集》卷十三，页六，B面，《四部丛刊》初编。
② 《旧唐书》卷八《玄宗纪上》，第200—203页。
③ 《唐才子传校笺》卷三，第一册，第564页。
④ 《毗陵集》卷十三，页七，B面，《四部丛刊》初编。

落日孤云还，边愁迷楚关。如何椒花发，复对游子颜。
古寺衫栝里，连樯洲渚间。烟生海西岸，云见吴南山。
惊风扫芦荻，翻浪连天白。正是扬帆时，偏逢江上客。
由来许佳句，况乃惬所适。嵯峨天姥峰，翠色春更碧。
气栖湖上雨，月净剡中夕。钓艇或相逢，江蓠又堪摘。
迢迢始宁野，芜没谢公宅。朱槿摧列墉，苍苔偏幽石。
顾予任疏懒，期尔振羽翮。沧洲未可行，须售金门策。①

此诗系皇甫冉早年居洛阳时送皇甫曾东游之作。此诗中描绘了皇甫冉想象中皇甫曾一路游历所经之地的景象。诗云："总辔越城皋，浮舟背梁苑。"这是皇甫曾出发的起点和所行方向。"城皋"，正德刘成德刻本等诸本皆作"成皋"。《元和郡县图志》载："汜水县，畿。西南至府一百八十里。古东虢国，郑之制邑，汉之成皋县，一名虎牢。"②"梁苑"即"梁园"，汉梁孝王刘武筑。《史记·梁孝王世家》载："孝王筑东苑，方三百余里，广睢阳城七十里。"③ 故址在今河南商丘。可知皇甫曾自洛阳出发，一路东行。诗又云"嵯峨天姥峰"，"月净剡中夕"。"剡中"，《旧唐书·地理志》载："剡，汉县，属会稽郡。武德四年，置嵊州及剡城县。八年，废嵊州及剡城，以剡县来属。"④"天姥峰"，《元和郡县图志》载："天姥山，在（剡）县南八十里。"⑤ 可知皇甫曾漫游之终点为越州。在皇甫冉的想象中，皇甫曾至"楚关"之时，正值"椒花发"，用晋刘臻妻献《椒花颂》之典，即指深冬季节，新年将至。"惊风扫芦荻"，亦为南方深冬之象。待到皇甫曾行至越州时，已至春季。此后，皇甫曾将在越州停留，寻幽览胜。至泛舟赏月，江蓠堪采之时，又入夏日。此前皆述漫游之美，诗末却云"顾予任

---

① 《皇甫冉诗集》卷上，页十五，A面，《中华再造善本》影印宋刻本。
② 《元和郡县图志》卷五《河南道一》，第146页。
③ （汉）司马迁撰：《史记》卷五十八《梁孝王世家第二十八》，中华书局1959年版，第2083页。
④ 《旧唐书》卷四十《地理志三》，第1590页。
⑤ 《元和郡县图志》卷二十六《江南道二》，第620页。

疏懒，期尔振羽翮。沧洲未可行，须售金门策"，以自己为反例，告诫皇甫曾当将精力投于科举之中，表达了对胞弟醉心游历、不思进学的些微担忧。此句亦说明了作此诗时，皇甫冉已有了落第经历。

由皇甫冉诗中所述，皇甫曾的东游时间将长达一年以上。考皇甫曾诗，有《赠鉴上人》[1]一诗，当作于天宝七载鉴真第四次东渡前。皇甫曾酬鉴真，当即此行途中[2]。皇甫曾行至扬州已在次年，则皇甫冉诗当作于天宝六载。

天宝七载戊子（748），二十八岁。
本年或再至长安赴举。

《新唐书·萧颖士传》云："颖士乐闻人善，以推引后进为己任，如李阳（冰）、李幼卿、皇甫冉、陆渭等数十人，由奖目，皆为名士。"[3]萧颖士生于开元五年，仅比皇甫冉年长四岁。从萧颖士的生平来看，其推引皇甫冉当在"召为集贤校理"[4]期间。萧颖士《伐樱桃树赋并序》云："天宝八载，予以前校理罢免，降资参广陵大府军事。"[5]其任集贤校理一职当在天宝七载前后，则皇甫冉约天宝七载得萧颖士推引。据《登科记考》，李嘉祐天宝七载登第。[6]皇甫冉与李嘉祐相交匪浅，安史之乱后多有酬唱，或于此时相识。

有学者认为萧颖士与皇甫冉的师生之谊或发生在开元末。[7]但开元末年，萧颖士才年过二十，而皇甫冉甚至未及弱冠。《新唐书·萧颖士传》载："天宝初，颖士补秘书正字。于时裴耀卿、席豫、张均、宋遥、韦述

---

[1]《唐皇甫曾诗集》卷一，页六十七，B面，明刘成德正德十三年（1518）刻本。按，此本目录题作《曾鉴上人》，正文又作《赠监上人》，他本多作"鉴上人"。鉴上人，为鉴真和尚，详见第二章《皇甫曾生平考》。

[2] 详考参见本书第二章第二节《皇甫曾生平分期》。

[3]《新唐书》卷二〇二，第5769页。

[4]《新唐书》卷二〇二，第5768页。

[5]《全唐文》卷三二二，页七，A面，第3262页。

[6]（清）徐松撰，赵守俨点校：《登科记考》卷九，中华书局1984年版，第318页。

[7]（唐）萧颖士著，黄大宏、张晓芝校笺：《萧颖士集校笺》，中华书局2017年版，第374页。

皆先进，器其材，与钧礼，由是名播天下。"① 可见萧颖士自身成为名士亦在天宝年间，推引后辈之事必在其后。开元年间的萧颖士断不会以前辈自居。萧颖士天宝初在秘书正字任不久即"奉使括遗书赵、卫间，淹久不报，为有司劾免，留客濮阳"②。直至召任集校理才重返长安。故其大力推引后辈的时间当为重返京城任职后。

约天宝中期，皇甫冉曾因屡试不第而南下荆湘漫游散心，作《落第后东游留别》。此行途中留下了《卖药人处得南阳朱山人书》《适荆州途次南阳赠何明府》《赋得邨路悲猿》《巫山峡》等诗歌。此后，皇甫冉曾隐居洛郊山中，与刘方平、张諲等诗友、画友相酬唱。有《山中五咏》③等诗传世。具体年份不可考，姑系于此。

天宝十三载甲午（754），三十四岁。
本年再赴京科举，仍落第。秋，归洛阳。

皇甫冉《寄刘八山中》诗云：

东皋若近远，苦雨隔还期。闰岁风霜晚，山田收获迟。
茅簷燕去后，樵路菊黄时。平子游都久，知君坐见嗤。④

刘八，指刘方平。刘方平是当时著名的诗人、画家。《唐才子传》载："方平，河南人。白皙美容仪。二十工词赋，与元鲁山交善。隐居颍阳大谷，尚高不仕。皇甫冉、李颀等相与赠答。"⑤《历代名画记》载："刘方平，工山水树石，汧国公李勉甚重之。"⑥ 刘方平天宝中后期隐居于

---

① 《新唐书》卷二〇二，第5767页。
② 《新唐书》卷二〇二，第5768页。
③ 以上各诗皆见于《皇甫冉诗集》，《中华再造善本》影印宋刻本。
④ 《皇甫冉诗集》卷上，页九，B面，《中华再造善本》影印宋刻本。
⑤ 《唐才子传校笺》卷三，第一册，第587—590页。
⑥ （唐）张彦远撰：《历代名画记》卷十，页二，A面，《景印文渊阁四库全书》第812册，台湾商务印书馆1983年版，第351页。

颍阳,是与皇甫冉关系最密切的好友之一。由首联可知,此诗作于归洛途中。诗云"闰岁风霜晚",很明确当年有闰月,且闰月应在年末,如此才会出现风霜晚到的情况。以此推算,此诗当作于天宝十三载(闰十一月)秋,此前及此后的闰年皆与此不合。按诗意,此诗当为皇甫冉落第后归来时作,故诗末云:"知君坐见嗤。"①

天宝十五载丙申(756),三十六岁。
登进士第。

宋晁公武《郡斋读书志》载:"右唐皇甫冉茂政也。丹阳人,天宝十五年进士。"②《舆地纪胜》载:"皇甫冉,天宝十五年登进士第。"③《唐才子传》云:"天宝十五年卢庚榜进士。"④《登科记考》据《唐才子传》著录。⑤皇甫冉有《东郊迎春》诗,诗云:

晓见苍龙驾,东郊春已迎。彩云天仗合,玄象太阶平。
佳气山川秀,和风政令行。勾陈霜骑肃,御道雨师清。
律向韶阳变,人随草木荣。遥观上林树,今日遇迁莺。⑥

---

① 蒋寅认为此诗是大历六年皇甫冉赠刘长卿的诗,参见《刘长卿生平再考证》,《大历诗人研究》,第444页。今按此考有误。皇甫冉诗中称对方为"平子",显然寄赠的是刘方平,而非刘长卿。按诗意,此诗是皇甫冉天宝年间赴京应试不成欲还家时所作,是早年作品。大历六年时,皇甫冉早已辞官闲居在丹阳老家,不可能自京返洛。此外,而大历六年的闰月是三月,此年的风霜反而应比往常早到,与诗意完全相反。

② (宋)晁公武撰,孙猛校证:《郡斋读书志校证》卷十七,上海古籍出版社1990年版,第860页。

③ (宋)王象之撰:《舆地纪胜》卷七《两浙西路·镇江府·人物》,页十八,B面,中华书局1992年版,第424页。

④ 《唐才子传校笺》卷三,第一册,第564页。

⑤ 《登科记考》卷九,第339页。

⑥ 《唐皇甫冉诗集》卷四,页三十五,A面,明刘成德正德十三年(1518)刻本。此诗明影宋本未收录。

诗中写面圣场景，兼有歌功颂德之意，当为天宝十五载应试之作。

二　避安史之乱东归时期

天宝十四载（755）冬，安史之乱爆发。次年夏，叛军进逼长安。皇甫冉登第后未及授官便随众多士人奔走避乱，翻秦岭、过商山、经汉水、入长江，终至越州。此后，皇甫冉返回润州。乾元元年（758）春，过苏州赴越州，后客居越州，直至上元元年（760）春。

至德元载丙申（756），三十六岁。

天宝十五载七月，肃宗即位，改元至德。皇甫冉本年夏与诸公避乱东归。秋，在越州，与严维、包佶酬唱。后返润州，临行与灵一等饯别。本年冬，在润州。

皇甫冉究竟是授官江东还是避乱江东，文献并无明确记载，只有两条模糊的线索：其一，独孤及《集序》云："举进士第。一历无锡县尉、左金吾兵曹。"① 其二，《唐才子传》载："天宝十五年卢庚榜进士，调无锡尉。"②

此前诸家皆对此进行了考证。傅璇琮据此两条线索认为，皇甫冉于进士登第后，大约已调为无锡尉。言下之意即皇甫冉东归未必是避乱之举。③ 黄桥喜则根据《唐才子传》中的这句表述，直接断定皇甫冉登第后即授无锡尉，南下完全是在和平时期的正常授官，不存在避地东归之事。④ 事实上，两条文献记载几无差别，可知《唐才子传》之记载，即是源自独孤及《集序》。而独孤及的记述中并未对皇甫冉至江东之事有任何的暗示。据此，无论做出是授官还是避难的定论，都是没有证据支持的。

---

① 《毗陵集》卷十三，页七，A面，《四部丛刊》初编。
② 《唐才子传校笺》卷三，第一册，第564页。
③ 傅璇琮：《皇甫冉皇甫曾考》，《唐代诗人丛考》，第441页。
④ 黄桥喜：《皇甫冉里居生平考辨》，《文学遗产》1990年第1期。

第一章 皇甫冉生平考

储仲君最早采取了考察皇甫冉本人作品的方法，对授官抑或避乱进行了初步考证。皇甫冉《赋中送权三兄弟》诗云：

> 淮海风涛起，江关幽思长。同悲鹊绕树，独作雁随阳。
> 山晚云和雪，汀寒月照霜。由来濯缨处，渔父爱沧浪。①

储仲君考此诗所送之人为权骅、权器兄弟。并据诗中"淮海""江关"意象，判断送别之地为润州。又据此诗诗意，认为这是避安史之乱东归所作。故此认为皇甫冉东归之行并非授官，而是避乱。② 储仲君关于此诗所送对象的考证是没有问题的，并且此诗所写内容也确为避乱。但此诗中所写之避乱，并非是避安史之乱。中唐文学研究往往有一个误区，即但凡看到诗歌中有类似"避地"之语，就首先联想到避安史之乱，随后的考证中，判断受其误导，则会出现一系列偏差。不少知名学者一时疏忽之下也曾出现过此类失误。

皇甫冉这首诗中首句"淮海风涛起"，充分说明了所避之乱发生在"淮海"之地，而安史之乱根本未及江淮。很明显，皇甫冉此诗中的"风涛"绝非安史之乱。肃宗时期江淮地区最著名的战乱，是上元元年发生的刘展之乱。《旧唐书·肃宗纪》载上元元年"十一月，……宋州刺史刘展赴镇扬州，扬州长史邓景山以兵拒之，为展所败，展进陷扬、润、昇等州。……二年春正月，……乙卯（二十九日），平卢军兵马使田神功生擒刘展，扬、润平"。③ 皇甫冉此诗所写的避乱，无论从地理描写，还是季节描写，完全符合刘展之乱时的情况。此诗当作于上元元年冬，并非至德年间。而且，润州在刘展乱中为陷落之地，皇甫冉既避刘展之乱，则作诗地点在润州的判断也很可能是不准确的。

---

① 《皇甫冉诗集》卷上，页六，B面，《中华再造善本》影印宋刻本。
② 储仲君：《皇甫冉诗疑年》（续），《山西大学师范学院学报》（综合版）1993年第3期。
③ 《旧唐书》卷十《肃宗纪》，第260页。

本年秋，在越州。

真正能够考证出皇甫冉本年行踪的是其与严维、包佶、灵一的交往。

严维是越州人。《唐才子传》载："至德二年，江淮选补使、侍郎崔涣下以词藻宏丽，进士及第。以家贫亲老，不能远离，授诸暨尉。"①《登科记考》据此著录。②《旧唐书·肃宗纪》载至德元载"十一月，……诏宰相崔涣巡抚江南，补授官吏"。③《旧唐书·崔涣传》又云："时未复京师，举选路绝，诏涣充江淮宣谕选补使，以收遗逸。"④ 淮南道大都督府在扬州⑤，可知崔涣知举江淮在扬州，时在至德二载春。严维登第后，即授诸暨尉，刘长卿时同在扬州，作《送严维尉诸暨》⑥赠之。

皇甫冉有《秋夜宿严维宅》，诗云：

> 昔闻玄度宅，问向会稽峰。君住东湖下，清风继旧踪。
> 秋深临水月，夜半隔山钟。世故多离别，良宵讵可逢。⑦

严维有《酬诸公宿镜水宅》：诗云：

> 幸免低头向府中，贵将藜藋与君同。
> 阳雁叫霜来枕上，寒山映月在湖中。
> 诗书何德名夫子，草木推年长数公。
> 闻道汉家偏尚少，此身那此访芝翁。⑧

---

① 《唐才子传校笺》卷三，第一册，第605页。
② 参见《登科记考》卷九，第344页。
③ 《旧唐书》卷十《肃宗纪》，第244页。
④ 《旧唐书》卷一〇八，第3280页。
⑤ 参见《旧唐书》卷四十《地理志三》，第1571页。
⑥ 《全唐诗》卷一四八，1512页。
⑦ 《皇甫冉诗集》卷下，页二十二，B面，《中华再造善本》影印宋刻本。
⑧ 《全唐诗》卷二六三，第2915页。

皇甫冉诗中所谓"东湖",即严维诗中的"镜水"。《元和郡县图志》载:"镜湖,后汉永和五年太守马臻创立,在会稽、山阴两县界筑塘蓄水……堤塘周迴三百一十里,溉田九千顷。"①《读史方舆纪要》云:"鉴湖,(山阴)城南三里。亦曰镜湖,一名长湖,又为南湖。……马臻初筑塘,界湖为二,曰东湖,曰南湖。今自会稽五云门东至娥江七十二里,旧时谓之东湖。"② 可见,镜湖横跨会稽山阴两县境,山阴部分称南湖,会稽部分称东湖。皇甫冉所谓"君住东湖下",意即严维宅在会稽县境内之镜湖畔,确为严维所谓"镜水宅"无疑。

皇甫冉诗云"良宵讵可逢",而严维诗云"贵将藜藿与君同",可知二诗同作于严维酬众宾客之筵席上。从严维诗首句"幸免低头向府中",以及尾联用秦末隐士商山四皓"采芝"之典,可知彼时严维尚未出仕。本年春,皇甫冉尚在长安科举,而至德二载春,严维已赴扬州科考,登第后即授官出仕。则此二诗必为至德元载秋作,时严维在越州,皇甫冉等诸公同访之。

皇甫冉诗尾联隐有慨叹世事艰难之意。而按严维诗意,所酬之人亦不止皇甫冉一人。皇甫冉《宿严维宅送包七》亦作于同时,诗云:

> 江湖同避地,分手自依依。尽室今为客,经秋空念归。
> 岁储无别墅,寒服羡邻机。草色村桥晚,蝉声江树稀。
> 夜凉宜共醉,时难惜相违。何事随阳侣,汀洲忽背飞。③

包七,当为包佶。包佶与皇甫冉同为润州人,二者昔年在京洛时早已熟识。此诗无论季节和诗意,均与前两首相合,且有"夜凉宜共醉,时难惜相违"之句,当与前两首作于同时。此诗明确了诸公宿严维宅的原因是"江湖同避地",为诸人避安史之乱东归时之作无疑。唐时南北方

---

① 《元和郡县图志》卷二十六《江南道二》,第619页。
② 《读史方舆纪要》卷九十二《浙江四》,第4211页。
③ 《皇甫冉诗集》卷上,页二十,B面,《中华再造善本》影印宋刻本。

主要交通线即运河。至德元载,潼关以东的洛阳等地早已陷落,诸人从长安出发,无法经由洛阳走运河东归。储仲君认为诸人东归当"由关中南下,大抵需出武关,下襄阳,沿江至浔阳,取道鄱阳、余干而入浙东,故士人之聚于越者尤众"①。此说当是。诸人东归避乱,先至越州,严维为东道主,设宴酬之。此后,诸人又各自分别。

至德元载秋与严维、包佶的酬唱可证皇甫冉本年东归实为避乱而非赴任无锡尉。包佶为润州人,皇甫冉诗云:"尽室今为客,经秋空念归。"则包佶所归之地很可能为润州。皇甫冉作为送别之人,并未与之同行,而是短暂地停留在了越州。

此后,离越州返乡。

皇甫冉有《西陵寄灵一上人朱放》,诗云:

西陵遇风处,自古是通津。终日空江上,云山若待人。
汀洲寒事早,鱼鸟兴情新。回望山阴路,心中有所亲。②

西陵,在越州萧山县,今属杭州。《读史方舆纪要》载:"西陵城,(萧山)县西十二里。本曰固陵。《水经注》:'浙江东经固陵城北,昔范蠡筑城于浙江之滨,言可固守,因名固陵。'……六朝时谓之西陵牛埭,以舟过堰用牛挽之也。"③ 灵一,唐著名诗僧,曾在越州、杭州、扬州多地修行,《宋高僧传》有传④,独孤及亦为其作《唐故扬州庆云寺律师一公塔铭并序》⑤。皇甫冉诗云"汀洲寒事早",当作于深秋。又云:"回望山阴路,心中有所亲。"可知皇甫冉从山阴出发,沿水路北上,经西陵出

---

① 储仲君:《皇甫冉诗疑年》(续),《山西大学师范学院学报》(综合版)1993年第3期。
② 《皇甫冉诗集》卷上,页二,A面,《中华再造善本》影印宋刻本。
③ 《读史方舆纪要》卷九十二《浙江四》,第4216页。
④ (宋)赞宁撰:《宋高僧传》卷十五《唐余杭宜丰寺灵一传》,中华书局1987年版,第359页。
⑤ 《毗陵集》卷九,页一,《四部丛刊》初编。

越州。此行当为归乡。按,皇甫曾此时同在越州,此诗又见《唐皇甫曾诗集》,题为《西陵寄二公》,前三联同,尾联作"西望稽山路,吾心有所亲",诗意相同。① 灵一有《酬皇甫冉西陵见寄》,诗云:

> 西陵潮信高,岛屿没中流。越客依风水,相思南渡头。
> 寒光生极浦,落日映沧洲。何事扬帆去,空惊海上鸥。②

观诗意,灵一诗亦作于秋日。尾联云"何事扬帆去",与皇甫冉诗所云由西陵离越州相合,故《西陵寄灵一上人朱放》当为皇甫冉诗。皇甫冉此后至越州均非秋日离去,《西陵寄灵一上人朱放》当系于本年。

皇甫冉另有《赋得海边树》,诗云:

> 历历缘荒岸,溟溟入远天。每同沙草发,长共水云联。
> 摇落潮风早,离披海雨偏。故伤游子意,多在客舟前。③

此诗疑在越州作。"摇落潮风早",用《楚辞·九辩》之典,诗作于秋日。尾联"故伤游子意,多在客舟前。"当作于离去之时,姑系于至德元载秋返乡之时。

冬,在润州。

皇甫冉《送田济扬州赴选》诗云:

> 家贫不自给,求禄为荒年。调补无高位,卑栖屈此贤。
> 江山欲霜雪,吴楚接风烟。相去诚非远,离心亦渺然。④

---

① 《唐皇甫曾诗集》卷一,页六十四,A面,明刘成德正德十三年(1518)刻本。
② 《全唐诗》卷八〇九,第9123页。
③ 《皇甫冉诗集》卷下,页二十一,A面,《中华再造善本》影印宋刻本。
④ 《皇甫冉诗集》卷下,页十九,A面,《中华再造善本》影印宋刻本。

田济，事迹不详。皇甫冉诗云"扬州赴选""调补"，显为至德元载冬崔涣知举扬州事。诗云"江山欲霜雪"，作于冬日，亦与崔涣知举时间相合，故诗作于至德元载冬无疑。尾联云"相去诚非远"，可知皇甫冉时在润州，与扬州一江之隔，遂有此语。

至德二载丁酉（757），三十七岁。
春，疑过常州。

皇甫冉《同张侍御咏兴宁寺经藏院海石榴花》诗云：

嫩叶初生茂，残花少更鲜。结根龙藏侧，故欲竞青莲。①

兴宁寺在常州，《宋高僧传》卷十五有《唐常州兴宁寺义宣传》②。张侍御，名不详。前文已述，至德二载春，刘长卿在扬州送严维赴越州。刘长卿同时有《瓜洲驿奉送张侍御拜膳部郎中却复宪台充贺兰大夫留后使之岭南时侍御先在淮南幕府》③。贺兰大夫，即贺兰进明。《唐会要》载："至德二载正月，贺兰进明除岭南五府经略兼节度使。"④ 张侍御代贺兰进明赴岭南，刘长卿送之南下，诗作于春日，则其南下必在至德二载春。常州为润州通往浙东诸州的必经之路，如皇甫冉诗中之张侍御与刘长卿所送为同一人，则本年春，皇甫冉曾过常州，但行踪不可考。如本诗所赠张侍御另有其人，则系年或有误，姑系于此。

至德三载/乾元元年戊戌（758），三十八岁。
本年自润州赴越州。

---

① 《皇甫冉诗集》卷上，页二十一，A 面，《中华再造善本》影印宋刻本。
② 《宋高僧传》卷十五《明律篇第四之二》，第 363 页。
③ 《全唐诗》卷一五〇，第 1554 页。
④ （宋）王溥撰：《唐会要》卷七十八，中华书局 1960 年版，第 1431 页。

春，过苏州。

皇甫冉《送钱塘路少府赴制举》诗云：

> 公车待诏赴长安，客里新正阻旧欢。
> 迟日未能销野雪，晴花偏自犯江寒。
> 东溟道路通秦塞，北阙威仪识汉官。
> 共许郄诜工射策，恩荣请向一枝看。①

路少府，名不详。刘长卿有《送路少府使东京便应制举》②，其自注："时梁宋初失守。"梁宋，即指宋州。《元和郡县图志》载："宋州，睢阳。……秦并天下，改为砀郡。后改为梁国，汉文帝封其子武为梁王，……隋于睢阳置宋州，大业三年又改为梁郡。……武德四年，……又为宋州。"③ 宋州失守在至德二载十月。《旧唐书·肃宗纪》载：至德二载"冬十月……癸丑（初九日），贼将尹子奇陷睢阳"④。皇甫冉与刘长卿送路少府赴举必在此后。刘长卿至德二载冬在苏州长洲坐事入狱，旋因收东都大赦天下遇赦，次年春，摄海盐令，在苏州。⑤ 皇甫冉诗云："迟日未能销野雪，晴花偏自犯江寒。"作于早春，应在本年。皇甫冉时在苏州，应是赴越州路过苏州，适逢路少府北上，故酬之。由皇甫冉诗首联可知，路少府此去并非洛阳，而是长安。

皇甫冉有《同李苏州伤美人》⑥，疑此时作。李苏州，或为李希言。郁贤皓《唐刺史考全编》考李希言刺苏州时间为至德元载（756）至乾元

---

① 《皇甫冉诗集》卷上，页十八，A 面，《中华再造善本》影印宋刻本。
② 《全唐诗》卷一四八，第 1509 页。
③ 《元和郡县图志》卷七《河南道三》，第 179 页。
④ 《旧唐书》卷十《肃宗纪》，第 247 页。
⑤ 刘长卿陷狱及遇赦，其本人皆有诗为证，学界已有共识，兹不赘述。可参见蒋寅《大历诗人研究》，第 437 页。
⑥ 《皇甫冉诗集》卷上，页五，A 面，《中华再造善本》影印宋刻本。

元年（758），乾元元年郑炅之代李希言①。则乾元元年春，皇甫冉过苏州时，李希言当在苏州刺史任上。此诗只为凭吊李之姬妾，内容未有其他时间及人物线索。陶敏《全唐诗人名汇考》疑李苏州为李丹。李丹宝应元年至广德元年在苏州刺史任。②皇甫冉广德元年秋亦在苏州从李嘉祐游。诗姑系于此。

冬，在越州。

皇甫冉《独孤中丞筵陪饯韦使君赴昇州》诗云：

> 中司龙节贵，上客虎符新。地控吴襟带，才光汉缙绅。
> 泛舟应度腊，入境便行春。处处歌来暮，长江建业人。③

昇州，《旧唐书·地理志三》载："至德二年二月，置江宁郡。乾元元年，于江宁置昇州，割润州之句容、江宁、宣州之当涂、溧水四县，置浙西节度使。上元二年，复为上元县，还润州。当涂等三县，各依旧属。"④《新唐书·方镇五》载："乾元元年，置浙江西道节度兼江宁军使，领昇、润、宣、歙、饶、江、苏、常、杭、湖十州，治昇州，寻徙治苏州，未几，罢领宣、歙、饶三州，副使兼余杭军使，治杭州。"⑤《元和郡县图志》载："至德二年，于（上元）县置江宁郡，乾元元年，改为昇州，兼置浙西节度使。"⑥ 由此以上三条史料可知，昇州由江宁郡改置而来。至德二载，先有江宁郡，乾元元年，改"昇州"。州名乃置浙西节度使改，并非古称，而为新名。皇甫冉诗云"昇州"，必作于乾元元年或其后。

---

① 郁贤皓著：《唐刺史考全编》卷一三九，安徽大学出版社2000年版，第1910页。
② 陶敏著：《全唐诗人名汇考》，辽海出版社2006年版，第176页。
③ 《皇甫冉诗集》卷上，页四，A面，《中华再造善本》影印宋刻本。
④ 《旧唐书》卷四十《地理志三》，第1584页。
⑤ 《新唐书》卷六十八《方镇五》，第1903页。
⑥ 《元和郡县图志》卷二十五《江南道一》，第594页。

韦使君，即韦黄裳。《旧唐书·肃宗纪》载：乾元元年十二月"甲辰（初六日），以昇州刺史韦黄裳为苏州刺史，浙西节度使"①。可知，韦黄裳乾元元年十二月前，应为昇州刺史。皇甫冉送其赴昇州，诗云"上客虎符新"，"上客"即指韦黄裳，"虎符新"指新掌兵权，即黄裳初赴昇州任刺史兼浙西节度使。此与《两唐书》及《元和郡县图志》"昇州"相关记载相符。诗又云："泛舟应度腊，入境便行春。"可知，作此诗时腊月未过，诗人想象韦黄裳由水路抵达昇州时，当过腊月，入昇州境内当在次年初春，故云"行春"。由此推测，此诗当作于乾元元年腊月之前，或迫近腊月之时。

但此结论似与《旧唐书·肃宗纪》载韦黄裳改任苏州刺史的时间存在矛盾。查韦黄裳由昇州改任苏州，时在乾元元年十二月甲辰，甲辰日为十二月初六日。此时当是皇帝颁发任命之日，从朝廷下达任命，到任命抵达江南，韦黄裳赴任苏州当已在次年。而其此前已担任昇州刺史，据皇甫冉诗可知，韦黄裳出任昇州刺史也当在乾元元年年末。由此推断，韦黄裳新任昇州刺史未久，旋即改任苏州刺史。皇甫冉诗中所想象的"处处歌来暮，长江建业人"之场景并未成为现实，究其原因乃是由于浙西节度使治所迁移造成的。前引《新唐书·方镇五》所载"乾元元年，置浙江西道节度兼江宁军使，领昇、润、宣、歙、饶、江、苏、常、杭、湖十州，治昇州，寻徙治苏州"。韦黄裳改任苏州刺史一事被记入《旧唐书·肃宗纪》并非简单的刺史调任问题，重点则在节度治所迁移，韦黄裳的主要职责正如皇甫冉诗中所及之兵权，而非治民之刺史，故有此改任。

独孤中丞，即独孤峻。据《唐方镇年表》载，乾元元年、二年，浙东节度使为独孤峻。②《会稽掇英总集》载："独孤峻，自陈州刺史授，

---

① 《旧唐书》卷十《肃宗纪》，第254页。
② 吴廷燮撰：《唐方镇年表》卷五，中华书局1980年版，第770页。

充节度采访使，加御史中丞，改金吾卫大将军。"①独孤及《唐故浙江东道节度掌书记越州剡县主簿独孤丕墓志》云："乾元二年，从季父峻为御史中丞，都督江东军事，盛选僚佐，表为剡县主簿。"②又《旧唐书·肃宗纪》载：乾元二年"六月，……以明州刺史吕延之为越州刺史，充浙江东道节度"③。可知独孤峻为浙江东道节度使的时间为乾元元年至乾元二年六月间，与韦黄裳赴任时间相合。浙江东道节度使治所在越州，皇甫冉在越州另有《奉和独孤中丞游法华寺》奉和独孤峻，可知皇甫冉送韦黄裳亦在越州。

此前，郁贤皓《唐刺史考全编》中"昇州刺史韦黄裳"条引《资治通鉴》，误将乾元元年"十二月"作"二月"④，储仲君《皇甫冉诗疑年》未查《资治通鉴》原典，直接转引《唐刺史考》，故将此诗误系于至德二载冬⑤。

另，《资治通鉴》载：乾元元年"十二月，……庚戌，置浙江东道节度使，领越、睦等八州，以户部尚书李峘为之，兼淮南节度使"⑥。此与独孤峻乾元元年为浙江东道节度使相矛盾。《旧唐书·肃宗纪》载：乾元元年"十二月，……以户部尚书李峘充淮南、浙西观察使，处置节度使"⑦。《旧唐书·李峘传》同⑧。可知《资治通鉴》本条著录有误。

综上所述，乾元元年冬，皇甫冉在越州与独孤峻、韦黄裳酬唱，作《独孤中丞筵陪饯韦使君赴昇州》等诗。

皇甫冉《登石城戍望海寄诸暨严少府》约作于同时，诗云：

---

① （宋）孔延之编：《会稽掇英总集》卷十八，页十五，A面，《景印文渊阁四库全书》第1345册，台湾商务印书馆1983年版，第151页。
② 《毗陵集》卷十，页六，A面，《四部丛刊》初编。
③ 《旧唐书》卷十《肃宗纪》，第256页。
④ 《唐刺史考全编》附编，第3453页。
⑤ 储仲君：《皇甫冉诗疑年》（续），《山西大学师范学院学报》（综合版）1993年第3期。
⑥ （宋）司马光编著：《资治通鉴》卷二二〇《唐纪三十六》，中华书局1956年版，第7182页。
⑦ 《旧唐书》卷十《肃宗纪》，第254页。
⑧ 《旧唐书》卷一一二，第3343页。

> 平明登古戍，徙倚待寒潮。江海方回合，云林自寂寥。
> 讵能知远近，徒见荡烟霄。即此沧洲路，嗟君久折腰。①

石城戍，在越州山阴县北。嘉泰《会稽志》载："石城山在（山阴）县东北三十里。《吴越备史》：'乾宁三年，钱镠讨董昌，攻石城，去越三十里。'即此。今山下有石城里。"② 冉诗云"徙倚待寒潮"，作于本年或次年冬，姑系于此。严少府，即严维，至德二载授诸暨尉，详上考。又云"嗟君久折腰"，用陶渊明典，可见作诗时皇甫冉未有官职。

乾元二年己亥（759），三十九岁。
在越州，请独孤峻援引。

皇甫冉《奉和独孤中丞游法华寺》诗云：

> 谢君临郡府，越国旧山川。访道三千界，当仁五百年。
> 岩空驺驭响，树密旆旌连。阁影临空壁，松声助乱泉。
> 开门得初地，伏槛接诸天。向背春光满，楼台古制全。
> 群峰争彩翠，百谷会风烟。香象随僧久，祥乌报客先。
> 清心乘暇日，稽首慕良缘。法证无生偈，诗成大雅篇。
> 苍生望已久，回驾独依然。③

"向背春光满"，当作于春日。皇甫冉送韦黄裳诗作于乾元元年冬，则此诗应在二年春。又云："清心乘暇日，稽首慕良缘。"乃是委婉地请

---

① 《皇甫冉诗集》卷上，页十七，A面，《中华再造善本》影印宋刻本。
② （宋）沈作宾修，施宿等纂：嘉泰《会稽志》卷九，页二十一，B面，《宋元方志丛刊》，第6866页。
③ 《皇甫冉诗集》卷下，页十三，A面，《中华再造善本》影印宋刻本。

求独孤峻汲引推荐之语。前引独孤及文所称"峻为御史中丞,都督江东军事,盛选僚佐",皇甫冉次年任无锡尉或由独孤峻引荐。

皇甫冉另有《同诸公有怀绝句》,当作于长居越州时,本章第一节《皇甫冉籍贯之争》中已有论述,姑系于本年。

三 就任无锡尉及避刘展之乱弃官隐居时期

上元元年(760)春,皇甫冉同李嘉祐一道自越州北上,赴任无锡尉。此年冬刘展之乱爆发,皇甫冉弃官隐居常州义兴县。宝应元年(762),归润州。同年七月,袁晁起义爆发。广德元年(763)春,赴越州,与诸公同送平定袁晁起义的袁傪北归。夏秋间,过苏州,与李嘉祐交游,决定归京求官。

乾元三年/上元元年庚子(760),四十岁。

本年春,任无锡尉。夏,曾赴润州。秋,在无锡。冬十一月,刘展之乱起,避乱弃官隐居义兴。

春,自越州赴任无锡尉。

皇甫冉《赴无锡寄别灵一净虚二上人云门所居》诗云:

> 高僧本姓竺,开士旧名林,一入春山里,千峰不可寻。
> 新年芳草偏,终日白云深。欲徇微官去,悬知讶此心。①

灵一,上文已述。净虚,一作静虚,越州僧人。独孤及《唐故扬州庆云寺律师一公塔铭并序》云:"(灵一)初舍于会稽南山之南悬溜寺焉。与禅宗之达者释隐空、虔印、静虚相与讨十二部经第一义谛之旨。"② 诗云"一入春山里""新年芳草偏",可知作于春日。此诗为皇甫冉赴任无

---

① 《皇甫冉诗集》卷上,页二,B面,《中华再造善本》影印宋刻本。
② 《毗陵集》卷九,页二,A面,《四部丛刊》初编。

锡尉时赠别二僧之作。按，此诗又见《郎士元集》，诗题作《赴无锡别灵一上人》①。但郎士元并未在避地之时有任职经历，且灵一有《酬皇甫冉将赴无锡于云门寺赠别》，诗云："欲识云门路，千峰到若耶。春山子敬宅，古木谢敷家。"② 其赠别之地与季节尽皆与皇甫冉诗相合，故为皇甫冉诗无误，郎集误收。

无锡尉是皇甫冉登第后初次为官。任职时间史无确载，但可通过李嘉祐的行踪系年考知。

李嘉祐有《同皇甫冉赴官留别灵一上人》，诗云：

> 法许庐山远，诗传休上人。独归双树宿，静与百花亲。
> 对物虽留兴，观空已悟身。能令折腰客，遥赏竹房春。③

尾联中李嘉祐自称"折腰客"，其所赴之官为县令，又云"竹房春"，作诗时间在春季，亦与皇甫冉诗相合。若能将此诗准确系年，则可考皇甫冉出任无锡尉的时间。

李嘉祐生平研究，由傅璇琮先生肇始，后有陶敏、储仲君、张瑞君、蒋寅等诸先生考证，已厘清基本脉络。然诸家对李嘉祐本人作品解读和交游系年皆有不同，结论多有出入。但李嘉祐生平经历中，约天宝末、至德初先贬鄱阳令，后量移江阴令之事，时间虽有争议，但经过翔实可信，已为公论。④

李嘉祐贬鄱阳令时间可从其与刘长卿的交往中考知。至德二载（757）冬，刘长卿坐事入狱，有《罪所留系每夜闻长洲军笛声》⑤。十二月，因收复东都遇赦获释，又作《狱中闻收东京有赦》⑥。坐事入狱前，

---

① 《全唐诗》卷二四八，第2788页。
② 《全唐诗》卷八〇九，第9124页。
③ 《全唐诗》卷二〇六，第2159页。
④ 可参见傅璇琮《李嘉祐考》，《唐代诗人丛考》，第236—237页。
⑤ 《全唐诗》卷一五〇，第1560页。
⑥ 《全唐诗》卷一五一，第1570页。

刘长卿任长洲尉。刘长卿《又祭阎使君文》云："长卿昔尉长洲，公为半刺，一命之未，三年伏事。"① 自述在长洲任上三年。以终于至德二载入狱时计，则约始于天宝十四载（755）②。

任长洲尉期间，刘长卿曾两次送李嘉祐赴鄱阳。初次为送李嘉祐奉使鄱阳，刘长卿在扬州作《冬夜宿扬州开元寺烈公房送李侍御之江东》③。李侍御自京奉使鄱阳而路经扬州，所行路线必是自洛阳下运河，则其南下只能在天宝十四载安史叛军初次攻陷洛阳前。刘诗又云"中原驰困兽"，则李侍御至扬州时安禄山已反，然安史之乱初期威力并未被充分预料，刘长卿等人皆以为叛乱很快会平复，故云"困兽"。结合诗作于冬日，则当在天宝十四载冬无疑。诗末云"炉峰若便道，为访东林僧"，可知诗题虽云赴江东，而实际所赴之地在庐山附近。

刘长卿第二次送李嘉祐，在李嘉祐鄱阳使毕返回路过江东时，此时运河已不可行，李嘉祐无法原路北归，滞留江东。刘长卿有《送李侍御贬鄱阳》，题下自注："此公近由此州使回。"诗云：

回车仍昨日，谪去已秋风。干越知何处，云山只向东。
暮天江色里，田鹤稻花中。却见鄱阳吏，犹应旧马骢。④

此诗所述恰与前诗送李侍御赴庐山附近情形相合，可知前诗所送当为李嘉祐无疑。李嘉祐天宝十四年冬使鄱阳，其返还当在次年，此诗作于秋日，时间当在至德元载秋（756）。此次离别后，李嘉祐在赴鄱阳途中有《入睦州分水路忆刘长卿》⑤，可证此次为其正式贬鄱

---

① 《全唐文》卷三四六，页十六，第3517页。
② 参见郁贤皓《刘长卿别李白事迹小辨》。郁贤皓著：《李白丛考》，陕西人民出版社1982年版，第117页。其余各家考刘长卿任长洲尉时间，多对文献存有误解，今从郁考。
③ 《全唐诗》卷一四九，第1536页。
④ 《全唐诗》卷一四八，第1509页。
⑤ 《全唐诗》卷二〇七，第2161页。

阳之行。

任鄱阳令数年后，李嘉祐得恩诏量移江阴令。当年秋，李嘉祐作《承恩量移宰江邑临鄱江怅然之作》，诗云"四年谪宦滞江城"①，自述其任鄱阳令四年。李嘉祐后另有《送卢员外往饶州》，诗云："莫怪谙风土，三年作逐臣。"② 自嘲熟悉饶州的风土人情，是因为贬官饶州三年。鄱阳地属饶州，《旧唐书·地理志》载："饶州，下。隋鄱阳郡。武德四年，平江左，置饶州，领鄱阳……九县。"③ 因此二诗所称"四年谪宦"与"三年作逐臣"，实为一事。这看似矛盾，实则可解。古人诗歌中对时间的描述并不力求精准，"四年谪宦"可理解为贬官四年整，也可理解为贬官年份跨越四年。这两首诗对贬鄱阳时间的不同说法，说明了李嘉祐贬官鄱阳应是年份跨四年，实际时间满三年。由其至德元载（756）秋贬鄱阳下推，故知其量移江阴在乾元二年（759）秋。

李嘉祐乾元二年秋接到量移敕命后并没有立即出发，其《登溢城浦望庐山初晴直省赍敕催赴江阴》诗云："西望香炉雪，千峰晚色新。白头悲作吏，黄纸苦催人。"④ 可知李嘉祐真正从鄱阳离开已在当年冬，其回到江东已至上元元年初。

上元元年（760）初春，李嘉祐行经越州，适逢好友皇甫冉赴无锡尉，故作《同皇甫冉赴官留别灵一上人》。此年冬刘展之乱爆发，二人皆避乱。上元二年初，刘展兵败，李嘉祐返回江阴之时，又有《自常州还江阴途中作》一诗，诗云："黄霸初临郡，陶潜未罢官。乘春务征伐，谁肯问凋残。"⑤ 既云"还江阴"，又表现出意欲大展雄才的干劲，更证明了李嘉祐在刘展之乱前就已在江阴任上，则其与皇甫冉一同赴官之时间

---

① 《全唐诗》卷二〇七，第 2163 页。
② 《全唐诗》卷二〇六，第 2145 页。
③ 《旧唐书》卷四十《地理志三》，第 1604 页。
④ 《全唐诗》卷二〇六，第 2157 页。
⑤ 《全唐诗》卷二〇六，第 2155 页。

在上元元年春可确信无疑。①

皇甫冉另有《小江怀灵一上人》约作于本年春赴无锡时,诗云:

> 江上年年春早,津头日日人行。
> 借问山阴远近,犹闻薄暮钟声。②

春末,在无锡。

无锡尉官位低微。据《旧唐书》记载,"上县中县尉"仅为从第九品上阶③。皇甫冉赴官之后并不能施展政治抱负。其有《杂言无锡惠山寺流泉歌》,诗云:

> 寺有泉兮泉在山,锵金鸣玉兮长潺潺。
> 作潭镜兮澄寺内,泛岩花兮到人间。
> 土膏脉动知春早,隈隩阴深长苔草。
> 处处萦回石磴喧,朝朝盥漱山僧老。
> 松自新,清流活活,无冬春。
> 任疏凿兮与汲引,若有意兮山中人。
> 偏依佛界通仙境,明灭玲珑媚林岭。
> 宛如太室临九潭,讵减天台望三井。
> 我来结绶未经秋,已厌微官忆旧游。

---

① 李嘉祐有《早秋京口旅泊章侍御寄书相问因以赠之时七夕》(《全唐诗》卷二〇七),本为避袁晁起义时作,傅璇琮《李嘉祐考》本有考证,但未详述。储仲君等考李嘉祐肃宗时期生平,错解此诗颔联"吴越征徭非旧日,秣陵凋弊不宜秋"的地理概念,误释诗意,将本为避袁晁起义之作当作避安史之乱,强行给李嘉祐增加了本不存在的避安史之乱至江东的生平经历,而将其肃宗时期生平整体延后数年,此后研究者多未深究便从之。详见储仲君《李嘉祐诗疑年》。《唐代文学研究》,广西师范大学出版社1990年版,第136页。
② 《皇甫冉诗集》卷下,页四,A面,《中华再造善本》影印宋刻本。
③ 《旧唐书》卷四十二《职官志一》,第1802页。

且复迟回犹未去，此心只为灵泉留。①

惠山寺，在无锡。《太平寰宇记》载："惠山寺，在（无锡）县东七里，一名九陇山。长有泉，梁大同二年三月置寺。"②据诗意，此诗是皇甫冉心灰意冷之下的寄情山水之作。由"我来结绶未经秋，已厌微官忆旧游"二句，可知此时皇甫冉方任职不久，即萌生去意。诗中所写山水，皆为暮春之景，当为上元元年春末作。

心灰意懒之时，皇甫冉曾意欲辞官，但未能遂愿。其集中有《酬卢十一过宿》，诗云：

乞还方未遂，日夕望云林。况复逢春草，何劳问此心。
闲门公务散，拄策故情深。遥夜他乡酒，同君梁甫吟。③

卢十一，不详其人。此诗应为乾元元年春作。首联即直抒"乞还"未遂之愤懑。由"闲门公务散"与"同君梁甫吟"二句，可以看出，皇甫冉意欲辞官并非无意仕途，而是由于九品微官无法施展才华，痛感怀才不遇。此诗又见《钱起集》，盖误收，当为皇甫冉诗。皇甫冉另有《题卢十一所居》，诗云："春风来几日，先入辟疆园。"④辟疆园，在苏州吴县，紧邻无锡。《世说新语》载："王子敬自会稽经吴，闻顾辟疆有名园。"⑤《舆地纪胜》载："辟疆园。王献之经吴门，不识主人，值顾辟疆方集燕园中。……唐时犹在，顾况尝假居。……在唐为任晦园池。……今不知其所矣。"⑥所酬唱者又为同一人，当为本年春皇甫冉在无锡任时

---

① 《皇甫冉诗集》卷上，页十三，B 面，《中华再造善本》影印宋刻本。
② 《太平寰宇记》卷九十二《江南东道四》，第 1845 页。
③ 《皇甫冉诗集》卷下，页十五，B 面，《中华再造善本》影印宋刻本。
④ 《皇甫冉诗集》卷上，页二十三，B 面，《中华再造善本》影印宋刻本。
⑤ （南朝宋）刘义庆编，周兴陆辑著：《世说新语汇校汇注汇评》卷下之上，凤凰出版社 2017 年版，第 1324 页。
⑥ 《舆地纪胜》卷五《两浙西路·平江府·景物下》，页十七，B 面，第 302 页。

闲暇访卢十一所作。

夏,因公过润州。

皇甫冉《同李司直诸公暑夜南馀馆》诗云:

何处多明月,津亭暑夜深。烟霞不可望,云树更沉沉。
好是吴中隐,仍为洛下吟。微官朝复夕,牵强亦何心。①

"南馀馆"当为"南徐馆"之误。东晋南渡,置徐州于京口,后称南徐,为润州古称。诗中用东晋"洛下吟"之典,表达了对京洛生活的追忆和向往,渴望有朝一日能重回两京施展才华。尾联抒发了官职低微、事务繁杂之苦闷。可见其去意日深。此诗当是任无锡尉时因故往润州时作,作于上元元年夏夜。皇甫冉集中另有《问李二司直所居云山》②,当作于同时。

本年秋,仍任无锡尉。

皇甫冉《与诸公同登无锡北楼》诗云:

秋兴因危堞,归心过远山。风霜征雁早,江海旅人闲。
驿树寒仍密,渔舟晚自还。仲宣何所赋,只叹在荆蛮。③

此诗当为皇甫冉任无锡尉时期与友人酬唱之作。首联云"秋兴因危堞,归心过远山",作于本年秋,"归心"恰合皇甫冉意欲弃官之心境。中二联表达了对旅人、渔夫闲适生活的艳羡之情。尾联"仲宣何所赋,只叹在荆蛮",用王粲作《登楼赋》之典,扣与诸公雅集酬唱之题。此诗

---

① 《皇甫冉诗集》卷上,页四,B面,《中华再造善本》影印宋刻本。
② 《皇甫冉诗集》卷下,页十,B面,《中华再造善本》影印宋刻本。
③ 《皇甫冉诗集》卷上,页五,A面,《中华再造善本》影印宋刻本。

又见《郎士元集》，末三字作"滞柴关"。当为皇甫冉诗，郎集误收。

本年冬，避刘展之乱弃官。

冬十一月，刘展之乱爆发，迅速席卷江东，皇甫冉弃官避乱，途中作《赋中送权三兄弟》，前文已详考，见至德元载（756）部分。

上元二年辛丑（761），四十一岁。
隐居常州义兴。

约自上年冬或本年初始，皇甫冉隐居于常州义兴山中。咸淳《毗陵志》载："皇甫冉，……调无锡尉，避乱居阳羡。"① 阳羡，即常州义兴县。《元和郡县图志》："义兴县，本汉阳羡县，故城在荆溪南。"②

皇甫冉在义兴隐居其间，有多首诗歌存世。其中，《寄韦司直》一诗，交代了归隐于此地的原因。诗云：

> 闻君感叹二毛初，旧友相邀万里馀。
> 烽戍有时惊暂定，甲兵何处可安居。
> 客来吴地星霜久，家在平陵音信疏。
> 昨夜风光还入户，登山临水复何如。③

韦司直，不详其人。此诗一见《郎士元集》。从诗歌内容来看，这是一首寄远方友人的诗，全诗的颈联为考证归属的重要线索。《太平寰宇记》载："平陵城，在（宜兴）县西北四十六里。《舆地志》云：'晋元帝割丹阳永平县为平陵县。'"④ 宋代避太宗赵光义讳，改义兴为宜兴。诗

---

① （宋）史能之撰修：咸淳《毗陵志》，卷十九，页三，B 面。清嘉庆二十五年赵怀玉刻，李兆洛校本。《宋元方志丛刊》，中华书局 1990 年版，第 3126 页。
② 《元和郡县图志》卷二十五《江南道一》，第 600 页。
③ 《皇甫冉诗集》卷下，页二十一，B 面，《中华再造善本》影印宋刻本。
④ 《太平寰宇记》卷九十二《江南东道四》，第 1849 页。

中所称"家在平陵"即是在义兴，因隐居山中，音信不便，故云"音信疏"。至于"客来吴地星霜久"，皇甫冉早年长居洛阳，一直标榜自己为洛阳人。此前避安史之乱东归后，皇甫冉为求官亦有数年往返各地，在丹阳生活时间并不长，故其在江浙时，诗中常自称"异乡人"。这一点前文《皇甫冉籍贯之争》一节已有详细论述。加之皇甫冉归江东本为避兵燹，而今战乱又起江东，思念洛阳本属正常，不能以其诗中自称"客"作为此诗非皇甫冉作的依据。皇甫冉隐居义兴时在上元元年（760）冬以后，距其至德元载（756）归江东已有数年之久，又恰合此诗所云"星霜久"。此诗与皇甫冉此间生平完全相合，当为皇甫冉诗无疑。

《资治通鉴》记载："（上元元年）十二月，……（刘）展以其将许峄为润州刺史，李可封为常州刺史。"[①] 此诗颔联所谓"烽戍有时惊暂定，甲兵何处可安居"所述之情境，恰是弃官后避居义兴，而非返乡之缘由。由于润州、常州等州府县城尽皆陷落，家在丹阳县城的皇甫冉才觉无处安居，不得不避入山中隐居。安史之乱并未波及江南，这一联所写之战乱，绝非安史之乱。此诗作于皇甫冉弃官未久时，当在本年。

本年秋之前，皆在义兴。

刘展乱起时，各地官员纷纷避走，皇甫冉和李嘉祐皆在其中。刘展兵败后，李嘉祐当即返回江阴，前文引其《自常州还江阴途中作》诗云："黄霸初临郡，陶潜未罢官。"用"黄霸""陶潜"二位先贤之典，表达了打算励精图治、大展拳脚的志向。而皇甫冉在无锡尉任上之时，已然对此微职颇有不满，早有弃官之意。战乱平定之后，亦未返无锡，而是继续隐居义兴山中，酬唱友朋。

其《酬裴十四（得宴字）》诗云：

> 淮海各联翩，三年方一见。素心终不易，玄发何须变。

---

① 《资治通鉴》卷二二一《唐纪三十七》，第7220页。

旧国想平陵，春山满阳羡。邻鸡莫遽唱，共惜良夜宴。①

诗中既云"春山满阳羡"，则此诗当是上元二年春作于义兴。皇甫冉乾元元年春赴越时曾过常州。此诗云"三年方一见"，二人或在乾元元年曾相见。此诗呈现了皇甫冉归隐后与友人彻夜欢宴的闲适生活。

《题高云客舍》亦作于此间。诗云：

孤兴日自深，浮云非所仰。窗中恶城峻，树外东川广。
晏起簪葛巾，闲吟倚藜杖。阮公道在醉，庄子生常养。
五柳转扶疏，千峰沵来往。清秋香秔获，白露寒菜长。
吴国滞风烟，平陵延梦想。时人趋缨弁，高鸟违罗网。
世事徒乱纷，吾心方浩荡。唯将山与水，处处谐真赏。②

高云，为唐代著名画家，擅画仕女、功德。《唐朝名画录》列入"能品中"③。咸淳《毗陵志》载："高云寓阳羡，皇甫冉尝题高云客舍。"④此诗亦云"吴国滞风烟，平陵延梦想"，既述刘展之乱时吴地兵祸，作诗于平陵又与"高云寓阳羡"相合。诗又云"清秋香秔获，白露寒菜长"，作于上元二年秋。诗中引阮籍、庄子、陶渊明等前贤隐士之事，表达了虽然有才之士多求功名，但世事纷乱难料，不如弃置官职，寄情山水的思想。大历三年（768）后，皇甫冉辞官隐居润州，亦有《寄高云》存世。

本年冬，曾出游，后复归义兴。

---

① 《皇甫冉诗集》卷下，页十五，B 面，《中华再造善本》影印宋刻本。
② 《皇甫冉诗集》卷下，页十二，A 面，《中华再造善本》影印宋刻本。
③ （唐）朱景玄撰：《唐朝名画录》页十八，B 面，《景印文渊阁四库全书》第 812 册，台湾商务印书馆 1983 年版，第 371 页。
④ 咸淳《毗陵志》，卷十九，页四，A 面，《宋元方志丛刊》，中华书局 1990 年版，第 3127 页。

皇甫冉《归阳羡兼送刘八长卿》诗云：

湖上孤帆别，江南谪宦归。前程愁更远，临水泪沾衣。
云梦春山徧，潇湘过客稀。武陵招我隐，岁晚闭柴扉。①

由"岁晚闭柴扉"可知此诗作于冬日，皇甫冉冬日隐居义兴唯在上元二年。刘长卿乾元二年（759）至宝应元年（762）两度贬南巴，上元二年自贬所返回苏州听候重推的结果，有《恩敕重推使牒追赴苏州次前溪馆作》②。本年冬，刘长卿尚在等候重推的结果，偶于太湖上遇皇甫冉。皇甫冉感其重推之事前途未卜，故而既云"江南谪宦归"，又云"前程愁更远"。细读之下，此诗并非送刘长卿赴贬所，而是在未知刘长卿前路如何的情况下，感其际遇不平而作。

皇甫冉另有《宣洞灵观》作于同时，诗云：

孤烟灵洞远，积雪满山寒。松柏凌高殿，莓苔封石坛。
客来清夜久，仙去白云残。明日开金箓，焚香更沐兰。③

洞灵观，在义兴。《太平广记》载："王氏与所生母刘及嫡母裴，寓居常州义兴县湖㳌渚桂岩山，与洞灵观相近。"④ 此诗云"积雪满山寒"，亦作于冬日，当为皇甫冉归义兴后作。

---

① 《唐皇甫冉诗集》卷三，页三十，明刘成德正德十三年（1518）刻本。此诗明影宋本未收录。
② 刘长卿《恩敕重推使牒追赴苏州次前溪馆作》诗见《全唐诗》卷一四七，第1493页。刘长卿贬南巴一事，傅璇琮、郁贤皓、储仲君、杨世明、蒋寅等诸先生皆有研究。其两贬南巴一说经诸家梳理亦已有所共识，可参见蒋寅《大历诗人研究》，第439页。但刘长卿这数年间具体行踪系年仍需考辨，详见本书第二章第二节《皇甫曾生平分期》。
③ 《皇甫冉诗集》卷下，页十五，《中华再造善本》影印宋刻本。
④ （宋）李昉等编：《太平广记》卷七十《女仙》，中华书局1961年版，第436页。

第一章 皇甫冉生平考

宝应元年壬寅（762），四十二岁。

本年庚戌月（四月），肃宗崩，代宗即位，改元宝应。八月，袁晁起义席卷浙东①。本年，皇甫冉结束隐居生活归润州。

春，在义兴。

皇甫冉有《祭张公洞二首》，诗云：

尧心知稼穑，精意绕山川。风雨神斯应，笙镛诏命传。
沐兰祇扫地，酌桂伫灵仙。拂雾陈金策，焚香拜玉筵。

云开小有洞，日出大罗天。三鸟随王母，双童翊子先。
何时种桃核，几度看桑田。倏忽烟霞散，空岩骑吏旋。②

张公洞，在义兴。《太平寰宇记》载："张公山，在（宜兴）县南三十五里。山巅空穴到底。郭璞注云：'阳羡有张公山，洞中南北二堂，古老传云张道陵居此求仙，因有张公之名。'"③诗云"风雨神斯应，笙镛诏命传"，说明祭山乃奉诏命之事。常衮代肃宗作《萧昕等分祭名山大川制》云："朕纂戎八载，外寇未平，多废旧章，尚劳戎备。"④肃宗天宝十四载统兵，至宝应元年跨八年，方可称八载。⑤则此制作于宝应元年春。皇甫冉时无官职，仅为陪同祭祀，诗亦应作于宝应元年春，可知本年春皇甫冉仍在义兴。

皇甫冉另有《三月三日义兴李明府后亭泛舟》⑥，一作刘长卿诗。如为冉诗，则当系于本年。

---

① 《旧唐书》卷十一《代宗纪》，第270页。
② 《皇甫冉诗集》卷上，页一。《中华再造善本》影印宋刻本。
③ 《太平寰宇记》卷九十二《江南东道四》，第1847页。
④ 《全唐文》卷四一○，页三，B面，第4203页。
⑤ 上元二年九月肃宗自去尊号、年号。是年四月肃宗崩，代宗即位，改元宝应。
⑥ 《皇甫冉诗集》卷上，页三，B面，《中华再造善本》影印宋刻本。

本年冬，在润州。

皇甫冉《韦中丞西厅海榴》，诗云：

> 海流争让候榴花，犯雪先开内史家。
> 末客朝朝铃阁下，从公步履玩年华。①

皇甫冉、皇甫曾、李嘉祐三人同题。韦润州，即韦元甫。郁贤皓《唐刺史考全编》载韦元甫宝应元年至广德二年任润州刺史，所考详尽。②三人酬韦元甫当在此间。皇甫冉广德二年北上求官，皇甫曾亦在广德间还京，故三人酬韦元甫当在此前。③李嘉祐题作《韦润州后亭海榴》，诗云："江上年年小雪迟，年光独报海榴知。寂寂山城风日暖，谢公含笑向南枝。"④可知此诗作于冬日。广德元年（763）为闰年，闰正月，故宝应元年冬节令早，物候甚迟，此前一二年间的物候亦应较晚，恰与李嘉祐所谓"年年小雪迟"相合，而广德年间物候则应极早，故此诗当作于宝应元年冬。

宝应元年早秋，袁晁乱起，李嘉祐避乱自润州溯江而上赴饶州，有《早秋京口旅泊章侍御寄书相问因以赠之时七夕》，诗云："移家避寇逐行舟，厌见南徐江水流。吴越征徭非旧日，秣陵凋弊不宜秋。"⑤痛感战乱之频繁，才经刘展之乱，又遭袁晁起义，故而含痛离开江东。

宝应元年初冬，李嘉祐在饶州，有《冬夜饶州使堂饯相公五叔赴歙州》⑥。相公五叔，即李揆。《旧唐书·肃宗纪》载：上元二年"二

---

① （宋）李昉等编：《文苑英华》卷三二二，页八，A面，中华书局1966年版，第1668页。此诗宋刻本及明刘成德等本皆无，此从《文苑英华》。
② 《唐刺史考全编》卷一三七，第1857页。
③ 参见本章广德二年部分，以及第二章第二节《皇甫曾生平分期》。
④ 《全唐诗》卷二〇七，第2168页。
⑤ 《全唐诗》卷二〇七，第2164页。
⑥ 《全唐诗》卷二〇六，第2147页。

月……癸未，中书侍郎、同中书门下三品李揆贬为袁州长史"①。此后李揆量移歙州刺史。《旧唐书·李揆传》："贬揆莱（袁）州长史同正员。……后累年，揆量移歙州刺史。"李揆早年与元载恶。"初，揆秉政，侍中苗晋卿累荐元载为重官。揆自恃门望，以载地寒，意甚轻易，不纳。……载衔恨颇深。及载登相位，因揆当徙职，遂奏为试秘书监，江淮养疾。既无禄俸，家复贫乏，孀孤百口，丐食取给。萍寄诸州，凡十五六年。……元载以罪诛，除揆睦州刺史。"② 元载大历十二年伏诛③，向前推算十五六年，当在宝应元年前后。又宝应元年秋李嘉祐有避袁晁乱自京口西行之事，而此前及此后一年，李嘉祐皆不可能在饶州，故其送李揆赴歙州即在宝应元年冬。由此亦可证其宝应元年秋避袁晁之乱作《早秋京口旅泊章侍御寄书相问因以赠之时七夕》时所赴之地正为饶州。李嘉祐本年冬再至润州与皇甫兄弟交游之原因当是同年"九月，……袁晁陷信州"④，战乱迅速波及江西，饶州难以安枕之故。

宝应二年/广德元年癸卯（763），四十三岁。

本年春，在越州，寻归润州，酬陆羽。本年秋，至苏州从李嘉祐游，后归润州。

春三月，在越州。

皇甫冉《和袁郎中破贼后经剡中山水》诗云：

> 武库分帷幄，儒衣事鼓鼙。兵连越徼外，寇尽海门西。
> 节比全疏勒，功当雪会稽。旌旗回剡岭，士马濯灵溪。
> 受律梅初发，班师草未齐。行看佩金印，岂得访丹梯。⑤

---

① 《旧唐书》卷十《肃宗纪》，第260页。
② 《旧唐书》卷一二六，第3560—3561页。
③ 《旧唐书》卷十一《代宗纪》，第311页。
④ 《资治通鉴》卷二二二《唐纪三十八》，第7250页。
⑤ 《皇甫冉诗集》卷下，页二十，B面，《中华再造善本》影印宋刻本。

袁郎中，即袁傪，天宝十载进士。① 《旧唐书·代宗纪》载：宝应二年"三月，……丁未（初四日），袁傪破袁晁之众于浙东"②。《太平广记》载："袁傪之破袁晁，擒其伪公卿数十人。州县大具桎梏，谓必生致阙下。傪曰：'此恶百姓，何足烦人？'乃遣笞臀逐之。"③ 此诗作于本年三月袁傪破敌后经越州剡县北归时，刘长卿、李嘉祐等同题，是知诸人皆在剡县。皇甫冉盛赞袁傪平定袁晁起义之功业，诗云"武库分帷幄，儒衣事鼓鼙"，即指袁傪本为文官，仓促间奉旨来剿袁晁起义。皇甫冉同时作《送袁郎中破贼北归》，亦云"忧诏亲贤时独稀，中途紫绶换征衣"④。

皇甫冉《题昭上人房》诗云："沃州传教后，百衲老空林。"⑤ 沃州，即沃洲。《太平寰宇记》："沃洲山，在（剡）县东七十二里。白居易有《沃洲记》。"⑥ 此诗作于剡县。又云"鹤飞湖草迥"，当在春日，故系于此时。

此后，皇甫冉归润州，其《又赋得越山三韵》诗云：

　　西陵犹隔水，北岸已春山。
　　独鸟连天去，孤云伴客还。
　　祗应结茅宇，出入石林间。⑦

西陵在越州，为北归水路必经之处，详见上文至德元载部分。诗云

---

① （清）徐松撰，孟二冬补正：《登科记考补正》卷九，北京燕山出版社2003年版，第370页。《登科记考》原著录为天宝十五载，此据《登科记考补正》改。
② 《旧唐书》卷十一《代宗纪》，第272页。
③ 《太平广记》卷四九六《杂录四》，第4070页。
④ 《皇甫冉诗集》卷下，页十九，B面，《中华再造善本》影印宋刻本。
⑤ 《皇甫冉诗集》卷下，页二十一，B面，《中华再造善本》影印宋刻本。
⑥ 《太平寰宇记》卷九十六《江南东道八》，第1932页。
⑦ 《皇甫冉诗集》卷下，页八，A面，《中华再造善本》影印宋刻本。"容"各本作"客"，当以"客"为是。

"北岸已春山"，作于春季，又云"孤云伴客还"，当为返乡，而非赴官。春季自越州归乡，且诗意境闲适，隐含愉悦，与此前两次离越州季节、意境不符，暗合战乱平定之心态，当作于此时。

春末，在润州。

皇甫冉《送陆鸿渐栖霞寺采茶》诗云：

> 采茶非采菉，远远上层崖。布叶春风暖，盈筐白日斜。
> 旧知山寺路，时宿野人家。借问王孙草，何时泛椀花。①

陆鸿渐，即陆羽，《新唐书·隐逸传》有传。栖霞寺，在摄山。唐高宗有《摄山栖霞寺明徵君碑铭》②。摄山在上元县。《太平寰宇记》载："摄山，在县东北五十五里，高一百三十二丈。"③ 此诗与皇甫曾同题。皇甫曾诗作《送陆鸿渐山人采茶回》，曾诗云："幽期山寺远，野饭石泉清。寂寂然灯夜，相思磬一声。"④ 与冉诗之"旧知山寺路""盈筐白日斜"相合，可知为同时作。皇甫冉广德二年（764）春已北上求官，而采茶之季节当在暮春，故此诗当为本年春作于润州。

本年秋，赴苏州，与李嘉祐交游。

李嘉祐有《同皇甫冉登重玄阁》，诗云：

> 高阁朱栏不厌游，兼葭白水绕长洲。
> 孤云独鸟川光暮，万井千山海色秋。
> 清梵林中人转静，夕阳城上角偏愁。

---

① 《皇甫冉诗集》卷上，页十九，A 面，《中华再造善本》影印宋刻本。
② 《全唐文》卷十五，页十一，B 面，第 181 页。
③ 《太平寰宇记》卷九十《江南东道二》，第 1785 页。
④ 《唐皇甫曾诗集》卷一，页六十四，B 面，明刘成德正德十三年（1518）刻本。

谁怜远作秦吴别，离恨归心双泪流。①

重玄阁，在苏州，《吴郡志》载："能仁禅寺，在长洲县西北二里，即梁重玄寺，入国朝为承天寺。"② 韦应物任苏州刺史时亦作《登重玄寺阁》③。上文已考，李嘉祐宝应元年（762）冬在润州与皇甫兄弟交游，本年春在越州与皇甫冉、刘长卿等同酬袁傪破敌北归。此后皇甫冉归润州，广德二年已北上入河南幕。④ 李嘉祐广德元年居苏州，有《自苏台至望亭驿人家尽空春物增思怅然有作因寄从弟纾》可证。⑤ 本诗云"万井千山海色秋"，作于秋日。皇甫冉秋日至苏州游，且李嘉祐亦在苏州，唯本年符合，此前一年秋，李嘉祐尚在饶州，此后一年秋，皇甫冉已北上。尾联云"谁怜远作秦吴别，离恨归心双泪流"，则皇甫冉此时已决意北上京城求官，这一决定同时也引动了李嘉祐的离别之情与还朝之心。

秋末，归润州。

皇甫冉《李二侍御丹阳东去新亭》诗云：

姑苏东望海陵间，几度裁书信未还。
长在府中持白简，岂知天畔有青山。
人归极浦寒流广，雁下平芜秋野闲。
旧日新亭更携手，他乡风景亦相关。⑥

---

① 《全唐诗》卷二〇七，第2163页。
② （宋）范成大纂修，汪泰亨等增订：《吴郡志》卷三十一《官观·府郭寺》，页九，A面，《宋元方志丛刊》，第930页。
③ （唐）韦应物著，陶敏、王友胜校注：《韦应物集校注》（增订本），上海古籍出版社2011年版，第439页。
④ 皇甫冉入河南幕事，详见下文广德二年部分。
⑤ 《全唐诗》卷二〇七，第2162页。
⑥ 《唐皇甫冉诗集》卷五，页四十五，B面，明刘成德正德十三年（1518）刻本。此诗明影宋本未收录。

诗题中"丹阳"指润州郡治所在。新亭，在上元县，故而丹阳在东而新亭在西，诗题应读为"李二侍御丹阳东，去新亭"，详见本章第一节《皇甫冉籍贯之争》。李二侍御，即李嘉祐。广德元年，李嘉祐居苏州。此诗云"姑苏东望海陵间"，即李嘉祐此番自苏州而来。本年秋，皇甫冉在苏州与李嘉祐登重玄阁时决定北上。此诗云"雁下平芜秋野闲"，北雁南飞，当作于秋冬之际，时在皇甫冉自苏州归来后，北上尚未成行。"旧日新亭更携手"，可知此前李嘉祐与皇甫冉曾游新亭。按二人生平，李嘉祐与皇甫冉此前同游新亭一事，只能在宝应元年冬，时李嘉祐自饶州返江东，在润州与皇甫冉兄弟交游。又由颔联可知李嘉祐此诗当在苏州任职，或在浙西节度幕中。

四　入河南幕辗转京、洛、徐州时期

广德元年（763）冬，吐蕃陷长安。广德二年（764）初，皇甫冉在润州偶遇远出贼庭至江东的太常魏博士，作诗送之，详述了吐蕃入侵之景象。同年春，皇甫冉自丹阳出发，启程北上，本欲赴京，却至徐州入李光弼幕。七月，李光弼薨。次月，王缙镇徐州，皇甫冉任王缙幕府掌书记。永泰元年（765）春，在徐州从王缙游。秋，奉使寿州。冬，至洛阳。大历元年（766），从王缙往返京、洛间。

广德二年甲辰（764），四十四岁。

本年初，在润州。后北上至徐州，入李光弼幕，为左金吾兵曹参军。秋八月，王缙持节河南，辟为掌书记。

年初，在润州，遇太常魏博士。

皇甫冉《太常魏博士远出贼庭江外相逢因叙其事》诗云：

> 烽火惊戎塞，豺狼犯帝畿。川原无稼穑，日月翳光辉。
> 里社枌榆毁，宫城骑吏非。群生被惨毒，杂虏耀轻肥。
> 多士从芳饵，唯君识祸机。心同合浦叶，命寄首阳薇。

耻作纤鳞噞，方随高鸟飞。山经商岭出，水泛汉池归。
离别霜凝鬓，逢迎泪迸衣。京华长路绝，江海故人稀。
秉节身常苦，求仁志不违。只应穷野外，耕种且相依。①

太常魏博士，不详其人。傅璇琮、储仲君等先生皆以此诗为避安史之乱初至江东而作，诗中所叙为安史乱中长安失陷事。② 其实不然。此诗题曰"贼庭"，考新旧《唐书》，叛军、农民起义、外敌皆可称"贼"。但皇甫冉诗首句即云"烽火惊戎塞"，唐人贯称西部少数民族政权为"戎"，而对安史叛军并不以"戎"称。烽火自"戎塞"起，显然"豺狼"在西方；诗又云"川原无稼穑"，则"犯帝畿"者自西北泾原而来，而安史之乱时叛军自东向西过潼关陷长安。以上两点皆可说明此诗中所写的长安失陷事件绝非安史之乱时，分明是广德元年十月吐蕃攻陷长安之事。

《旧唐书·代宗纪》载："（广德元年）冬十月，……辛未（初二日），高晖引吐蕃犯京畿，寇奉天、武功、盩厔等县。蕃军自司竹园渡渭，循南山而东。丙子（初七日），驾幸陕州。……戊寅（初九日），吐蕃入京师，立广武王承宏为帝，仍逼前翰林学士于可封为制封拜。辛巳（十二日），车驾至陕州。"③ 长安陷落后即遭洗劫。伪朝又封百官，逼迫朝臣就范。《资治通鉴》载："（广德元年）十月，……戊寅（初九日），吐蕃入长安，高晖与吐蕃大将马重英等立故邠王守礼之孙承宏为帝（邠王守礼，章怀太子之子）。改元，置百官，以前翰林学士于可封等为相。吐蕃剽掠府库市里，焚闾舍，长安中萧然一空。苗晋卿病卧家，遣人舆入，迫胁之，晋卿闭口不言，虏不敢杀。于是六军散者所在剽掠，士民

---

① 《皇甫冉诗集》卷上，页十九，B面，《中华再造善本》影印宋刻本。此本"多"字脱，此据正德刘成德刻本补。
② 参见傅璇琮《皇甫冉皇甫曾考》，储仲君《皇甫冉诗疑年》（续）。
③ 《旧唐书》卷十一《代宗纪》，第273页。

避乱，皆入山谷。"① 皇甫冉诗描述的长安城破惨状，正是《资治通鉴》所载吐蕃军入长安后大肆掳掠之事。冉诗所云"多士从芳饵，唯君识祸机。心同合浦叶，命寄首阳薇"，即吐蕃立李承宏为帝置百官时，众多官员变节仕伪朝，而魏博士不从，并远出贼庭，南下江东之事。诗又云"山经商岭出，水泛汉池归"，则魏博士南下之时，先过秦岭，经商洛，走汉水入长江。此亦与《资治通鉴》所谓"士民避乱，皆入山谷"相合。此路远比经运河南下漫长艰难，魏博士行至润州与皇甫冉相逢至早当已在广德二年初。

本年春，自润州北上求官。

皇甫冉《迫丹阳与诸人同舟至马林溪遇雨》诗云：

> 云林不可望，溪水更悠悠。共载人皆客，离家春是秋。
> 远山方对枕，细雨莫回舟。来往南徐路，多为芳草留。②

本章第一节《皇甫冉籍贯之争》已详细论述，此诗为皇甫冉自丹阳县乘舟北上，将至润州州治丹徒县时所作。此诗颔联、颈联皆述离乡之意，尾联暗示自己此行离开"南徐"，意欲北上求官，当系于本年春。

北上途中，皇甫冉有《洪泽馆壁见礼部尚书题诗》，诗云：

> 底事洪泽壁，空留黄绢词。年年淮水上，行客不胜悲。③

洪泽馆，应即洪泽湖之驿馆。洪泽湖在淮河上，泗州与楚州交界。盱眙有洪泽浦，《元和郡县图志》载："洪泽浦，在（盱眙）县北三十

---

① 《资治通鉴》卷二二三《唐纪三十九》，第 7270 页。
② 《皇甫冉诗集》卷上，页十九，《中华再造善本》影印宋刻本。
③ 《唐皇甫冉诗集》卷六，页五十二，A 面，明刘成德正德十三年（1518）刻本。此诗明影宋本未收录。

里。本名破釜涧,炀帝幸江都,经此浦宿,时亢旱,至是降雨,流汎,因改破釜为洪泽。"① 此前一年李嘉祐作《同皇甫冉登重玄阁》,已点明皇甫冉意欲赴京求官。而皇甫冉本年中却入河南幕,留徐州。皇甫冉自润州北上,若目的径为徐州,则由运河过楚州,至淮河,直入泗水即可,不需过盱眙。若欲赴京,则需至盱眙再由运河北上。皇甫冉诗云"年年淮水上,行客不胜悲",是前路迷茫之语,绝非奉使而行。自称"行客",则时无官职,当为北上求官,前途茫茫,故有此叹。由此诗可知,皇甫冉本年确曾想赴京求官,其所行路线亦非以徐州为目的地,但最终行至徐州时入幕,其原因或与此前吐蕃曾陷长安,京城局势难以令人安心有关。

至徐州,入李光弼幕,任左金吾卫兵曹参军。

独孤及《集序》叙述皇甫冉本段生平云:"一历无锡县尉,左金吾兵曹。今相国太原公之推毂河南也,辟为书记。"② 可见皇甫冉在无锡尉之后,先任左金吾卫兵曹参军,后任王缙幕府掌书记,这一点非常明确。但《唐才子传》云:"大历初,王缙为河南节度,辟掌书记,后入为左金吾卫兵曹参军。"③ 很显然,《唐才子传》叙述中,王缙镇河南时间以及皇甫冉任职顺序皆有误。

傅璇琮、储仲君等前人考皇甫冉生平,多以皇甫冉任左金吾兵曹参军时在长安,而后又随王缙赴河南幕。④ 这个判断并没有确凿证据。相反,王缙代李光弼镇河南的时间是非常明确的。《旧唐书·代宗纪》载:"(广德二年)七月己酉(十四日),河南副元帅、太尉、兼侍中、临淮王李光弼薨于徐州。……八月丁卯(初二日),宰臣王缙为侍中,持节都

---

① 《元和郡县图志》阙卷逸文卷二,第1076页。
② 《毗陵集》卷十三,页六,B面,《四部丛刊》初编。
③ 《唐才子传校笺》卷三,第一册,第565页。
④ 参见《唐才子传校笺》卷三,第一册,第565页。又见《皇甫冉诗疑年》(续),《山西大学师范学院学报》(综合版)1993年第3期。

统河南、淮西、淮南、山南东道节度行营事。"① 皇甫冉自润州北上时在本年春，距八月初王缙赴镇河南仅不足五个月间隔。皇甫冉在如此短的时间内，要完成北上抵京、求官、授官、再改投王缙，进而随之南下徐州这一系列事项是不可能的。

安史之乱中，李光弼为天下兵马副元帅。② 此间李光弼自有任免武官之权，曾有任免金吾卫官职之先例。如《旧唐书·刘昌传》载："刘昌字公明，汴州开封人也。……及史朝义遣将围宋州，昌在围中，连月不解，城中食尽，贼垂将陷之。刺史李岑计蹙，昌为之谋曰：'今河阳有李光弼制胜，且江、淮足兵，此廪中有数千斤麴，可以屑食。计援兵不二十日当至。东南隅之敌，众以为危，昌请守之。'昌遂被铠持盾登城，陈逆顺以告谕贼，贼众畏服。后十五日，副元帅李光弼救军至，贼乃宵溃。光弼闻其谋，召置军中，超授试左金吾卫郎将。"③ 此足以说明，金吾卫官职并非一定要在京担任。广德年间，李光弼坐镇河南节度治所徐州。皇甫冉此前虽有意北上赴京求官，然经运河赴京，必过徐州，故其任金吾卫兵曹参军，当为入李光弼幕所任。此后，李光弼卒，王缙来镇徐州，征辟正在河南幕中的皇甫冉为掌书记也更合情理。

本年冬，在徐州，任王缙幕掌书记。

皇甫冉有《谢赐冬衣表》三篇。其一云：

> 臣某言：中使某至，伏奉敕书手诏，赐臣及兵马使都虞候冬衣各一副。拜受纶言，跪承珍服，荷同山岳，惧比冰渊。臣某中谢：臣功微草芥，寄重藩条，每怀尸禄之羞，实负旷官之耻。岂谓天文回照，不隔於遐方；御府颁衣，更蒙於陋质。傍沾偏将，曲被殊私。挟纩既及于三军，酬恩将期于万死。无任云云。

---

① 《旧唐书》卷十一《代宗纪》，第275页。
② 参见《旧唐书·李光弼传》，《旧唐书》卷一一〇，第3306页。
③ 《旧唐书》卷一五二，第4070页。

其二云：

臣某言：伏奉圣恩，赐臣冬衣四袭。跪捧惊喜，抃跃交驰。臣某中谢：臣功效微薄，任遇宠荣。使降专人，衣裁御府。宠光既极，恩已及於解衣；雨露既濡，德又承於挟纩。实亦发辉陋质，焕赫私门。未知此生，何以仰报？谨当训励师旅，式遏边陲。用宣力於百身，酬鸿私於一顾。无任云云。

其三云：

臣某言：某月日，中使某至，伏奉敕书手诏，并赐臣冬衣一袭者。清风早至，白露初凝。方思挟纩之温，忽报颁衮之礼。跪拜受服，形魂惕然。臣某中谢：臣学非博古，才不动众，幸逢开泰，列在方隅。天高地厚，未知所答？而时雨霈洗，太阳照烛。王人捧诏，每降於上天；御府赐衣，不遗於下土。既其轻暖，加之丽密，束带而立，周旋有光。惊寒冱之难侵，荷威灵之曲被。无任云云。①

从内容上看，这三篇表都是代幕主所拟。其一云"赐臣及兵马使都虞候冬衣各一副"，其二云"赐臣冬衣四袭"，其三云"赐臣冬衣一袭"。遂知此三篇表并非同年而作，乃分谢三年赏赐。又据独孤及《集序》所言，皇甫冉大历二年（767）已为左拾遗，可知皇甫冉在王缙幕共三年，历三冬，分别是广德二年（764）、永泰元年（765）、大历元年（766），三篇表即分作于这三年。此间，王缙兼任多地长官，往还长安、洛阳、徐州等地。皇甫冉既能在三年间皆为王缙拟表，当是始终跟随王缙，并非只在徐州一地。

---

① 《全唐文》卷四五一，页十三至十四，第4615页。

皇甫冉《酬权器》作于此年冬，诗云：

> 南望江南满山雪，此情惆怅将谁说。
> 徒随群吏不曾闲，顾与诸生为久别。
> 闻君静坐转耽书，种树葺茅还旧居。
> 终日白云应自足，明年芳草又何如。
> 人生有怀若不展，出入公门犹未免。
> 回舟朝夕待春风，先报华阳洞深浅。①

权器，为权骅之兄弟。② 前文已述，上元元年（760）冬，皇甫冉与权骅兄弟同避刘展之乱，皇甫冉有《赋中送权三兄弟》酬之，权器亦在其中。皇甫冉此诗云"南望江南满山雪"，点明了作诗时间在冬日，亦表明了作诗之时皇甫冉本人并不在江南。诗又云"徒随群吏不曾闲"，则作诗之时有职在身，此语也暗含了对官微事琐的生活状态颇有无奈。考皇甫冉在江南之外任职有两个时期：一为在河南幕时期，二为大历初在京为官时期。皇甫冉归长安后历任左拾遗、左补阙，官位虽不高，却皆为天子近臣，显与"徒随群吏不曾闲"之状态不符。况且，"南望江南"之说虽为文学语言中的虚指，但亦不可能远在京城却言南望江南，若在徐州有此言尚属合理。此外，诗题为"酬"，并非遥寄，诗中用闲谈语气，当为与对方面见时作。由"闻君静坐转耽书，种树葺茅还旧居"等数句，可知权器时已归隐，绝无入朝之意，此番相见盖为权器闻皇甫冉北上任职特来拜访，地点更不可能远在京城。故此诗当作于在王缙幕时期。王缙身兼数职，皇甫冉此数年间亦往还徐州、京、洛间。本年冬，皇甫冉在徐州，次年冬已随王缙在洛阳。故此诗应为本年冬作于徐州。广德二年冬，距皇甫冉上元元年与权器等人在避乱途中辞别已隔数年，故有

---

① 《皇甫冉诗集》卷下，页十一，A面，《中华再造善本》影印宋刻本。
② 参见独孤及《唐故朝议大夫高平郡别驾权公神道碑铭并序》。《毗陵集》卷八，页十三，B面，《四部丛刊》初编。

"久别"之叹。此时权器归隐，读书种树，生活悠然闲适，令琐务缠身的皇甫冉心生向往。但皇甫冉昔年初中进士，便逢离乱，此后虽在无锡短暂为官，又沉于下僚，不得一展壮志，心中终有不甘，故有"人生有怀若不展，出入公门犹未免"之语，既是向权器解释自己再度出仕的选择，也是一种自我开解。而在全诗结尾，皇甫冉借送权器返还之语，表达了自己同样希望归隐山间的愿望。华阳洞，在润州句容县。《太平寰宇记》载："华阳洞，去（句容）县四十里。"① 权器隐居之所或在附近。

永泰元年乙巳（765），四十五岁。
本年春，在徐州，曾南行过楚州。夏归徐州。冬，在洛阳。
春在徐州，从王缙游。
皇甫冉《奉和王相公早春登徐州城》诗云：

落日凭危堞，春风似故乡。川流通楚塞，山色绕徐方。
壁垒依寒草，旌旗动夕阳。无戎资上策，南亩起耕桑。②

王相公，即王缙。广德二年（764）秋，王缙镇河南。此后数年中，由于身兼数职，并未一直在徐州。《旧唐书·王缙传》载："广德二年，……以缙为侍中、持节都统河南、淮西、山南东道诸节度行营事。……岁余，迁河南副元帅，请减军资钱四十万贯修东都殿宇。"③ 又《旧唐书·代宗纪》载：永泰元年"十一月，宰臣河南都统王缙请减诸道军资钱四十万贯修洛阳宫，从之"④。可见本年冬修洛阳宫之时，王缙已在洛阳，皇甫冉亦应随之，次年早春二者皆不能在徐州。皇甫冉此诗作于徐州，时在早春，按诗意又在王缙赴镇未久时，当为本年春作。

---

① 《太平寰宇记》卷九十《江南东道二》，第1796页。
② 《皇甫冉诗集》卷下，页十七，A面，《中华再造善本》影印宋刻本。
③ 《旧唐书》卷一一八，第3416页。
④ 《旧唐书》卷十一《代宗纪》，第281页。

皇甫冉本年春奉和王缙之作尚有《奉和对雪》① 《奉和汉祖庙下之作》② 两首。前诗云"春雪偏当夜,暄风却变寒",作于早春。后诗亦写春景。汉祖庙,在徐州。《太平寰宇记》载:"汉高祖庙,在(彭城)县东南六里,临泗水。"③ 均为本年春从王缙游徐州时作。另有《徐州送丘侍御之越》,诗云"时鸟催春色""纵令寒食过"④,时在春季。陶敏考丘侍御或为丘丹⑤,尚存疑,姑系于此。

本年中,数次奉使赴河南道各地。

皇甫冉《与张补阙王炼师自徐方清路同舟南下于台头寺留别赵员外裴补阙同赋杂题一首》诗云:

> 朝朝春事晚,泛泛行舟远。淮海思无穷,悠扬烟景中。
> 幸将仙子去,复与故人同。高枕随流水,轻帆任远风。
> 钟声野寺迥,草色故城空。送别高台上,徘徊共惆怅。
> 悬知白日斜,定是犹相望。⑥

台头寺,在徐州。《太平寰宇记》载:"戏马台,在(彭城)县南三里。项羽筑戏马台于此。……(刘)宋于台上置寺。"⑦《读史方舆纪要》载:"戏马台,……今为台头寺,有故塔在焉。"⑧ 张补阙、赵员外、裴补阙皆为幕中同僚。赵员外,陶敏、储仲君等诸家考为赵涓。⑨《旧唐书·

---

① 《皇甫冉诗集》卷下,页十六,A 面,《中华再造善本》影印宋刻本。
② 《皇甫冉诗集》卷下,页十七,B 面,《中华再造善本》影印宋刻本。
③ 《太平寰宇记》卷十五《河南道十五》,第 300 页。
④ 《皇甫冉诗集》卷下,页二十,B 面,《中华再造善本》影印宋刻本。
⑤ 陶敏著:《全唐诗人名汇考》,第 178 页。
⑥ 《皇甫冉诗集》卷上,页三,A 面,《中华再造善本》影印宋刻本。
⑦ 《太平寰宇记》卷十五《河南道十五》,第 298 页。
⑧ 《读史方舆纪要》卷二十九《南直十一》,第 1397 页。
⑨ 储仲君:《皇甫冉诗疑年》(续),《山西大学师范学院学报》(综合版)1994 年第 1 期;陶敏:《全唐诗人名汇考》,第 177 页。

赵涓传》载："赵涓，……天宝初，举进士，补郾城尉，累授监察御史、右司员外郎，河南副元帅王缙奏充判官。"然其本传下另有"永泰初，涓为监察御史。时禁中失火，烧屋室数十间，火发处与东宫稍近，代宗深疑之。涓为巡使，俾令即讯。涓周历墙围，按据迹状，乃上直中官遗火所致也，推鞫明审，颇尽事情。既奏，代宗称赏焉"①。以此记录，永泰初，赵涓当在长安，入王缙幕则在此后。然考皇甫冉生平，此诗只可能作于永泰元年（765）或大历元年（766）春。且冉诗所谓"春事晚"，此年农历日期必与公历日期相近，故能节令早至，春事晚来。查历谱，广德至大历初数年间，唯永泰元年闰十月，当年春的物候较晚，而大历元年春季的物候应极早。故皇甫冉诗作于永泰元年春无疑。因此，《旧唐书·赵涓传》所述时间或存疑。

皇甫冉诗云"淮海思无穷，悠扬烟景中"，所行目的地应在淮南道东部，或为扬州，疑为代王缙赴淮南道治所。此外，皇甫冉另有《台头寺愿上人院古松下有小松栽毫末新生与纤草不辨重其有凌云干霄之志与赵八员外裴十补阙同赋之》，诗云"细草亦全高，秋毫乍堪比"②，亦为春日之作，当作于同时。

本年夏，归徐州。

皇甫冉《奉和彭祖井》诗云：

上公旌节在徐方，旧井莓苔近寝堂。
访古应知彭祖宅，得仙何必葛洪乡。
清虚不共春池竟，盥漱偏宜夏日长。
闻道延年如玉液，欲将调鼎献明光。③

---

① 《旧唐书》卷一三七，第3760页。
② 《皇甫冉诗集》卷下，页十二，《中华再造善本》影印宋刻本。
③ 《皇甫冉诗集》卷下，页十六，A面，《中华再造善本》影印宋刻本。

此诗亦是奉和王缙之作。彭祖井,在徐州。《太平寰宇记》载:"彭祖庙。魏神龟二年刺史王延明移于子城东北楼下,俗呼楼为彭祖楼。"①明嘉靖《徐州志》载:"彭祖旧宅,宅有井,唐皇甫冉诗'旧井莓苔近寝堂'是已。"② 诗云"盥漱偏宜夏日长",作于本年夏。

秋,奉使寿州,途经楚州、淮阴、盱眙等地。

皇甫冉《渔子沟寄赵员外裴补阙》诗云:

欲逐淮潮上,暂停渔子沟。
相望知不见,终是屡回头。

渔子沟,在楚州。万历《淮安府志》载:"渔沟镇,去治北十四里。"③《大清一统志》载:"渔沟镇,在清河县西北。《名胜志》:唐皇甫冉《寄赵员外》诗:'欲逐淮潮去,暂停渔子沟。'即此。《县志》:旧有水道通海口。"④ 从地理方位判断,皇甫冉自徐州出发,先经泗水下至楚州,停渔子沟。诗又云"欲逐淮潮上",则经停渔子沟后,意欲溯淮河西去,而非南下。

皇甫冉《使往寿州淮路寄刘长卿》诗云:

榛草荒凉村落空,驱驰卒岁亦何功。
蒹葭曙色苍苍远,蟋蟀秋声处处同。
乡路遥知淮浦外,故人多在楚云东。

---

① 《太平寰宇记》卷十五《河南道十五》,第300页。
② (明)梅守德、徐子龙等修:嘉靖《徐州志》卷六,页五十二,B面,刘兆祐主编《中国史学丛书》三编,台湾学生书局1976年版,第658页。
③ (明)郭大纶修、陈文烛纂:万历《淮安府志》卷三《建置志》,页二十九,B面,《天一阁藏明代方志选刊续编》第八册,上海书店出版社1990年版,第310页。
④ (清)穆彰阿、潘锡恩等纂修:《大清一统志》卷九四《淮安府·关隘》,页八,B面,《四部丛刊续编》。

日夕烟霜那可道，寿阳西去水无穷。①

寿州，在淮南道，北临淮水，自楚州沿淮水西行，过濠州即至。诗题曰"使往"，故为奉使而行。诗云"寿阳西去水无穷"，是知诗人在淮水之上西行赴寿州，当为暂停楚州渔子沟后作。由"蟋蟀秋声处处同"，可知诗作于秋日。诗又云"驱驰卒岁亦何功"，"卒岁"一词，可作"过年"义，《诗经·豳风·七月》："无衣无褐，何以卒岁？"②亦可作"终年、全年"义，《管子·大匡》："行此卒岁，始可以罚矣"③。诗既作于秋日，当作"全年"之意。则作诗时皇甫冉已在王缙幕已满一年。王缙广德二年八月镇徐州，皇甫冉任王缙幕掌书记满一年，时间恰至永泰元年秋。皇甫冉此诗寄赠的对象是刘长卿。刘长卿广德至大历初生平众说纷纭。皇甫冉诗云"故人多在楚云东"，则永泰元年秋，刘长卿仍在江东一带。④

皇甫冉赴寿州途经淮阴时作《宿淮阴南楼酬常伯能》，诗云：

淮阴日落上南楼，乔木荒城古渡头。
浦外野风初入户，窗中海月早知秋。
沧波一望通千里，画角三声起百忧。
伫立分宵绝来客，烦君步屐忽相求。⑤

常伯能，应为常伯熊，尝为江淮宣抚使李季卿所召。《新唐书·陆羽

---

① 《皇甫冉诗集》卷下，页二，A面，《中华再造善本》影印宋刻本。
② 程俊英、蒋见元著：《诗经注析》，中华书局1991年版，第407页。
③ （清）黎翔凤撰，梁运华整理：《管子校注》，中华书局2004年版，第365页。
④ 储仲君以此诗为大历三年奉使江表时作，参见《皇甫冉诗疑年》（续），《山西大学师范学院学报》（综合版）1994年第1期。按："江表"可泛指长江流域中下游地区，寿州为淮河流域，并非江表范围。且大历二年至三年，皇甫冉在京为左拾遗、左补阙，不存在"驱驰卒岁"之情况。此诗当系于永泰元年为是。
⑤ 《皇甫冉诗集》卷下，页三，B面，《中华再造善本》影印宋刻本。

传》载:"有常伯熊者,因羽论复广著茶之功。御史大夫李季卿宣慰江南,次临淮,知伯熊善煮茶,召之,伯熊执器前,季卿为再举杯。"① 李季卿宣慰江南在广德至永泰间。《旧唐书·孔巢父传》载:"广德中,李季卿为江淮宣抚使,荐巢父,授左卫兵曹参军。"② 又《旧唐书·列女传》载:"原武尉卢甫妻李氏,陇西成纪人也。父澜,永泰元年春任蕲县令。界内先有草贼二千余人,澜挺身入贼,结以诚信,贼并降附,百姓复业者二百余家。时曹昇任徐州刺史,知贼降,领兵掩袭,贼得脱后,入县杀澜。澜将被杀,从父弟渤,诣贼救澜,请代兄死。澜又请留弟,弟兄争死。澜女卢甫妻,又泣请代父死。并为贼所害。宣慰使、吏部侍郎李季卿以节义闻。"③ 可知李季卿招常伯熊事当在广德、永泰间。皇甫冉诗云"窗中海月早知秋",作于秋日。又云"沧波一望通千里",与运河情状不同,乃是写淮河之语,则其将欲沿淮河而行,与皇甫冉奉使寿州之时间,路线皆相合。当为本年秋皇甫冉奉使寿州,由泗水初入淮河,行经淮阴时作。④

此行途经盱眙时,作《题魏仲光淮山所居》,诗云:

人群不相见,乃在白云间。问我将何适,羡君今独闲。
朝朝汲淮水,暮暮上龟山。幸已安贫定,当从鬓发斑。⑤

魏仲光,《新唐书·列女传》载:"饶娥字琼真,饶州乐平人。生小家,勤织纴,颇自修整。父勣,渔于江,遇风涛,舟覆,尸不出。娥年十四,哭水上,不食三日死。俄大震电,水虫多死,父尸浮出,乡人异

---

① 《新唐书》卷一九六《隐逸》,第5612页。
② 《旧唐书》卷一五四,第4095页。
③ 《旧唐书》卷一九三,第5148页。
④ 储仲君系此诗于大历三年皇甫冉奉使江表时,非是。大历三年皇甫冉自京奉使江表,与常伯熊在淮阴为李季卿所召之时间不合;其赴江表所行路线,与此诗意中逐淮水而行亦不符。参见储仲君《皇甫冉诗疑年》(续),《山西大学师范学院学报》(综合版)1994年第1期。
⑤ 《皇甫冉诗集》卷上,页五,B面,《中华再造善本》影印宋刻本。

之,归赗具礼,葬父及娥鄱水之阴。县令魏仲光碣其墓。"① 元人李存《俟庵集》卷十二系此事于大历四年。② 未知此人是否即此前皇甫冉所酬之太常魏博士。龟山,在盱眙。《方舆胜览》载:"龟山,在盱眙县北三十里。其西南上有绝壁,下有重渊。《广记》:'禹治水,以铁锁锁淮涡水神无支奇于鬼山之足。'"③ 皇甫冉诗云"问我将何适,羡君今独闲",感叹自己公务繁忙,羡慕对方生活怡然,是奉使在身之语。诗当为皇甫冉由淮水西去,经盱眙时作。

本年冬,在洛阳。

皇甫冉何时从寿州归来无法确考。但从上引《旧唐书·代宗纪》所述王缙事可知,本年十一月,王缙减军资修洛阳宫,其本人当在洛阳。皇甫冉本年再代王缙作《谢赐冬衣表》,可见亦随王缙同在洛阳。

皇甫冉《奉和待勤照上人不至》作于此时,诗云:

东洛居贤相,南方待本师。旌麾俨欲动,杯锡杳仍迟。
积雪迷何处,惊风泊几时。大臣能护法,况有故山期。④

东洛之贤相,显为鼓吹王缙之语。王缙一生奉佛,建寺无数。勤照上人,生平不详。刘长卿亦有《送勤照和尚往睢阳赴太守请》⑤,可见此僧多与达官相交。此诗即是皇甫冉在洛阳同王缙等候勤照上人时作。诗云"积雪迷何处",作于冬季。皇甫冉与王缙俱在洛阳,唯永泰元年冬,故作于此时。

---

① 《新唐书》卷二〇五《列女》,第5823页。
② (元)李存撰:《俟庵集》卷十二《杂著》,页九,A面,《景印文渊阁四库全书》第1213册,第664页。
③ (宋)祝穆撰,祝洙增订,施和金点校:《方舆胜览》卷四十七《招信军》,中华书局2003年版,第840页。
④ 《皇甫冉诗集》卷下,页十七,B面,《中华再造善本》影印宋刻本。
⑤ 《全唐诗》卷一四八,第1510页。

永泰二年/大历元年丙午（766），四十六岁。
本年春，在洛阳。后或往还于京、洛间。
春，在洛阳。

皇甫冉有《送萧献士》，诗云：

> 惆怅烟郊晚，依然此送君。长河隔旅梦，浮客伴孙云。
> 淇士春山直，黎阳大道分。西陵倘一吊，应有士衡文。①

萧献士，不详其人。皇甫冉诗称其为"浮客"，则此人当为隐士。诗云"长河隔旅梦"，长河指黄河。诗又云"淇上春山直，黎阳大道分"，淇水、黎阳，皆在卫州。《元和郡县图志》载："淇水，源出县西北沮洳山，至卫县入河，谓之淇水口。……黎阳县，……西南至州一百二十里。……皇朝武德二年重置黎州，县属焉。贞观十七年黎州废，复属卫州。"② 尾联又用陆机作《吊魏武帝文》之典，则萧献士所赴之地为邺下。由此可知，萧献士出发先经黄河至卫州，渡淇水，经黎阳终至邺下，则皇甫冉相送的地点在洛阳无疑。此诗作于春日，皇甫冉永泰元年春（765）在徐州，大历二年（767）已在长安，唯永泰元年冬从王缙至洛阳，至本年春应仍在洛阳，故应系于此时。

本年秋，或随王缙往返于京、洛间。

初秋，王缙在长安。《资治通鉴》载："（大历元年）秋八月，国子监成；丁亥（初四日），释奠。鱼朝恩执《易》升高座，讲'鼎覆悚'以讥宰相。王缙怒，元载怡然。朝恩谓人曰：'怒者常情，笑者不可测

---

① 《皇甫冉诗集》卷下，页十六，《中华再造善本》影印宋刻本。"孙云"各本作"孤云"；"淇士"各本作"淇上"，按诗意当是，今从之。
② 《元和郡县图志》卷十六《河北道一》，第462页。

也。'"① 未知皇甫冉是否随王缙入朝。

秋末，在洛阳，有《寄江东李判官》，诗云：

> 远怀不可道，历稔倦离忧。洛下闻新雁，江南想暮秋。
> 澄清佐八使，纲纪案诸侯。地识吴平久，才当晋用求。
> 时贤几俎谢，摛藻继风流。更有西陵作，还成北固游。
> 归程限尺牍，王事在扁舟。山色临湖尽，猿声入梦愁。②

李判官，名不详。此诗借送李判官奉使江东之机，盛赞李判官的卓越政绩和过人文才。诗云"历稔倦离忧"，则皇甫冉此时已离乡数年。又云"洛下闻新雁，江南想暮秋"，诗作于洛阳，时在晚秋，由于离开江南数年，故有所思念。上文考皇甫冉永泰元年（765）秋冬之际亦在洛阳，然永泰元年秋，皇甫冉方入王缙幕一年，与"历稔"之说相悖。若为本年秋，则入王缙幕已两年有余，跨越三个年头，故系于大历元年秋。

五 大历初在京为官时期

大历二年，在长安。秋以前，迁左拾遗。大历三年，转左补阙。秋，或以谏言不当为代宗所厌，奉使江表，自商山、汉水入长江，终至安宜等地。使毕，省家丹阳，辞官归隐。

大历二年丁未（767），四十七岁。

本年，在长安，任左拾遗。

春，或已至长安。

独孤及《唐故左补阙安定皇甫公集序》云："大历二年，迁左拾遗，转左补阙。奉使江表，因省家至丹阳。"③ 但始任左拾遗的月份已不可确

---

① 《资治通鉴》卷二二四《唐纪四十》，第7310页。
② 《皇甫冉诗集》卷上，页十七，B面，《中华再造善本》影印宋刻本。
③ 《毗陵集》卷十三，页七，A面，《四部丛刊》初编。

考。王缙本年二月在长安。《资治通鉴》载："（大历二年）二月，丙戌（初六日），郭子仪入朝。上命元载、王缙、鱼朝恩等互置酒于其第，一会之费至十万缗。"①《旧唐书·代宗纪》载："（大历二年）二月，……癸卯（二十三日），宰臣元载、王缙、左仆射裴冕、户部侍郎第五琦、京兆尹黎幹各出钱三十万，置宴于子仪之第。"② 皇甫冉为王缙幕掌书记，本年春或已同在长安。

本年秋，在长安，已任左拾遗。

李端有《巫山高和皇甫拾遗》③。皇甫拾遗，即皇甫冉。皇甫冉天宝年间落第游荆湘时，曾有名作《巫山峡》，为诗坛称颂。李端诗为和作。诗云"愁向高唐望，清秋见楚宫"，作于秋日。皇甫冉《巫山峡》亦作于秋日，李端秋日至长安时拜谒皇甫冉，故取《巫山峡》一题和之。李端永泰至大历初在京屡试科举。④《登科记考》载："其应举者，乡贡进士例于十月二十五日集户部，生徒亦以十月送尚书省，正月乃就礼部试。"⑤是知秋日正是举子入长安备考之时。皇甫冉大历二年任左拾遗，为天子近臣。李端作此诗和皇甫冉之名作，当是为科举而行卷。大历元年秋，皇甫冉未授左拾遗，大历三年秋，皇甫冉已非左拾遗，故此诗当为大历二年秋，李端在京准备参加大历三年正月科考之时作。由此可知，至迟大历二年秋，皇甫冉已任左拾遗。

皇甫冉有《送郑二员外》，诗云：

置酒竟长宵，送君登远道。羁心看旅雁，晚泊依秋草。
秋草尚芊芊，离忧亦渺然，元戎辟才彦，行子犯风烟。

---

① 《资治通鉴》卷二二四《唐纪四十》，第7313页。
② 《旧唐书》卷十一《代宗纪》，第286页。
③ 《全唐诗》卷二八五，第3242页。
④ 傅璇琮：《李端考》，《唐代诗人丛考》，第540页；乔长阜：《李端生平考述》，《江苏广播电视大学学报》1994年第3期。
⑤ 《登科记考》凡例，第3页。

风烟积惆怅，淮楚殊飘荡。明日是重阳，登高远相望。①

郑二员外，名不详。诗云："羁心看旅雁，晚泊依秋草。"显为深秋之时自北方送友人赴南方之语。诗又云："元戎辟才彦，行子犯风烟。风烟积惆怅，淮楚殊飘荡。"则郑二员外此次南行是为一方主将所征辟，所赴之地在淮南，而彼时淮南地区正历兵燹。淮南地区有战乱，而同时皇甫冉又身在北方，唯大历初淮南许杲之乱与之符合。韩愈《顺宗实录》卷四载："许杲以平卢行军司马将卒三千人驻濠州不去，有窥淮南意。（崔）圆令（张）万福摄濠州刺史，杲闻即提卒去，止当涂陈庄。贼陷舒州，圆又以万福为舒州刺史，督淮南岸盗贼，连破其党。大历三年，召赴京师。代宗谓曰：'闻卿名，久欲一识卿，且将累卿以许杲。'万福拜谢，因前曰：'陛下以许杲召臣，如河北贼诸将叛，以属何人？'代宗笑曰：'且欲议许杲事，方当大用卿。'即以为和州刺史，行营防御使，督淮南岸盗贼，至州，杲惧，移军上元。杲至楚州大掠，节度使韦元甫命万福讨之。未至淮阴，杲为其将康自勤所逐。自勤拥兵继掠，循淮而东，万福倍道追而杀之，免者十二三，尽得其所虏掠金银妇女等，皆获致其家。"② 又《旧唐书·代宗纪》载："（大历三年）六月，……庚子（二十八日），淮南节度使、检校尚书左仆射、知省事、扬州大都督府长史、赵国公崔圆卒。"③ 综以上记载，许杲初叛，崔圆令张万福摄濠州刺史，时在大历三年前，当为大历二年。皇甫冉诗作于许杲乱中，又在晚秋，当为大历二年。

本年冬，在长安。

皇甫冉《送常大夫加散骑常侍赴朔方》诗云：

---

① 《皇甫冉诗集》卷下，页十八，B面，《中华再造善本》影印宋刻本。
② （唐）韩愈撰，马其昶校注：《韩昌黎文集校注》外集下卷，上海古籍出版社1986年版，第711—712页。
③ 《旧唐书》卷十一《代宗纪》，第289页。

第一章　皇甫冉生平考

　　故垒烟霞后，新军河塞间。金貂宠汉将，玉节度萧关。
　　澶漫沙中雪，依稀汉口山。人知窦车骑，计日勒铭还。①

　　常大夫，即常谦光。《旧唐书·代宗纪》载："（大历三年）冬十月甲寅（十四日），朔方留后、灵武大都督府长史常谦光加检校工部尚书。"② 常谦光的前任当为路嗣恭。《资治通鉴》载："（大历二年）冬，十月，戊寅（初一日），朔方节度使路嗣恭破吐蕃于灵州城下，斩首二千余级。"③ 是知常谦光镇朔方当在大历二年十月初一后至三年十月前。皇甫冉诗云"澶漫沙中雪"，诗作于冬日，当在大历二年冬。

　　皇甫冉另有《送柳八员外赴江西》作于同时，诗云：

　　歧路穷无极，长江九派分。行人随旅雁，楚树入湘云。
　　久在征南役，何殊蓟北勋。离心不可问，岁暮雪纷纷。④

　　柳八员外，当为柳浑。柳宗元《银青光禄大夫右散骑常侍轻车都尉宜城县开国伯柳公行状》云："迁侍御史，充江南西路都团练判官。……改祠部员外郎，转司勋郎中，余如故。"⑤《旧唐书·柳浑传》载："大历初，魏少游镇江西，奏署判官，累授检校司封郎中。"⑥ 可知柳浑先在江西，大历初入魏少游幕，为祠部员外郎、司封郎中。皇甫冉诗云"久在征南役，何殊蓟北勋"，与此相合。其称员外，当作于其入魏少游幕之后。《旧唐书·代宗纪》载："（大历二年）夏四月己亥（二十日），……

---

① 《皇甫冉诗集》卷下，页六，《中华再造善本》影印宋刻本。
② 《旧唐书》卷十一《代宗纪》，第 291 页。
③ 《资治通鉴》卷二二四《唐纪四十》，第 7316 页。
④ 《皇甫冉诗集》卷下，页七，A 面，《中华再造善本》影印宋刻本。
⑤ 《全唐文》卷五九一，页十三，B 面，第 5978 页。
⑥ 《旧唐书》卷一二五，第 3553 页。

刑部侍郎魏少游为洪州刺史，兼御史大夫，江西观察团练等使。"① 冉诗又云"岁暮雪纷纷"，是知此诗作于大历二年冬。

《送李录事赴饶州》亦应作于本年冬，诗云：

> 北人南去雪纷纷，雁叫汀沙不可闻。
> 积水长天随远近，荒城极浦足寒云。
> 山从建业千峰远，江至浔阳九派分。
> 借问督邮才弱冠，府中年少不如君。②

李录事，一本作裴员外。皇甫冉诗云"北人南去雪纷纷"，在北地相送，时在冬日。又云"山从建业千峰远，江至浔阳九派分"，对方自北地赴饶州，先至润州，再沿长江而上至浔阳，则其南下必走运河，可知皇甫冉作诗时运河水路畅通，故诗应作于安史之乱平定后。尾联云"借问督邮才弱冠，府中年少不如君"，所送之人年方弱冠，皇甫冉以自己的儿子与对方相比，谦称不如，故知此时皇甫冉之子亦应年届二十。皇甫冉乾元年间在越州作《同诸公有怀绝句》云"童稚解方言"，至大历初在京时，皇甫冉之子当年近弱冠。且诗称"府中"，则皇甫冉当官居定所，亦与在长安为官时相合。大历三年冬，皇甫冉已不在京城，故将此诗系于大历二年冬。

大历三年戊申（768），四十八岁。
本年中，由左拾遗转左补阙。秋，奉使江表，后辞官归乡。
本年初，仍任左拾遗。

李嘉祐有《元日无衣冠入朝寄皇甫拾遗冉从弟补阙纾》，诗云：

---

① 《旧唐书》卷十一《代宗纪》，第286页。
② 《皇甫冉诗集》卷上，页五，《中华再造善本》影印宋刻本。

伏奏随廉使，周行外冗员。白髭空受岁，丹陛不朝天。
秉烛千官去。垂帘一室眠。羡君青琐里，并冕入炉烟。①

从弟纾，即李纾。《旧唐书·李纾传》载："大历初，礼部侍郎李季卿荐为左补阙，累迁司封员外郎、知制诰，改中书舍人。"②元日，可指正月初一，也可指吉日。李嘉祐诗云"白髭空受岁"，则在跨年时无疑。皇甫冉大历二年迁左拾遗，但大历二年正月初一时，不可能已经在任，故李嘉祐诗当作于大历三年正月初一。由此可知，皇甫冉任左补阙的时间在大历三年，具体月份不可考。

本年夏，在长安。

皇甫冉《故齐王赠承天皇帝挽歌》《赠恭顺皇后挽歌》③作于此时。《旧唐书·代宗纪》载："（大历三年）五月……乙卯（十二日），追谥故齐王倓为承天皇帝，兴信公主亡女张氏为恭顺皇后，祔葬……六月戊子（十六日），承天皇帝祔奉天皇帝庙，同殿异室。"④

本年秋，在长安。

皇甫冉《送王相公赴幽州》诗云：

黄阁开帷幄，丹墀拜冕旒。位高汤左相，权总汉诸侯。
不改周南化，仍分赵北忧。双旌过易水，千骑入幽州。
塞草连天暮，边风动地秋。无因陪远道，结束佩吴钩。⑤

---

① 《全唐诗》卷二〇六，第2154页。
② 《旧唐书》卷一三七，第3763页。
③ 《皇甫冉诗集》卷下，页五，《中华再造善本》影印宋刻本。
④ 《旧唐书》卷十一《代宗纪》，第289页。
⑤ 《唐皇甫冉诗集》卷四，页三十八，B面，明刘成德正德十三年（1518）刻本。此诗明影宋本未收录，一作韩翃诗，盖因同和人数众多，诗题皆相同，以至重出。本诗未详归属，然皇甫冉参与此次雅集无疑。

《旧唐书·代宗纪》载："（大历三年）六月……壬辰，幽州节度使、检校侍中、幽州大都督府长史李怀仙为麾下兵马使朱希彩所杀。……闰（六）月……庚申（十八日），宰臣充河南副元帅王缙兼幽州节度使。……七月……乙亥（初四日），王缙赴镇州。"① 王缙赴幽州时，皇甫冉、皇甫曾、韩翃等均有和作。

《送归中丞使新罗》作于同时，诗云：

> 诏使殊方远，朝仪旧典行。浮天无尽处，望日计前程。
> 暂喜孤山出，长愁积水平。野风飘叠鼓，海雨湿危旌。
> 异俗知文教，通儒有令名。还将大戴礼，方外授诸生。②

归中丞，即归崇敬。《旧唐书·归崇敬传》载："大历初，以新罗王卒，授崇敬仓部郎中、兼御史中丞，赐紫金鱼袋，充吊祭、册立新罗使。"③《旧唐书·东夷志》载："大历二年，宪英卒，国人立其子乾运为王，仍遣其大臣金隐居奉表入朝，贡方物，请加册命。三年，上遣仓部郎中、兼御史中丞、赐紫金鱼袋归崇敬持节赍册书往吊册之。以乾运为开府仪同三司、新罗王，仍册乾运母为太妃。"④ 可知归崇敬使新罗事在大历三年。李端、皇甫曾等均有同题。李端诗云"别叶传秋意，回潮动客思"⑤，送别时在秋日。

本年秋，"奉使江表"，后辞官，归隐润州。

"江表"并非一个准确的地理概念。《辞源》释："江表，指长江以

---

① 《旧唐书》卷十一《代宗纪》，第289—290页。
② 《皇甫冉诗集》卷下，页三，B面，《中华再造善本》影印宋刻本。
③ 《旧唐书》卷一四九，第4016页。
④ 《旧唐书》卷一九九上《东夷》，第5337页。
⑤ 《全唐诗》卷二八六，第3275页。

南地区。从中原看，地在长江之外，故称江表。"① 西晋人虞溥有《江表传》。"江表"一词，或指荆州，或指扬州，或两地并指。三国时，泛指吴国治地；六朝时，又泛指南朝治地。可见，"江表"是一个非常宽泛的概念，长江中下游流域皆可称"江表"。

关于皇甫冉"奉使江表"究竟所去何处这一问题，傅璇琮、储仲君等先生并未深入探讨，一般多以独孤及《集序》所云"奉使江表，因省家至丹阳"之说，认为"江表"即是泛指润州周围的江东一带。唯有黄桥喜在《皇甫冉里居生平考辨》中对此进行了探讨，认为皇甫冉所赴之地为今天的越南。② 但黄桥喜此文中的观点、结论多难成立，此问题亦然。但因为此文章流传十分广泛，已对众多后来的研究者造成了极大误导，故不得不加以征引、反驳。

黄桥喜讨论皇甫冉奉使之处，先是原文照搬了《辞源》中关于"江表"一词的解释及文献来源，得出长江以南皆可称"江表"的大前提，而后在此前提下，对皇甫冉所赴之"江表"进行了随意发挥。其文称"冉之'江表'，已越上述之地"。依据是李嘉祐的《送皇甫冉往安宜》③。黄桥喜将《送皇甫冉往安宜》一诗系为皇甫冉大历三年奉使南下时并没错。但其竟称"白田，即今越南清化、河静两省及义安省东部地区，唐属岭南道爱州九真县。隋代开皇十七年有封，李诗'隋朝杨柳映堤稀'句，亦与此合。冉之远涉，李深所叹喟：'君向白田何日归？……试问疲人与征战，使君双泪定沾衣。'可见远使南疆无疑。"其随意曲解诗意、拼凑史料竟至令人啼笑皆非之地步！导致这一原本并不复杂的问题，由此变得复杂起来，仿佛皇甫冉当真去过越南。

李嘉祐《送皇甫冉往安宜》诗云：

江皋尽日唯烟水，君向白田何日归。

---

① 《辞源》（修订本），商务印书馆1988年版，第931页。
② 黄桥喜：《皇甫冉里居生平考辨》，《文学遗产》1990年第1期。
③ 《全唐诗》卷二〇七，第2164页。此诗一作崔峒诗，题作《送皇甫冉往白田》。

> 楚地蒹葭连海迥，隋朝杨柳映堤稀。
> 津楼故市无行客，山馆荒城闭落晖。
> 若问行人与征战，使君双泪定沾衣。

安宜，即楚州宝应县。《元和郡县图志》："宝应县，本汉平安县故地，后为安宜县。"① 白田，即白田渡。《江南通志》载："白田渡，在宝应县南门外。"② 李白《赠徐安宜》诗云："白田见楚老，歌咏徐安宜。"③ 可见，白田和安宜指的是同一处所在，绝非黄桥喜文中远在天边的越南某地。

首联"江皋尽日唯烟水，君向白田何日归"，由"何日归"一问，结合全诗悲凉的送别气氛，当知皇甫冉此行非是短途，而是远行，可见送别之地并不在长江一带。如此，首联出句先写江皋之地烟水迷蒙的景象，并非是实写送别之地，而是远在北方送别时对其所赴之地的想象，也是点明皇甫冉南行将要顺江而走的路线。颔联出句"楚地蒹葭连海迥"，指明诗作于秋日。而"隋朝杨柳"绝非如黄桥喜之言指开皇年间封岭南爱州之事，而是指隋炀帝时在运河堤坝上种植杨柳。皇甫冉奉使之地恰可见运河，用此典是为指示皇甫冉之至所。尾联"若问行人与征战，使君双泪定沾衣"最易产生误解。"使君"一词，在唐诗中大多指代州郡长官，即刺史。储仲君《李嘉祐诗疑年》便以"使君"为楚州刺史，将此联释为"闻知战乱之惨烈及奔亡途中的艰辛，使君亦当伤感不已"④。但事实上，"使君"一词在此诗中并非指代刺史。首先，皇甫冉显然并非刺史；其次，皇甫冉所赴之地安宜亦非楚州州治所在，故以"使君"指代

---

① 《元和郡县图志》逸文卷二，第1074页。
② （清）于成龙等修，张九徵等纂：康熙《江南通志》卷七《山川上·扬州府·附关津桥梁》，页五十九，B面。清康熙二十三年（1684）江南通志局刻本。
③ （唐）李白撰，郁贤皓校注：《李太白全集校注》卷七。凤凰出版社2015年版，第1045页。
④ 《李嘉祐诗疑年》，《唐代文学研究》，广西师范大学出版社1990年版，第136页。储仲君将此诗系于安史之乱中，为误考。

楚州刺史是十分牵强的。若强行解释为楚州刺史,则皇甫冉历远行、经争战之地远赴安宜,而为此泪沾衣的却是根本不在安宜的楚州刺史,逻辑完全不通。此诗中的"使君"一词,应是指代奉命出使的人。《汉书·王䜣传》:"使君颛杀生之柄,威震郡国。"颜师古注:"为使者,故谓之使君。"① 因此,诗中的"使君"指的本就是奉使赴安宜的皇甫冉。按诗意,皇甫冉的"双泪"来自远行和战乱。大历二年至大历三年,许杲之乱波及淮南各地。皇甫冉南下所经之"征战",盖指此乱。皇甫冉大历三年初秋尚在京城,此诗必作于本年秋无疑。

皇甫冉因何奉使南下,并无明确记载。但其《秋日东郊作》诗云:

> 闲看秋水心无事,卧对寒林手自栽。
> 庐岳高僧留偈别,茅山道士寄书来。
> 燕知社日辞巢去,菊为重阳冒雨开。
> 浅薄将何称献纳,临歧终日自迟回。②

此诗作于重阳时节郊游时。由秋燕辞巢,可知诗在北地作。又点明东郊,则皇甫冉时在长安。尾联"临歧终日自迟回"谓己将归去。而"浅薄将何称献纳"既说明了皇甫冉此时身任谏官,也阐明了意欲归去之缘由,盖因谏言不被采纳,或因此得咎,以至心灰意冷。从此诗内容和时间看,当作于奉使江表之前。其奉使的原因大概与其进谏不成有关。

南行途中,路遇虔州裴使君。

皇甫冉《送处州裴使君赴京》诗云:

> 使君朝北阙,车骑发东方。别喜天书召,宁忧地脉长。

---

① (汉)班固撰:《汉书》卷六十六《公孙刘田王杨蔡陈郑传第三十六》,中华书局 1964 年版,第 2887 页。
② 《皇甫冉诗集》卷下,页二十二,B 面,《中华再造善本》影印宋刻本。

山行朝复夕，水宿露为霜。秋草连秦塞，孤帆落汉阳。
新衔趋建礼，旧位识文昌。唯有东归客，应随南雁翔。①

处州，《旧唐书·地理志》载："处州，隋永嘉郡。武德四年，平李子通，置括州，……天宝元年，改为缙云郡。乾元元年，复为括州。大历十四年夏五月，改为处州，避德宗讳。"② 显然，"处州"之名乃大历十四年才出现的新地名，而皇甫冉卒于大历九年，其在世时不可能称"处州"。储仲君认为，"處"与"虔"形似，"处州"为"虔州"之误。裴使君，应为裴谞，大历二年为虔州刺史，其说可信。③ 皇甫冉诗云"别喜天书召"，谓对方赴京并非秩满，而是获优诏。又云"秋草连秦塞，孤帆落汉阳"，既点明了诗作于秋日，又阐述了对方赴京所行路线为自汉水北上，而非经运河、淮河至洛阳西行。皇甫冉在诗中自称"东归客"，而却与自汉水北上的裴使君相逢，可知皇甫冉所行亦是经商州入汉水至长江，再沿江东下之路线，而非经洛阳走运河入淮。此或与许杲之乱时期，淮南不稳，交通不便有关。皇甫冉行此前往楚州，大半路程需沿长江而下，恰与上引《送皇甫冉往安宜》之首句"江皋尽日唯烟水"相合。可知独孤及所谓"奉使江表"，或因皇甫冉所行之处，皆在古荆、扬之地。

六　晚年隐居丹阳时期

大历三年秋奉使江表后，皇甫冉便省家丹阳，此后在丹阳隐居。此间曾至扬州，与李嘉祐、张南史、韩洄诸人酬唱，大历九年春夏间卒于丹阳。

大历四年己酉（769），四十九岁。

---

① 《皇甫冉诗集》卷下，页十九，A 面，《中华再造善本》影印宋刻本。此本尾联脱"东归客，应"四字，此据正德十三年刘成德本补。

② 《旧唐书》卷四十《地理志三》，第 1596 页。

③ 储仲君：《皇甫冉诗疑年》（续），《山西大学师范学院学报》（综合版）1994 年第 1 期。

本年在润州。

春，寄诗故友高云，送陆羽赴越州。

皇甫冉《寄高云》诗云：

> 南徐风日好，怅望毗陵道。毗陵有故人，一见恨无因。
> 独恋青山久，唯令白发新。每嫌持手板，时见着头巾。
> 烟景临寒食，农桑接仲春。家贫仍嗜酒，生事今何有。
> 芳草遍江南，劳心忆携手。①

前文已述，上元年间，皇甫冉避刘展之乱隐居常州义兴，尝与画家高云交游，有《题高云客舍》一诗。此诗云"南徐风日好，怅望毗陵道"，即作于润州。又云"每嫌持手板，时见着头巾"，"手板"为官员上朝所持之笏板，指代在朝为官。据此联，皇甫冉自京辞官未久。又"烟景临寒食，农桑接仲春"，知诗作于春日。皇甫冉大历三年秋奉使江表，其归丹阳当已至冬季，故此诗当作于大历四年春。此时距皇甫冉隐居义兴与高云酬唱已过多年，遂称高云为故人。诗尾二联"家贫仍嗜酒，生事今何有。芳草遍江南，劳心忆携手"，显为晚年语，亦与此相合。

皇甫冉有《送陆鸿渐赴越并序》，诗云：

> 君自数百里访予羁病，牵力迎门，握手心喜，宜涉旬日始至焉。究孔释之名理，穷歌诗之丽则。远墅孤岛，通舟必行；鱼梁钓矶，随意而往。馀兴未尽，告云遐征。夫越地称山水之乡，辕门当节钺之重。进可以自荐求试，退可以闲居保和。吾子所行，盖不在此。尚书郎鲍侯，知子爱子者，将推食解衣以拯其极，讲德游艺以凌其深，岂徒尝镜水之鱼，宿耶溪之月而已。吾是以无间，劝其晨装，同赋送远客一绝：

---

① 《皇甫冉诗集》卷上，页二十四，《中华再造善本》影印宋刻本。

行随新树深，梦隔重江远。迢递风日间，沧茫洲渚晚。①

陆羽亦为皇甫冉旧友，早在广德元年（763），皇甫冉便曾作《送陆鸿渐栖霞寺采茶》。本诗为皇甫冉辞官归乡后送陆羽赴越州时作，其诗序中"尚书郎鲍侯"，即鲍防。鲍防是大历浙东唱和集团的发起者之一，大历初任浙东观察使薛兼训从事。穆员《鲍防碑》云："（李）光弼上将薛兼训授专征之命于越，辍公介之。始兼训之奉光弼也，以顺命为忠，不及于义。公知光弼之不终也，谕而绝焉。东越仍师旅饥馑之后，三分其人，兵盗半之。公之佐兼训也，令必公口，事必公手，兵兼于农，盗复于人。自中原多故，贤士大夫以三江五湖为家，登会稽者如鳞介之集渊薮，以公故也。"②《唐方镇年表》考薛兼训镇浙东为宝应元年（762）至大历五年（770）。③《旧唐书·代宗纪》载：大历五年"秋七月丁卯（初七日），以浙东观察使、越州刺史、御史大夫薛兼训为检校工部尚书、太原尹、北都留守，充河东节度使"④。是知鲍防赴越州的时间早于大历五年。皇甫冉诗云"行随新树深"，当作于春日。陆羽赴越州，路过湖州时与皎然、卢幼平、潘述等酬唱，有联句数首。卢幼平大历四年自湖州刺史赴京，详见下考。故陆羽赴越当在大历四年春。

皇甫冉《送卢郎中使君赴京》亦作于本年春。诗云：

三年期上国，万里自东溟。曲盖遵长道，油幢憩短亭。
楚云山隐隐，淮雨草青青。康乐多新兴，题诗纪所经。⑤

卢郎中使君，即卢幼平。李华《杭州刺史厅壁记》云："近岁灾沴繁

---

① 《皇甫冉诗集》卷下，页九，《中华再造善本》影印宋刻本。
② 《全唐文》卷七八三，页十七，第8190页。
③ 《唐方镇年表》卷五，第771页。
④ 《旧唐书》卷十一《代宗纪》，第297页。
⑤ 《皇甫冉诗集》卷下，页八，A面，《中华再造善本》影印宋刻本。

兴，寇盗连起，百战之后，城池独存。王师雷动，元恶授首，乳哺疲人，分命贤哲。诏以兵部郎中范阳卢公幼平为之。……永泰元年七月二十五日记。"① 可知永泰元年，卢幼平为杭州刺史。此后又任湖州刺史，但起始时间存疑。嘉泰《吴兴志》载："卢幼年，宝应二年自杭州刺史授，迁大理少卿。《统纪》云：永泰元年。"② 陶敏《全唐诗人名汇考》认为此卢幼年即卢幼平，当是③。卢幼平在湖州与皎然交游，有《六言秋日卢郎中使君幼平泛舟联句一首》及《七言重联句一首》，作者有皎然、卢幼平、陆羽、潘述等人，当作于大历初。④ 又有《苕溪草堂自大历三年夏新营洎秋及春弥觉境胜因纪其事简潘丞述汤评事衡四十三韵》⑤，由诗题可知其作于大历四年春，时潘述在湖州。又据郁贤皓《唐刺史考全编》，杜位于大历四年迁湖州刺史。⑥ 故卢幼平赴京当不迟于大历四年。皇甫冉大历三年冬方辞官还乡，此诗云"楚云山隐隐，淮雨草青青"，当作于春季，故此诗必作于大历四年春。

本年夏，在润州。

皇甫冉有《杂言迎神词二首》并序，序云：

> 吴楚之俗与巴渝同风，日见歌舞祀者，问其故，答曰："及夏不雨，虑将无年。"复云："家有行人不归，凭是景福。"夫此二者，皆我所怀。寄地种苗，将成枯草；弟为台官，羁旅京师。秉笔为迎神、送神词，以应其声，亦寄所怀也。⑦

---

① 《全唐文》卷三一六，页八，B面，第3206页。
② 嘉泰《吴兴志》卷十四《刺史题名》，页二十六，A面，《宋元方志丛刊》第五册，第4774页。
③ 《全唐诗人名汇考》，第512页。
④ 《吴兴昼上人集》卷十，页十，A面，《四部丛刊》初编。
⑤ 《吴兴昼上人集》卷二，页二，B面，《四部丛刊》初编。
⑥ 《唐刺史考全编》卷一四〇，第1946页。
⑦ 《皇甫冉诗集》卷上，页七，B面，《中华再造善本》影印宋刻本。

皇甫曾大历初在京任职，约大历四年贬舒州司马，详见第二章第二节《皇甫曾生平分期》。此二首诗当作于本年夏。

大历五年庚戌（770），五十岁。
在润州。
皇甫冉有《同樊润州秋日登城楼》，诗云：

> 露冕临平楚，寒城带早霜。时同借河内，人是卧淮阳。
> 积水澄天堑，连山入帝乡。因高欲见下，非是爱秋光。①

樊润州，为樊晃。《新唐书·艺文志》载："（杜甫）《小集》六卷，润州刺史樊晃集。"② 樊晃大历五年至六年为润州刺史，参见郁贤皓《唐刺史考》③。此诗作于秋日，诗云"时同借河内，人是卧淮阳"，可知皇甫冉与樊晃早年在北地相识。诗当作于大历五年至六年。

皇甫冉另有《同樊润州游郡东山》④，诗云"草色引行骢"，作于春季，姑系于此。

皇甫冉晚年归乡后曾至扬州，有《和朝郎中杨子玩雪满寄山阴严维》《酬张二仓曹杨子所居见寄兼呈韩郎中》。二诗作于大历五年或大历八年，详见本章第二节《皇甫冉生卒年旧说考辨》。今姑系于此。

大历六年辛亥（771），五十一岁。
在润州。
皇甫冉《送李使君赴抚州》作于本年春之后。详见本章第三节《皇

---

① 《皇甫冉诗集》卷上，页十七，《中华再造善本》影印宋刻本。
② 《新唐书》卷六十《艺文志四》，第1603页。
③ 《唐刺史考全编》卷一三七，第1858页。
④ 《皇甫冉诗集》卷上，页二十二，A面，《中华再造善本》影印宋刻本。

冉生卒年新证》。

大历八年癸丑（773），五十三岁。

在润州。

皇甫冉《庐山歌送至弘法师兼呈薛江州》约作于本年，详见本章第三节《皇甫冉生卒年新证》。

大历九年甲寅（774），五十四岁。

本年春夏间，卒于丹阳。详见本章第三节《皇甫冉生卒年新证》。

第 二 章

皇甫曾生平考

  皇甫曾，字孝常，是皇甫冉之胞弟。现存有关皇甫曾生平的文献资料十分缺乏，既无行状，亦无墓志。其生平事迹的记载最早见于《极玄集》："皇甫曾，字孝常，丹阳人。天宝十二载进士。历官监察御史。与兄冉齐名一时。"① 此后，《新唐书·萧颖士传》载："曾字孝常，历监察御史。其名与冉相上下，时比张氏景阳、孟阳云。"②《新唐书·艺文志》载："曾字孝常，历侍御史，坐事贬徙舒州司马，阳翟令。"③《唐才子传》载："曾字孝常，冉之弟也。天宝十二年杨儇榜进士。善诗，出王维之门。与兄名望相亚。……仕历侍御史。后坐事贬舒州司马，量移阳翟令。"④

  当代对其研究亦不甚多，傅璇琮先生《皇甫冉皇甫曾考》最先考证了皇甫曾生平活动中的一些基本问题，影响最为广泛。储仲君先生有《皇甫曾诗疑年》⑤，考证了皇甫曾大多数作品的创作年份，梳理了现存诗歌的时间脉络。熊飞《皇甫曾贬舒州时间考》⑥从皇甫曾与同时期诗人的交往唱和入手，考证皇甫曾贬舒州时间以及北归时间，文章中虽有谬误，

---

① 《唐人选唐诗新编》（增订本），第693页。
② 《新唐书》卷二〇二《文艺传中》，第5771页。
③ 《新唐书》卷六十《艺文志四》，第1610页。
④ 《唐才子传校笺》卷三，第一册，第570—574页。
⑤ 《晋阳学刊》1994年第2期。
⑥ 《咸宁师专学报》1993年第1期。

亦具一定参考价值。此外，笔者多年前撰写硕士学位论文《皇甫曾研究》，在前人研究的基础上，考证了皇甫曾生平分期问题，考辨了《二皇甫集》的版本源流，并对皇甫曾诗歌加以校注。可惜彼时学力浅薄，虽有所发明，亦有诸多错漏，留下了不少遗憾。本章节在总结前人研究以及笔者早年研究的基础上，结合相关文史资料，以时间为序，对皇甫曾生平加以分期考证。

第一节　皇甫曾生卒年考辨

皇甫曾的出生时间没有明确记载，以现有资料也不可确考，只能依皇甫冉的生年做出合理的估计。本书第一章第三节《皇甫冉生卒年新证》考证，皇甫冉生于大历九年。独孤及《唐故左补阙安定皇甫公集序》云："君母弟殿中侍御史曾字孝常，与君同禀学诗之训，君有诲诱之助焉。"[1]由这句话中的"同禀学诗之训"，可知皇甫兄弟少时曾一同进学，以此推算，皇甫曾当不比皇甫冉年少很多。

李颀有《送皇甫曾游襄阳山水兼谒韦太守》，诗云：

> 岘山枕襄阳，滔滔江汉长。山深卧龙宅，水净斩蛟乡。
> 元凯春秋传，昭明文选堂。风流满今古，烟岛思微茫。
> 白雁暮冲雪，青林寒带霜。芦花独戍晚，柑实万家香。
> 旧国欲兹别，轻舟眇未央。百花亭漫漫，一柱观苍苍。
> 按俗荆南牧，持衡吏部郎。逢君立五马，应醉习家塘。[2]

从内容看，此诗为送皇甫曾赴襄阳游山玩水而作，当作于皇甫曾早年漫游时期。李颀天宝年间主要居于洛阳，可参见傅璇琮《李颀考》[3]及

---

[1] 《毗陵集》卷十三，页七，B面，《四部丛刊》初编。
[2] 《全唐诗》卷一三四，第1365页。
[3] 《唐代诗人丛考》，第94页。

谭优学《李颀行年考》①。但此诗云"旧国欲兹别，轻舟眇未央"，显然皇甫曾由长安出发。又据"白雁暮冲雪，青林寒带霜"，时在秋冬之际。韦太守，当为韦陟。韦陟为韦安石之子。《旧唐书·韦安石传》附《韦陟传》载："李林甫忌之，出为襄阳太守，兼本道采访使，又改陈留采访使，复加银青光禄大夫。"②严耕望《唐仆尚丞郎表》云："韦陟。天宝二年，盖正月下旬，以礼侍权知吏侍事。同年，正拜吏侍。时阶正议大夫。四载九月，见在任。(《石台孝经题名》)是年冬或明年，出为襄阳太守，兼本道採访使。"③李颀诗云："按俗荆南牧，持衡吏部郎。逢君立五马，应醉习家塘。"习家塘，在襄阳。《舆地纪胜》载："席家池。《襄阳记》：'岘山南有习郁池。'按，郁，后汉人，为黄门侍郎，封襄阳公。即晋凿齿之先也。"④是知李颀此诗即作于韦陟赴襄阳太守当年，则皇甫曾远赴襄阳时间即在天宝四、五载间。

皇甫曾少时与皇甫冉共同进学，远行之时，至少亦应弱冠。据此时间计算，皇甫曾的出生时间当不晚于开元十四年。

皇甫曾的卒年，文献亦无记载。卢纶有《同兵部李纾侍郎刑部包佶侍郎哭皇甫侍御曾》，诗云：

攀龙与泣麟，哀乐不同尘。九陌霄汉侣，一灯冥漠人。
舟沉惊海阔，兰折怨霜频。已矣复何见，故山应更春。⑤

严耕望《唐仆尚丞郎表》云："李纾。兴元元年六月，由前同州刺史迁兵侍。十月三日辛丑，以本官宣慰河东。(《册府》一六二)是年冬，兼知吏部选事。贞元三年正月，见在兵侍任。"⑥《旧唐书·德宗》载：

---

① 谭优学著：《唐诗人行年考》，四川人民出版社1981年版，第55页。
② 《旧唐书》卷九十二，第2959页。
③ 严耕望撰：《唐仆尚丞郎表》卷十《辑考三下·吏侍》，中华书局1986年版，第579页。
④ 《舆地纪胜》卷八十二《京西南路·襄阳府·古迹》，页十三，第2663—2664页。
⑤ 唐卢纶撰，刘初棠校注：《卢纶诗集校注》，上海古籍出版社1989年版，第186页。
⑥ 《唐仆尚丞郎表》卷十八《辑考六下·兵侍》，第951页。

"贞元元年（785），……三月丙申朔，……以汴东水陆运等使、左庶子包佶为刑部侍郎。……二年春正月……丁未（十六日），……国子祭酒包佶知礼部贡举。"① 则包佶为刑部侍郎不满一年。据卢纶诗题所称，可知诗作于贞元元年。诗云"舟沉惊海阔，兰折怨霜频"，当作于冬日，皇甫曾即卒于贞元元年冬。诗又云"已矣复何见，故山应更春"，此或指皇甫曾死后归葬于故乡丹阳。②

要之，皇甫曾约生于开元十年至开元十四年，卒于贞元元年。在没有发现新文献的前提下，此当为对皇甫曾生卒年最大限度的考辨。

第二节 皇甫曾生平分期

一 早年至安史之乱前

安史之乱前，是皇甫曾生平的第一个时期。从少年时期与兄长皇甫冉一同在洛阳进学，到青年时期意气风发纵情山水，再到投身科举，往返京洛，终于在天宝十二载登进士第，在京为官。皇甫曾的少年时期向无可考，唯独孤及《唐故左补阙安定皇甫公集序》中述及皇甫冉少年事时，提及二者共同进学。其青年时期亦鲜有作品，最早的行踪大概始于天宝四载。

天宝四载乙酉（744）。

约本年自长安发，南下游襄阳。

李颀《送皇甫曾游襄阳山水兼谒韦太守》，皇甫曾游襄阳时在天宝四、五载间。参见本章第一节《皇甫曾生卒年考辨》。

天宝六载丁亥（746）。

---

① 《旧唐书》卷十二《德宗纪上》，第348页。
② 可参见傅璇琮《皇甫冉皇甫曾考》，《唐代诗人丛考》，第437页。

本年冬，自洛阳发，赴越州东游，次年春，至越州。

皇甫冉有《曾东游以诗寄之》，参见本书第一章第四节《皇甫冉生平分期及年谱》天宝六载部分。

天宝七载戊子（747）。
本年春，赴越州途中过扬州，酬鉴真和尚。

皇甫曾有《赠鉴上人》，诗云：

> 律仪传教诱，僧腊老烟霄。树色依禅诵，泉声入寂寥。
> 宝龛经末劫，画壁见南朝。深竹风开合，寒潭月动摇。
> 息心归静理，爱道坐中宵。更欲寻真去，乘船泝海潮。①

鉴上人，即鉴真和尚。鉴真天宝二载至十二载间，曾多次东渡，最终成功。据《唐大和上东征传》记载，鉴真前四次东渡分别在天宝二载春、天宝二载冬、天宝三载冬、天宝七载夏。按皇甫曾年龄，天宝二载未及弱冠，离洛阳东游的可能性不大。且鉴真天宝二载春之行因僧人告密而夭折，二载冬之行即已避官，三载冬之行更欲秘密潜往福州出发。于情理，这两次东渡均不宜轻易宣之于口。如若皇甫曾此时与鉴真相遇，恐不能轻易得知其计划，即便获知其将东渡，亦不当明确题于赠诗中。且皇甫曾诗云"僧腊老烟霄"，则鉴真已至晚年，与此亦有所不合。

据本书第一章所引皇甫冉《曾东游以诗寄之》，皇甫曾秋冬之际自洛阳出发，由运河入淮，再南下过扬州时，已至春日。《唐大和上东征传》载："天宝七载春，荣叡、普照师从同安郡来，下至扬州崇福寺大和上住处。和上更与二师作方便，造舟、买香药，备办百物，一如天宝二载所备。……六月二十七日，发自崇福寺。"② 皇甫曾过扬州之时，恰与鉴真

---

① 《唐皇甫曾诗集》卷一，页六十七，B面，明刘成德正德十三年（1518）刻本。按：此本目录题作《赠鉴上人》，正文"鉴"作"监"，当为"鉴"。

② ［日］真人元开：《唐大和上东征传》，中华书局1979年版，第62页。

再次准备东渡的时间相吻合。此时距前三次东渡已隔数年，已无须如彼时谨慎避官。皇甫曾作诗送之，当属合理。且此时鉴真已至晚年，与此诗所述相合，故系此诗于本年。

皇甫曾天宝中期以前热衷于漫游山水、游历四方，襄阳、吴越之地皆有其足迹。而从皇甫冉所赠诗中"顾予任疏懒，期尔振羽翮。沧洲未可行，须售金门策"的告诫可知，皇甫冉对此时皇甫曾早年的生活态度是颇有微词的，认为皇甫曾应更加努力求取功名，而非放浪于沧洲。此后皇甫曾大约听取了兄长的意见，开始了科举之途。

天宝十二载癸巳（753）。

本年登进士第，此后在长安为官。

皇甫曾登第之事最早见于《极玄集》，称其"天宝十二载进士"①。《唐诗纪事》载："天宝中，兄弟踵登进士第。"②《唐才子传》亦云："天宝十二年杨儇榜进士。"③《登科记考》据此记录其登科年份为天宝十二载。④

皇甫曾天宝十二载登第之后何时授官不可确考，所任官职亦有争议。独孤及《唐故左补阙安定皇甫公集序》称"君母弟殿中侍御史曾"。⑤ 姚合《极玄集》称皇甫曾"历官监察御史"⑥《新唐书·萧颖士传》亦称其"历监察御史"。但《新唐书·艺文志》却著录皇甫曾"历侍御史"。⑦《直斋书录解题》《唐才子传》亦称"侍御史"。⑧ 至顺《镇江志》中有皇

---

① 《唐人选唐诗新编》（增订本），第693页。
② （宋）计有功辑：《唐诗纪事》卷二十七，上海古籍出版社2008年版，第420页。
③ 《唐才子传校笺》卷三，第一册，第570页。
④ 《登科记考》卷九，第328页。
⑤ 《毗陵集》卷十三，页七，B面，《四部丛刊》初编。
⑥ 《唐人选唐诗新编》（增订本），第693页。
⑦ 《新唐书》卷六十《艺文志四》，第1610页。
⑧ （宋）陈振孙：《直斋书录解题》卷十九，上海古籍出版社1987年版，第561页；《唐才子传校笺》卷三，第一册，第570页。

甫曾传，称其"历监察御史、殿中侍御史"。① 似乎此三职皇甫曾皆有可能担任过。关于皇甫曾登第后的授官问题，傅璇琮《皇甫冉皇甫曾考》引赵璘《因话录》所载，"侍御史"众呼为端公，而殿中侍御史及监察御史皆呼为"侍御"。据此认为其登第后所授官职应为"殿中侍御史"或"监察御史"而非《新唐书·艺文志》《直斋书录解题》及《唐才子传》所称之"侍御史"。② 傅璇琮的推断有一定的道理，但其依据仍有待补充。据《旧唐书·职官志》著录，侍御史官阶为从六品下，殿中侍御史从七品上，监察御史正八品上③。唐代新科进士一般并不会直接授八品以上的官职。因而，在这三者之中，皇甫曾登第之后最初所授之官职最可能是《极玄集》《新唐书·萧颖士传》所述之监察御史。

与皇甫冉登第后未及授官便东归避安史之乱不同的是，皇甫曾的登第时间更早，因此分别在天宝末以及广德至大历初，有两度在京为官的经历。监察御史仅是其天宝末最可能担任的官职，并非其广德年间归京后所任之官职，此事下文将详细考辨。

二 避安史之乱东归江南时期

安史之乱中，皇甫曾同皇甫冉等人一道避乱东归。上元元年（760），刘展叛乱，皇甫冉避乱隐居常州义兴，皇甫曾次年在此送杜鸿渐还京。宝应元年（762），赴宣州游，此后归润州，同皇甫冉、李嘉祐一道从韦元甫游。约广德二年（764）秋，北上还京。

天宝十五载/至德元载丙申（756）。

本年与皇甫冉等同避安史之乱东归。

皇甫曾避安史之乱东归一事并没有直接的文献记载。但据本书第一

---

① （元）俞希鲁：（至顺）《镇江志》卷十八，页二，B面，至顺三年修民国十二年丹徒昌广生重刻本，成文出版社1967年版。

② 傅璇琮：《唐代诗人丛考》，中华书局2003年版，第430页。

③ 《旧唐书》卷四十二《职官志一》，第1797页。

章第四节《皇甫冉生平分期及年谱》考证，其兄皇甫冉避乱江东有充分依据，且皇甫曾肃宗时期亦在江东活动，虽然其行迹大多时间与皇甫冉并未重合，但亦可判断皇甫曾有避乱东归之事。

《宋高僧传》卷十七《唐越州焦山大历寺神邕传》载神邕和尚"俊遇禄山兵乱，东归江湖。……旋居故乡法华寺，殿中侍御史皇甫曾、大理评事张河、金吾卫长史严维、兵曹吕渭、诸暨长丘丹、校书陈允初赋诗往复，卢士式为之序，引以继支许之游，为邑中故事。邕修念之外，时缀文句，有集十卷，皇甫曾为序"[①]。此记载似可佐证皇甫曾避安史之乱东归一事，其间前往诸暨与僧神邕、严维等人唱和，并为神邕作序。但这段记录在时间线上尚有疑问：其一，由上文分析，皇甫曾登第后所授官职为殿中侍御史的可能性并不高，即便其曾任此职，亦应在代宗时。其二，据本书第一章第四节《皇甫冉生平分期及年谱》考证，至德二载（757）崔涣知举江淮，严维登第，后授诸暨尉。而《神邕传》称其为任金吾卫长史，按傅璇琮《唐五代文学编年史》考证，严维任金吾卫长史当已至大历初。[②] 则此文中所称皇甫曾与神邕等交游未必局限于避乱之初，而是包含了此后相当长的时间。故而皇甫曾在越州为神邕作序之事亦难以准确系年。今姑系于此。

至德三载/乾元元年戊戌（758）。
疑在越州。

皇甫曾《奉寄中书王舍人》诗云：

> 腰金载笔谒承明，至道安禅得此生。
> 西掖几年纶绋贵，东山遥夜薜萝情。
> 风传漏刻星河曙，月上梧桐雨露清。

[①]（宋）赞宁：《宋高僧传》卷十七《护法篇第五》，中华书局1987年版，第421—422页。

[②] 傅璇琮主编：《唐五代文学编年史·中唐卷》，辽海出版社1998年版，第150页。

圣主好文谁为荐，闭门空赋子虚成。①

王舍人，即王维。《旧唐书·王维传》载："乾元中，迁太子中庶子、中书舍人。"② 皇甫曾诗云"至道安禅得此生"，所寄之人笃信佛教，与王维相合。陈铁民《王维年谱》考王维迁中书舍人在乾元元年春③。皇甫曾诗作于此年。按本年皇甫冉赴越州长居，从独孤峻、韦黄裳游，以求汲引。皇甫曾此间与灵一、神邕皆有交往，或同在越州。此诗尾联云"圣主好文谁为荐，闭门空赋子虚成"，显是寄望于得王维汲引，早日重回京城。

上元二年辛丑（761）。

本年春，疑在常州。

上元元年冬，刘展叛乱，润州陷落。皇甫冉隐居常州义兴，皇甫曾或与之同。

皇甫曾有《奉送杜侍御还》，诗云：

> 罢战回龙节，朝天识凤池。
> 寒生五湖道，春及万年枝。
> 召化（一作郡）多遗爱，胡清（一作官清）已畏知。
> 怀恩偏感别，堕泪向旌麾。④

杜侍御，《极玄集》《中兴间气集》皆作"中丞"，当为杜鸿渐。⑤ 独孤及《上元二年豫章冠盖盛集记》载："岁次辛丑孟春正月，东诸侯之师

---

① 《唐皇甫曾诗集》卷一，页七十，A面，明刘成德正德十三年（1518）刻本。
② 《旧唐书》卷一九〇下《文苑传下》，第5052页。
③ （唐）王维撰，陈铁民校注：《王维集校注》附录《王维年谱》，中华书局1997年版，第1366页。
④ 《唐皇甫曾诗集》卷一，页六十二，B面，明刘成德正德十三年（1518）刻本。
⑤ 参见《唐人选唐诗新编》（增订本），第693页。

有事于淮泗。是役也，以蜂虿窃发，华夷震惊，执事者匪遑启居，亦既播越。我都督防御观察处置使兼御史中丞韦公元甫，克振远略，殷为长城，且修好于邻侯，从交相见，敦同盟戮力之义，图靖难勤王之举。故三吴舟车，八使冠盖，名公髦士，群后庶尹，辐辏鳞集，其来如归。……越州刺史兼御史中丞杜公鸿渐至自会稽。"① 上元元年冬，刘展叛乱。独孤及文中所述"有事于淮泗"即指平定刘展之乱。上元二年春，平定刘展后，参与其中的各地藩镇集于洪州，独孤及作此序。依独孤及文，杜鸿渐时为越州刺史兼御史中丞。按杜鸿渐乾元年间官职，《旧唐书·杜鸿渐传》并未详述。但元载《故相国杜鸿渐神道碑》云："五凉四战之郊，荆州用武之地，会稽浙河之险。……公之罢守，袁晁陷山越。"② 是知杜鸿渐确曾镇越州。严耕望《唐仆尚丞郎表》考证："杜鸿渐，上元二年春，由浙东观察使入迁户侍。"③ 越州为浙东节度治所，结合独孤及文，是知杜鸿渐此时官职为越州刺史、浙东观察使，兼御史中丞，其迁户部侍郎赴京即在上元二年春，应在赴洪州集会后。皇甫曾诗云"罢战回龙节，朝天识凤池"，正是平定刘展后，将赴京而送行。又云"寒生五湖道，春及万年枝"，时在春日，则此诗作于上元二年春无疑。五湖，即太湖。《史记》载："于吴，则通渠三江、五湖。"《集解》韦昭曰："五湖，湖名耳，实一湖，今太湖是也，在吴西南。"④ 是知皇甫曾送杜鸿渐并非在越州，而当在太湖，即在常州。

宝应元年壬寅（762）。

本年春，赴宣州。冬，归润州。

春，过杜州赴宣州。

---

① 《毗陵集》卷十七，页三，《四部丛刊》初编。
② 《全唐文》卷三六九，页十一，A面，第3748页。
③ 《唐仆尚丞郎表》卷十二《辑考四下·户侍》，第691页。
④ 《史记》卷二十九《河渠书第七》，第1407页。

刘长卿有《赴江西湖上赠皇甫曾之宣州》①。皇甫曾避乱江东时期，与刘长卿有过多次交往。当代关于刘长卿的研究成果众多，前文已有述及，兹不赘述。诸家考据各有发明，亦有诸多分歧。由于刘长卿与皇甫曾的交往对考证皇甫曾此段行踪十分重要，今略加辨析。

刘长卿有《奉饯郑中丞罢浙西节度还京》，此诗作于乾元二年（759）春无疑，时刘长卿在越州。② 同年，刘长卿贬南巴尉，有《初贬南巴至鄱阳题李嘉祐江亭》等一系列与贬谪相关之作。在饶州停留期间，与李白相遇，作《余干城别李十二》，时已至上元元年（760）春。③ 此后，刘长卿南赴贬所。然而次年，便接到返苏州听候重推之敕命。南渡北归，路途遥远，刘长卿途中有《恩敕重推使牒追赴苏州次前溪馆作》。④ 至苏州后，刘长卿作《自江西归至旧任官舍赠袁赞府》，诗题下自注："时经刘展平后"⑤，时已至上元二年（761）秋。刘长卿自贬所归来后，曾经历了漫长的重推过程和前途未卜的忐忑等待。同年冬，刘长卿在太湖偶遇欲归阳羡的皇甫冉。皇甫冉作《归阳羡兼送刘八长卿》赠之。据上文考，皇甫冉此诗诗意，并非送刘长卿赴贬所。参见本书第一章第四节《皇甫冉生平分期及年谱》。可知时至上元二年冬，刘长卿的重推尚未有结果。

独孤及有《送长洲刘少府贬南巴使牒留洪州序》，详述了刘长卿贬南巴的过程。序云："臧仓之徒得骋其媒孽，子于是竟谪为南巴尉。而吾子直为已任，愠不见色，于其胸臆，未尝蚩芥。会同谴有叩阍者，天子命宪府杂鞫，且廷辨其滥，故有后命，俾除馆豫章，俟条奏也。"⑥ 在独孤及的叙述中，可以明显看出，刘长卿贬谪的过程分为以下几个阶段：被

---

① 《全唐诗》卷一四八，第1519页。
② 此诗系年明确无误，参见储仲君撰《刘长卿诗编年笺注》，中华书局1996年版，第182页。
③ 郁贤皓：《刘长卿别李白事迹小辨》，郁贤皓著：《李白丛考》，陕西人民出版社1982年版，第117页。
④ 《全唐诗》卷一四七，第1493页。
⑤ 《全唐诗》卷一五一，第1567页。
⑥ 《毗陵集》卷十四，页十三，A面，《四部丛刊》初编。

诬、贬南巴、同遣者叩阍、有司核查、廷辨、诏命重推。其过程之复杂，耗时之持久可想而知。这也是造成刘长卿实际上两次南行的原因。

独孤及此文，此前研究者多以刘长卿为着眼点，认为即作于刘长卿初贬时，故推此文或作于上元中。但考独孤及生平，独孤及上元二年冬以前未在苏州，赵望秦《独孤及年谱》考之甚详。[①] 这便与刘长卿初赴南巴的时间完全不合。但以独孤及文中所述的贬谪经过看，不难发现，"同谴者叩阍"一事，必然发生在刘长卿贬南巴的敕命下达至苏州之后。刘长卿不可能抗命滞留苏州等候"叩阍"的结果，其必然要先赴贬所。从"同谴者叩阍"到"有后命"诏刘长卿回苏州重推这个过程中的时间差，刚好便是刘长卿初赴贬所的一年多时间。独孤及上元二年冬至苏州，显然并未亲身经历刘长卿初贬之事，故其文中无法实写当时的情状，只能写作"吾子直为己任，愠不见色，于其胸臆，未尝蛋芥"。读刘长卿初贬之时的诗歌即知，其初贬之时绝非如独孤及所述之风轻云淡，独孤及的描述不过是常用的虚写手法，以标榜刘长卿的风骨。独孤及此序是刘长卿得到了"贬南巴，使牒留洪州"的重推结果之后所作。序又云"但春水方生，孤舟鸟逝"，作于春日，则当在宝应元年春无疑。这便是刘长卿两贬南巴的经过。

经重推之后，刘长卿只是名义上贬南巴，并不需要重新远赴海边，而是赴洪州。刘长卿《赴江西湖上赠皇甫曾之宣州》诗云：

莫恨扁舟去，川途我更遥。东西潮渺渺，离别雨萧萧。流水通春谷，青山过板桥。天涯有来客，迟尔访渔樵。

由诗题可知，刘长卿本人所赴之地为江西，并非南巴。可知此诗作于重推后再次南行之时。诗云"流水通春谷，青山过板桥"，作于春日，恰与独孤及送刘长卿的时间相合。尾联"天涯有来客，迟尔访渔樵"，既

---

① 黄永年主编：《古代文献研究集林》第二集，陕西师范大学出版社1992年版，第64页。

表明了皇甫曾此行是为游玩，又较初贬南巴之时平添了几分轻松，大约重推后无须再赴岭南的结果是刘长卿可以接受的。

本年春，皇甫曾赴宣州而经太湖，说明了此前皇甫曾并不在润州。

灵一有《赠别皇甫曾》，诗云：

> 幽人从远岳，过客爱春山。高驾能相送，孤游且未还。
> 紫苔封井石，绿竹掩柴关。若到云峰外，齐心去住间。①

前文已述，至德至上元年间，灵一在越州，与皇甫冉等多有交游。灵一圆寂于宝应元年冬。《宋高僧传》卷十五《唐余杭宜丰寺灵一传》云："德全道成，缘断形谢，以宝应元年冬十月十六日，寂灭于杭州龙兴寺。"② 这说明宝应元年冬之前，灵一已离越州，居住在杭州。此诗云"幽人从远岳，过客爱春山"，则赠别之时，皇甫曾并非返乡，而是欲赴远山游玩，时间又恰在春日，皆与刘长卿送皇甫曾赴宣州相合，当是同时之作。按地理方位，自越州或杭州赴宣州，皆可经水路至太湖西行，难以判断皇甫曾的出发地。灵一送皇甫曾既在杭州，则皇甫曾的出发地或在杭州。

本年冬，归润州。

皇甫曾有《奉陪韦中丞使君游鹤林寺》③《韦使君宅海榴诗》④。韦中丞，即韦元甫。前诗李嘉祐有同题，后诗皇甫冉有同题，时在宝应元年冬。参见本书第一章第四节《皇甫冉生平分期及年谱》。

宝应二年/广德元年癸卯（763）。

---

① 《全唐诗》卷八〇九，第 9128 页。
② 《宋高僧传》卷十五《明律篇第四之二》，第 359 页。
③ 《唐皇甫曾诗集》卷一，页六十二，B 面，明刘成德正德十三年（1518）刻本。
④ 《唐皇甫曾诗集》卷一，页七十，B 面，明刘成德正德十三年（1518）刻本。

春，在润州。

皇甫曾有《送陆鸿渐山人采茶回》①。陆鸿渐，即陆羽。此诗皇甫冉有同题，题作《送陆鸿渐栖霞寺采茶》。皇甫冉广德二年春已北上，此诗当作于本年春，参见第一章第四节《皇甫冉生平分期及年谱》。

广德二年甲辰（764）。

约本年秋，北上还京。

前文已述，广德元年秋，皇甫冉决意北上求官。二年春，自丹阳出发，行至徐州，入河南幕。参见本书第一章第四节《皇甫冉生平分期及年谱》。代宗即位后，皇甫曾同样意图北上求官，但其北上与皇甫冉并非同时。

皇甫曾再次北上长安的具体时间史无记载。考察其本人诗歌，广德元年春尚在润州，永泰年间已有诗歌作于长安，只能推算其北上求官的时间当在广德年间。与他人的交往中，有刘长卿的《送皇甫曾赴上都》②可资参考。如此，则需进一步考证刘长卿此时期的生平。

据上文考证，刘长卿宝应元年（762）春赴洪州，即所谓的"二贬南巴"。此次贬谪不久，便遇大赦归来。《旧唐书·代宗纪》："（宝应元年）五月……丁酉，御丹凤楼，大赦。"③ 刘长卿《会赦后酬主簿所问》或作于此次遇赦后④。广德元年（763）春，袁傪平定袁晁之乱，刘长卿与李嘉祐、皇甫冉等同在越州酬袁傪得胜北归，此时间地点确凿无疑。

此后，刘长卿至扬州入刘晏幕，但具体何时入幕无法明证。

---

① 《唐皇甫曾诗集》卷一，页六十四，B 面，明刘成德正德十三年（1518）刻本。
② 《全唐诗》卷一五一，第 1565 页。
③ 《旧唐书》卷十一《代宗纪》，第 269 页。
④ 《全唐诗》卷一五〇，第 1557 页。按：此诗储仲君及杨世明皆系于在南巴作。储仲君撰：《刘长卿诗编年笺注》，中华书局 1996 年版，第 166 页。杨世明校注：《刘长卿集编年校注》，人民文学出版社 1999 年版，第 223 页。但刘长卿初贬南巴归来乃恩敕重推，并非"会赦"，再贬乃赴洪州，未去南巴，故系于此为妥。

刘长卿有《祭萧相公文》①，萧相公，即萧华。萧华卒于宝应元年。《宝刻丛编》卷八有《唐楚州司马赠中书侍郎萧华墓志》："唐卢光远撰，杜鸿渐书，宝应元年。"②萧华生前曾为李辅国所诬获罪，故刘长卿在祭文中直斥"辅国佞幸，敢乱朝经"。李辅国亦死于宝应元年。《旧唐书·代宗纪》载：宝应元年"冬十月，……丁卯（二十二日）夜，盗杀李辅国于其第，窃首而去"③。刘长卿祭文中直指李辅国为佞幸，当作于李辅国死后。杨世明、胡可先二先生将此文系于广德元年春，认为这是刘长卿入淮南幕后奉使鄂州途中作。④但祭文未必要写在所祭之人刚刚去世之时。刘长卿此文云："长卿自奉周旋，于今五年，才微顾重，迹近位悬。"这个"五年"说的显然不是自乾元二年贬南巴至今五年，而是为刘晏所辟至今五年，故而要谦称"才微顾重"。刘长卿奉使之时行至萧华故地，感其自身与萧华"迹近位悬"，才作此祭文。以此来看，这篇祭文不可能作于广德元年，至早也要在大历二、三年。因此，刘长卿这篇祭文并不能作为考证其入幕时间的依据。

刘长卿另有《奉使鄂渚至乌江道中作》⑤被诸家认为是刘长卿广德年间入淮南幕并奉使鄂州时作。但此诗系年同样缺乏证据支撑。

蒋寅另提出刘长卿《和州留别穆郎中》一诗作于广德元年秋，则更值得商榷。⑥穆郎中，即穆宁。《旧唐书·穆宁传》载："宝应初，转侍御史，为河南转运租庸盐铁等副使。明年，迁户部员外郎。无几，加兼御史中丞，为河南、江南转运使。广德初，加库部郎中。……大历四年，起授监察御史，领转运留后事于淄青。间一年，改检校司郎中、兼侍御

---

① 《全唐文》卷三四六，页十四，第3516页。
② （宋）陈思纂辑：《宝刻丛编》卷八，页十七，A面，清光绪十四年陆氏十万卷楼刻本。
③ 《旧唐书》卷十一《代宗纪》，第270页。
④ 杨世明校注：《刘长卿集编年校注》，第223页；胡可先：《刘长卿事迹新证》，《学术研究》2008年第6期。
⑤ 《全唐诗》卷一五〇，第1559页。
⑥ 蒋寅著：《大历诗人研究》，中华书局1995年版，第442页。

史，领转运留后事于江西。明年，拜检校秘书少监兼和州刺史，理有善政。"① 很显然，穆宁曾两任郎中，广德中加库部郎中，大历中又曾任检校司郎中。刘长卿诗云："播迁悲远道，摇落感衰容。今日犹多难，何年更此逢。"系于大历中是更合理的。

考刘长卿代宗时期诗歌，作于扬州、并可以明确系于大历元年之前的只有《送梁郎中赴吉州》②《瓜洲驿重送梁郎中赴吉州》③两首。梁郎中，即梁乘。颜真卿《靖居寺题名》："唐永泰二年（即大历元年，766），真卿以罪佐吉州。……刺史梁公乘尝见招。"④ 刘长卿二诗送梁乘赴任吉州刺史，作于扬州，且作于秋日，时间必在大历元年前。

总而言之，能够明确刘长卿广德至永泰间行踪的坐标只有两个：其一，广德元年春在越州与诸人同酬袁傪平乱；其二，大历元年之前在扬州送梁乘赴吉州。刘长卿入刘晏幕当在广德元年春之后到大历元年秋之前。

刘长卿《送皇甫曾赴上都》诗云：

东游久与故人违，西去荒凉旧路微。
秋草不生三径处，行人独向五陵归。
离心日远如流水，回首川长共落晖。
楚客岂劳伤此别？沧江欲暮自沾衣。⑤

首联中"东游""西去"指的应该都是皇甫曾，前者说的是皇甫曾此前数年热衷于四处交游，后者即指此次还京之途。颔联中"秋草""五陵"点明了送别时间为秋日，去处为长安。尾联中刘长卿虽自称"楚

---

① 《旧唐书》卷一五五，第4114页。
② 《全唐诗》卷一四七，第1503页。
③ 《全唐诗》卷一五〇，第1559页。
④ 《全唐文》卷三三九，页二，B面，第3434页。
⑤ 《全唐诗》卷一五一，第1565页。

客",但"楚客"一词未必指荆楚来客,更多的时候只是泛指客居之人。反倒是"沧江"这一意象,说明送别地点在江边,当是刘长卿在扬州时作。储仲君《刘长卿诗编年笺注》中另有同题一首,注有"底本作《送丘为赴上都》此据《文苑英华》改"。储仲君认为:"长卿集中不乏重送之作,此诗盖亦一例也。故时令与上诗同,情韵亦相似。"此诗中刘长卿亦自称"楚客",与前一首相同,故疑二者作于同时。[1] 皇甫曾永泰二年(766)初已在长安,故此诗当作于永泰元年(765)秋或以前。又据本节所考刘长卿生平,此诗当作于广德元年秋或以后。

然广德元年秋,吐蕃寇京畿,本年十月更是攻破长安,代宗被迫出奔。皇甫曾等江东诸人数年来连避安史之乱、刘展之乱、袁晁之乱等大小战乱,深谙保身之道,是不大可能会选择广德元年秋这个京畿不稳的时间赴京求官的。而皇甫曾永泰二年初在长安与众人同送使臣出使吐蕃之时,已有官职在身。若是永泰元年秋北上,恐求官未及。故系皇甫曾北上于广德二年为宜。本年春,皇甫冉已先行北上,皇甫曾选择本年秋返京亦合情理。

三 再次赴京为官时期

如上文所述,约广德二年秋,皇甫曾离开家乡,再次赴京求官。此次赴京后所任官职与天宝间并不相同。

据嘉泰《吴兴志》等后代方志载,皇甫曾大历中后期与皎然、颜真卿等交游酬唱时,多以"监察御史"称之[2],而上文所引《唐越州焦山大历寺神邕传》中又称其为殿中侍御史。皇甫曾返京后究竟任何职,并无定论。但返京后的五六年中,皇甫曾所任并非仅止一职,唯可确定的是,皇甫曾在贬官之时的实际官职绝非仅止监察御史或殿中侍御史。

约大历四年,皇甫曾坐贬舒州司马。舒州为下州,据《旧唐书·职

---

[1] 《刘长卿诗编年笺注》,第262页。
[2] 嘉泰《吴兴志》卷十三,页八,A面,《宋元方志丛刊》,第4740页。

官志》载，下州司马官阶为从六品上。而侍御史为从六品下，殿中侍御史从七品上，监察御史正八品上。①皇甫曾出为舒州司马，谓之贬官，则其贬官前所任之职不能低于从六品。在侍御史、殿中侍御史以及监察御史三者中，只能是侍御史。虽然侍御史和下州司马在同阶之中亦有上下之别，但本属同级，由清贵的京官，出为南方的下州司马，是可以称为贬的。而若是由从七品的殿中侍御史或正八品的监察御史出为从六品的舒州司马，实际上反而晋升了数阶，无论如何也不能称为贬官。

但皇甫曾贬官之时任侍御史的结论显然也有疑点。上文已引傅璇琮在《皇甫冉皇甫曾考》中论述的侍御史呼为"端公"，殿中侍御史及监察御史呼为"侍御"之说。皇甫曾贬舒州期间的交游中，确实被称为"侍御"，而非"端公"，独孤及在舒州有数首赠答皇甫曾的诗，诗中皆称其为"侍御"，详见本节第四部分《贬舒州司马时期》。皇甫曾舒州任满北归之时，戴叔伦作《京口送皇甫司马副端曾舒州辞满归去东都》②，又称其为"副端"。

"端公"一称，文献来源于《通典》："侍御史凡四员，……侍御史之职有四，谓推、弹、公廨、杂事。定殿中、监察以下职事及进名、改转，台内之事悉主之，号为'台端'，他人称之曰'端公'。其知杂事者，谓之'杂端'，最为雄剧。……侍御史或阙，则假殿中承之"③，又殿中侍御史"兼知库藏出纳及宫门内事，知左右巡，分京畿诸州诸卫兵禁隶焉，弹举违失，号为'副端'"④。由这段表述可见，侍御史并非一人，彼此间亦有分工。殿中侍御史称为"副端"，侍御史之职若有缺，则殿中侍御史可以代行职事。

从以上文献记述，以及独孤及、戴叔伦对皇甫曾的称呼中可以看出

---

① 《旧唐书》卷四十二《职官志一》，第1797—1800页。
② 《全唐诗》卷二七三，第3088页。
③ （唐）杜佑撰，王文锦等点校：《通典》卷二十四《职官六》，中华书局2016年版，第666—667页。
④ 《通典》卷二十四《职官六》，第668页。

两点:

首先,"端公"显然是一个敬称。敬称一般多为官阶、地位较低之人称呼官阶、地位较高之人时所用,或在祭文、墓志等特定文体中使用。而在皇甫曾贬舒州期间称其为"侍御"的人是独孤及、李嘉祐等,这些人的名望、资历、官阶远高于皇甫曾,以上称下在日常交往中是否需呼"端公"未有定论。至于大历初皇甫曾在京时期,李端等后辈称皇甫曾为"侍御",只能说明皇甫曾大历初确曾担任殿中侍御史或监察御史。

其次,戴叔伦诗题中的确称皇甫曾为"副端",意指皇甫曾为殿中侍御史。但与此同时,戴叔伦诗又云"凉风吹绣衣"。"绣衣"乃是用汉武帝时"绣衣直指"之典,专指侍御史。《汉书》载:"侍御史有绣衣直指,出讨奸猾,治大狱。"① 戴叔伦诗题中称皇甫曾为"副端",诗中却又用"绣衣",其中看似是矛盾的。但据上引《通典》所述,在侍御史出缺时,殿中侍御史可以代行侍御史之职。戴叔伦诗中所述很可能便是此种情况,即皇甫曾以殿中侍御史之衔代侍御史之职。如果戴叔伦此诗的诗题中"副端"二字并无后人擅改,则唯有如此,皇甫曾贬舒州司马时方能以其实际行使职权的侍御史一职的品阶而论。若其仅为殿中侍御史,绝不可能遭贬谪时反而由七品晋升至六品。

综上所述,皇甫曾贬舒州司马之时,或为侍御史,或以殿中侍御史之衔代行侍御史之职。除此二者,皆无合理解释。前文所引《新唐书·艺文志》《直斋书录解题》《唐才子传》中对皇甫曾任侍御史的记载不应单凭"端公"之说推翻。

永泰二年/大历元年丙午(766)。
在长安。
皇甫曾《送汤中丞和蕃》诗云:

---

① 《汉书》卷十九上《百官公卿表第七上》,第725页。

继好中司出，天心外国知。已传尧雨露，更说汉威仪。
陇上应回首，河源复载驰。孤峰问徒御，空碛见旌麾。
春草乡愁起，边城旅梦移。莫嗟行地远，此去答恩私。①

郎士元有同题，题作《送杨中丞和蕃》②。杨中丞，即杨济。《旧唐书·吐蕃传》载："永泰二年二月，命大理少卿兼御史中丞杨济修好于吐蕃。"③《旧唐书·代宗纪》载：永泰二年"冬十月，……和蕃使杨济与蕃使论位藏等来朝"④。皇甫曾诗云"春草乡愁起"，时间恰合杨济出使吐蕃。是知"汤中丞"当为"杨中丞"，诗作于永泰二年春。皇甫曾另有《送和西蕃使》⑤，或与此诗作于同时。此间奉使和蕃者另有检校户部尚书、兼御史大夫薛景仙，未知后诗所送何人。

大历二年丁未（767）。
在长安。

皇甫曾《送徐大夫赴南海》诗云：

旧国当分阃，天涯答圣私。大军传羽檄，老将拜旌旗。
位重登坛后，恩深挂印时。何年谏猎赋，今日饮泉诗。
海内求民瘼，城隅见岛夷。由来黄霸去，自有上台期。⑥

徐大夫，即徐浩。《旧唐书·徐浩传》载："代宗徵拜中书舍人、集贤殿学士，寻迁工部侍郎、岭南节度观察使、兼御史大夫，又为吏部侍

---

① 《唐皇甫曾诗集》卷一，页六十八，A面，明刘成德正德十三年（1518）刻本。
② 《全唐诗》卷二四八，第2781页。
③ 《旧唐书》卷一九六下《吐蕃传下》，第5243页。
④ 《旧唐书》卷十一《代宗纪》，第284页。
⑤ 《唐皇甫曾诗集》卷一，页六十八，明刘成德正德十三年（1518）刻本。
⑥ 《唐皇甫曾诗集》卷一，页六十八，B面，明刘成德正德十三年（1518）刻本。

郎、集贤殿学士。"① 《旧唐书·代宗》载：大历二年"夏四月，……癸酉，以工部侍郎徐浩为广州刺史、岭南节度观察使"②。按大历二年四月初一为庚辰日，此月并无癸酉日，《旧纪》之"癸酉"当为"己酉（三十日）"之误。皇甫曾此诗正为送徐浩赴任岭南节度观察使，时间当在大历二年夏。

本年或次年春，与钱起有交往。

钱起有《岁初归旧山》（又作《岁初归旧山酬皇甫侍御见寄》）③。学界对钱起生平以及诗歌系年多有分歧，然据傅璇琮《钱起考》④、王定璋《钱起交游考》⑤ 等一系列文章与蒋寅《钱起生平系年补正》⑥，大体可以确定钱起宝应二年（763）去蓝田尉入朝，永泰二年（766）或次年大历二年（767）秋因故罢官。复起任司勋员外郎则当在大历三年至五年。此诗云"石田耕种少，野客性情闲"，则钱起此时或已去官，则此诗当作于大历二年或三年春，今姑系于此。

大历三年戊申（768）。
在长安。

初秋，有《送归中丞使新罗》，皇甫冉、李端等有同题；又有《送王相公赴幽州》，皇甫冉、韩翃等同题。参见本书第一章第四节《皇甫冉生平分期及年谱》。

皇甫曾《春和杜相公移入长兴宅奉呈诸宰执》诗云：

> 欲向幽偏适，还从绝地移。秦官鼎食贵，尧世土阶卑。

---

① 《旧唐书》卷一三七，第3760页。
② 《旧唐书》卷十一《代宗纪》，第286—287页。
③ 《全唐诗》卷二三七，第2632页。
④ 《唐代诗人丛考》，第445页。
⑤ 《成都大学学报》（社会科学版）1987年第4期。
⑥ 《大历诗人研究》，第674页。

戟户槐阴满，堂窗竹叶垂。纔分午夜漏，遥隔万年枝。

北阙深恩在，东林远梦知。日斜门掩映，山远树参差。

论道齐鸳（一作鸾）翼，题诗忆凤池。从公亦何幸，长与珮声随。①

杜相公，即杜鸿渐。大历中，杜鸿渐与元载、王缙同为宰臣。《旧唐书·杜鸿渐传》载："永泰元年十月，剑南西川兵马使崔旰杀节度使郭英乂，据成都，自称留后。……明年二月，命鸿渐以宰相兼充山、剑副元帅、剑南西川节度使，以平蜀乱。……大历二年，诏以旰为成都尹、剑南西川节度使，召鸿渐还京，鸿渐仍率旰同入觐，代宗嘉之。后知政事，转门下侍郎，让山南副元帅。三年八月，代王缙为东都留守，充河南、淮西、山南东道副元帅，平章事如故。以疾上表乞骸骨，从之，竟不之任。四年十一月卒，赠太尉，谥曰文宪。……鸿渐晚年乐于退静，私第在长兴里，馆宇华靡，宾僚宴集。鸿渐悠然赋诗曰：'常愿追禅理，安能挹化源。'朝士多属和之。"②又《旧唐书·代宗纪》：大历二年"六月戊戌（二十日），山南、剑南副元帅杜鸿渐自蜀入朝"③。是知杜鸿渐大历二年七月至大历四年十一月均在长安，皇甫曾诗当作于此间。皇甫曾诗所谓"长兴宅"即本传所云长兴里之私第。按此诗刘长卿、钱起、李嘉祐等均有同题，当为杜鸿渐于此宅筹办雅集时作。皇甫曾诗云"戟户槐阴满，堂窗竹叶垂"，钱起诗云"种蕙初抽带，移篁不改阴"，当在夏日。前文已述，李嘉祐有《元日无衣冠入朝寄皇甫拾遗冉从弟补阙纾》诗作于大历三年元日返京之时，此前不在京城，参见本书第一章第四节《皇甫冉生平分期及年谱》。胡可先《刘长卿事迹新证》引新出之《郑洵墓志》，

---

① 《唐皇甫曾诗集》卷一，页六十七，B面。明刘成德正德十三年（1518）刻本。按："春"当作"奉"。

② 《旧唐书》卷一〇八，第3283—3284页。

③ 《旧唐书》卷十一《代宗纪》，第287页。

证刘长卿大历三年秋已为鄂岳转运留后。① 则此次雅集必在大历三年夏。

秋，在长安。

皇甫曾有《送王相公赴幽州》②，与皇甫冉、韩翃等同题。参见第一章第四节《皇甫冉生平分期及年谱》。

大历四年己酉（769）。
春，在长安。约于本年贬舒州司马。

皇甫曾《送李中丞归本道》诗云：

> 上将宜分阃，双旌复去（一作出）秦。
> 关河三晋路，宾从五原人。
> 碣石山通海，滹沱雪度春。（一作孤戍云连海，平沙雪度春）
> 酬恩看玉剑，何处有烟尘。③

李中丞，当为李抱真。《旧唐书·李抱真传》："李抱真，抱玉从父弟也。抱玉为泽潞节度使，甚器抱真，任以军事，累授汾州别驾。当是时，仆固怀恩反于汾州，抱真陷焉，乃脱身归京师。代宗以怀恩倚回纥，所将朔方兵又劲，忧甚，召见抱真问状。……因是迁殿中少监。居顷之，为陈郑、泽潞节度留后。……改授泽州刺史，兼为泽潞节度副使。居二年，转怀州刺史，复为怀泽潞观察使留后，凡八年。"④ 穆员《相国义阳郡王李公墓志铭》云："代宗器公之才，将试其用，诏兼御史中丞，充陈郑泽潞节度留后。公……罢请留府，愿效列郡。优诏从之。拜泽州，换罩怀。……未几，复统留府之政，累加御史中丞、左散骑常侍，并领磁、

---

① 《学术研究》2008 年第 6 期。
② 《唐皇甫曾诗集》卷一，页六十八，B 面，明刘成德正德十三年（1518）刻本。
③ 《唐皇甫曾诗集》卷一，页六十三，A 面，明刘成德正德十三年（1518）刻本。
④ 《旧唐书》卷一三二，第 3647 页。

邢二州，增秩加邑，国之报也。"① 可知李抱真两授御史中丞，然初授此官之时，李抱真故辞，改授泽州刺史兼侍御史。独孤及有《送泽州李使君兼侍御史充泽潞陈郑节度副使赴本道序》②，作于永泰元年春，即送其赴任泽州时作③。李抱真在泽州二载，至大历二年转怀州刺史，后复任泽潞节度副使，加御史中丞，兼领磁、邢二州。皇甫曾诗称其为"李中丞"，且诗颔联意象皆有指代河北道，与李抱真并领磁、邢二州事合。尾联夸李抱真此去便可消弭战乱，又显为赴任节度使之意。则诗当作于李抱真罢怀州刺史，复领节度之权，加御史中丞之时，而非永泰元年其赴任泽州时。《旧唐书·马燧传》："大历四年，改怀州刺史。乘乱兵之后，其夏大旱，人失耕稼。"④ 是知马燧代李抱真为怀州刺史当在大历四年春，李抱真入朝在此前。皇甫曾诗作于春日，当即此年。

《皇甫曾诗集》中另有四首诗为归京为官时期作品，分别是《早朝日寄所知》《和谢舍人雪夜寓直》《送元侍御充使湖南》《寻刘处士》⑤，皆不能准确系年，今姑系于此。

皇甫曾在长安的数年间，与同时期的诗人多有唱和。李嘉祐有《同皇甫侍御题荐福寺一公房》⑥、李端同题《同皇甫侍御题惟一上人房》⑦。李嘉祐此间行迹，上文已述诸家所考。李端大历初在长安应举，曾作《巫山高》拜谒皇甫冉。其与皇甫曾同游荐福寺亦应在大历初年。此外，李端又有《与萧远上人游少华山寄皇甫侍御》⑧，亦应是此时期作，诗大约作于华州，萧远上人情况不详。

---

① 《全唐文》卷七八四，页四，B面，第8193页。
② 《毗陵集》卷十五，页三，B面，《四部丛刊》初编。
③ 赵望秦：《独孤及年谱》，黄永年主编：《古代文献研究集林》第二集，陕西师范大学出版社1992年版，第70页。
④ 《旧唐书》卷一三四，第3690页。
⑤ 以上四首均见《唐皇甫曾诗集》卷一，明刘成德正德十三年（1518）刻本。
⑥ 《全唐诗》卷二〇六，第2153页。
⑦ 《全唐诗》卷二八五，第3244页。
⑧ 《全唐诗》卷二八五，第3264页。

约本年，贬舒州司马。

皇甫曾坐事贬舒州司马的时间史无记载，但可以从其交游和诗歌略加推断。

第一，考皇甫曾大历初在京唱和经历，并无可系于大历四年春以后的诗，但皇甫冉有《杂言迎神词》二首，作于大历四年夏，时皇甫曾尚在京城，故其贬官当在此后。参见第一章第二节《皇甫冉生卒年旧说考辨》。

第二，大历五年七月，独孤及刺舒州，九月到任，有《谢舒州刺史兼加朝散大夫表》[1]。皇甫曾贬舒州期间与独孤及交往密切。大历六年夏，二人同赴滁州酬李幼卿，则皇甫曾大历六年必在任上。详见下文大历六年部分。

第三，前文已述，戴叔伦有《京口送皇甫司马副端曾舒州辞满归去东都》，此诗虽无法准确系年，但可证皇甫曾离舒州并非量移，而是任满。独孤及亦有《答皇甫十六侍御北归留别作》[2]，作于春日。独孤及大历八年十二月改刺常州，有《谢常州刺史表》[3]。是知独孤及送皇甫曾北归只能作于大历七年春或大历八年春。独孤及另有《祭韦端公炎文》："维年月日，司封郎中兼舒州刺史独孤及、前舒州司马皇甫曾等，谨以清酌庶羞之奠，敬祭于故侍御史舒州桐城县丞韦公之灵。"[4] 独孤及作此文时尚在舒州刺史任，而皇甫曾已去职却并未离去。由此可知，皇甫曾于春日北归，当为此前一年末考绩完毕后任满，又于舒州停留数月方归。

第四，《唐会要》载："宝应二年七月一日敕文：自今已后，改转刺史，三年为限，县令四年为限。"[5] 则代宗时司马等州郡上佐官员任期亦当在三四年间。

---

[1] 《毗陵集》卷五，页十一，A面，《四部丛刊》初编。
[2] 《毗陵集》卷三，页六，B面，《四部丛刊》初编。
[3] 《毗陵集》卷五，页十二，A面，《四部丛刊》初编。
[4] 《毗陵集》卷二十，页四，A面，《四部丛刊》初编。
[5] （宋）王溥撰：《唐会要》卷六十九，中华书局1960年版，第1213页。

综合以上几点可判断，皇甫曾贬舒州约在大历四年夏至五年间，而其北归当在大历七年春或八年春。①

四 贬舒州司马时期

大历六年辛亥（771）。

春，在舒州，与独孤及游山谷寺。闰三月，与独孤及赴滁州访李幼卿。

独孤及有《暮春于山谷寺上方遇恩命加官赐服酬皇甫侍御见贺之作》②。由诗题可知，作于独孤及加司封郎中，赐紫金鱼袋时。皇甫曾先作诗祝贺，独孤及故有答谢。崔祐甫《故常州刺史独孤公神道碑铭》云："加朝散大夫，迁舒州刺史。……居一年，玺书劳问，就加尚书司封郎中，锡以金章紫绶。"③独孤及有《谢加司封郎中赐紫金鱼袋表》："臣伏奉三月一日敕，加臣检校司封郎中使持节舒州诸军事兼舒州刺史，充当州团练守捉使仍知淮南岸当界缘江贼盗，赐紫金鱼袋。"④ 综以上二文所述，独孤及加司封郎中事在大历六年三月无疑。则皇甫曾同独孤及游山谷寺亦在此时。山谷寺，在舒州，独孤及有《舒州山谷寺觉寂塔隋故镜智禅师碑铭》《舒州山谷寺上方禅门第三祖璨大师塔铭》⑤。

独孤及《毗陵集》中今存五首写给皇甫曾的诗。除《暮春于山谷寺上方遇恩命加官赐服酬皇甫侍御见贺之作》与赠皇甫曾秩满北归的《答皇甫十六侍御北归留别作》之外，另有《登山谷寺上方答皇甫侍御卧疾

---

① 按：李嘉祐有《酬皇甫十六侍御曾见寄》，作于皇甫曾贬舒州期间，李嘉祐时为袁州刺史，奉诏赴京。熊飞的《皇甫曾贬舒州时间考》将此诗系于大历三年。并认为皇甫曾贬舒州司马即在大历三年，甚误。见《咸宁师专学报》1993年第1期。
② 《毗陵集》卷三，页五，B面，《四部丛刊》初编。
③ 《全唐文》卷四〇九，页十八，B面，第4196页。
④ 《毗陵集》卷五，页十一，B面，《四部丛刊》初编。
⑤ 《毗陵集》卷九，页七B面至页十三A面，《四部丛刊》初编。

阙陪车骑之赠》《酬皇甫侍御望灢山见示之作》《同皇甫侍御斋中春望见示》①，今并系于此。由独孤及此数首诗题，可知均系答作，不过这几次唱和中皇甫曾的诗均未流传下来，今各本《皇甫曾诗集》中也无任何舒州时期的作品。

闰三月，随独孤及访滁州。

大历六年，滁州刺史李幼卿助沙门法琛于琅琊山建寺，上赐名"宝应寺"。独孤及与皇甫曾、柳遂、李阳冰等人同游滁州。独孤及时有《琅琊溪述并序》赠之，序曰："是岁大历六年岁在辛亥春三月丙午。"② 按辛亥岁确为大历六年，但本年三月并无丙午日，丙午日为是年闰三月十九日。独孤及与众游滁州事，详见拙作《大历诗人李幼卿考论》③。此次访滁州，皇甫曾亦有题刻，题作《题摽上人房》，诗云：

寂寞知成道，山林若有期。岚峰关掩后，微路□□时。
壑谷闻泉近，云深得月迟。颓颜方问法，形影自堪悲。④

"摽上人"，法号"道摽"，为琅琊寺僧。李幼卿有诗《题琅琊山寺道摽、道揖二上人东峰禅室时助成此官筑斯地》⑤。皇甫曾此诗《全唐诗》及《补编》均未收录。

大历七年壬子（772）。
约本年春或次年春离任北归洛阳。

皇甫曾舒州秩满北归的时间，上文已有明确考述。但此前有部分学

---

① 《毗陵集》卷三，页三B面至页五A面，《四部丛刊》初编。
② 《毗陵集》卷十七，页八，B面，《四部丛刊》初编。
③ 《西安石油大学学报》（社会科学版）2011年第4期。
④ 王浩远著：《琅琊山石刻》，黄山书社2011年版，第4页。
⑤ 陈尚君编：《全唐诗补编》，《全唐诗续拾》卷十五，中华书局1992年版，第887页。此诗校正见《大历诗人李幼卿考论》，《西安石油大学学报》（社会科学版）2011年第4期。

者由于对诗意解读不清，故持不同观点，今予以廓清。

戴叔伦《京口送皇甫司马副端曾舒州辞满归去东都》诗云：

> 潮水忽复过，云帆俨欲飞。故园双阙下，左宦十年归。
> 晚景照华发，凉风吹绣衣。淹留更一醉，老去莫相违。①

据蒋寅《戴叔伦年表》考，戴叔伦大历六年至十三年任湖南转运留后。② 此诗并不能准确系年。诗题中"京口"点明了送别地点在润州，可知皇甫曾此去洛阳之路线为沿江下至润州，再渡江，经由运河北上洛阳。蒋寅认为此诗作于秋天，盖以"晚景照华发，凉风吹绣衣"一联为据。不过单依"凉风""绣衣"似乎并不能判断此诗必作于秋日。第一，诗作于傍晚，春季的晚风也可以说是凉风，未必一定为秋风；第二，上文已述，"绣衣"是用典，指代侍御史，而并非夏天穿的薄衫。故不能据此即断定诗作于秋天。此外，据皇甫曾此行路线，其过润州时，可直接北上洛阳，亦可先行在家盘桓数月，再行北上。故而戴叔伦此诗作于何季节无法笃定。

从皇甫曾贬舒州司马到任满北归，短则三年，长则四年。然戴叔伦此诗中称"左宦十年归"。此处"十年"则应作虚指理解，表示时间长久，这也是诗歌中经常出现的用法，例证不胜枚举。绝不能仅凭此一句，便认定皇甫曾在舒州十年。此即不合唐代官制，亦与皇甫曾、独孤及生平相矛盾。③

要之，据现有资料，只能将皇甫曾任满北归的时间系于在大历七、八年间，其离舒州当在春季，而自京口北上洛阳的具体时间并无法断定。

---

① 《全唐诗》卷二七三，第3088页。
② 《大历诗人研究》，第458页。
③ 熊飞在《皇甫曾贬舒州时间考》中错解戴叔伦诗中的"十年"含义，断定皇甫曾贬谪时间应在十年左右，误将此诗系于大历十年之后。参见《咸宁师专学报》1993年第1期。

五　与湖州、浙东诗人交游及兄丧时期

大历九年春，皇甫曾赴湖州，与颜真卿、皎然等交游，后返润州。未久，皇甫冉卒，皇甫曾服丧一年。除丧后，编次《皇甫冉诗集》。大历十年秋，皇甫曾赴常州，请独孤及作序。冬，访刘长卿义兴别墅。大历十一年初，至越州访严维。同年春，在越州与神邕等高僧酬唱。秋，至睦州访刘长卿，寻即北上，至湖州，客居建元寺，与皎然等交游。冬，还润州。大历十二年，在润州闲居。这是皇甫曾在江东交游活动最为频繁的时期，也是其行踪最为复杂的时期。

大历九年甲寅（774）。

本年春，在湖州，后回丹阳。同年，兄皇甫冉卒，在丹阳守丧。

春，在湖州，与颜真卿、皎然等交游。

据本书第一章第三节《皇甫冉生卒年新证》考证，皇甫曾大历九年春在湖州与皎然、颜真卿等交游。其间，皎然有《七言春日陪颜使君真卿皇甫曾西亭重会韵海诸生》，兹不赘述。

大历后期，皇甫曾不止一次到访湖州，与皎然、颜真卿等人有过多次交游唱和，交游中留下不少诗歌和联句。由于皇甫曾每次来访的季节不同，因此判断这些诗歌作于皇甫曾何次到访的依据主要是诗歌的创作季节。

大历九年皇甫曾到访湖州时在春季。综观皇甫曾在湖州的相关酬唱作品中，有《五言建元寺皇甫侍御院寄李员外纵联句一首》，作者有皇甫曾、皎然、崔子向、郑说等。诗云"雨带清笳发，花惊夕漏春"[1]，作于春日无疑，因此判断为此次在湖州所作。皎然共有三首送别皇甫曾的诗。唯前文所述的《送皇甫侍御曾还丹阳别业》诗云"云阳别夜忆春耕，花发菱湖问去程"，亦作于暮春时节。诗歌的季节、情境皆与次游湖州此相

---

[1] 《吴兴昼上人集》卷十，页三，B面，《四部丛刊》初编。

合，故可确定作于此年。

对于好友皎然的相送，皇甫曾则作《乌程水楼留别》相答，诗云：

> 悠然千里去，惜此一尊同。客散高楼上，帆飞细雨中。
> 川程随远水，楚思望青枫。共说前期易，沧波处处通。①

乌程，湖州属县，为湖州州治所在。《元和郡县图志》载："乌程县，望。本秦旧县，《越绝》云：'始皇至会稽，徙于越之人于乌程。'《吴兴记》云：'吴景帝封孙皓为乌程侯，及皓即位，改葬父和于此，遂立乌程郡。'"② 水楼，嘉泰《吴兴志》载："乌程县南水亭即柳恽西亭也。……西亭在城南二里，乌程县南六十步，跨苕溪为之。……后尝名霅水堂，又名水楼，监察御史皇甫曾有《乌程水楼留别》。"③《新唐书·地理志》载："乌程……东南二十五里有陵波塘，宝历中，刺史崔玄亮开。"④ 上文已述，"陵波塘"即皎然诗中的"菱湖"。可见皇甫曾留别之处与皎然送别之处极近，当为此次答皎然送别之作。此诗是皇甫曾诗中之名篇，为唐代留别诗代表作之一。诗中实写虚写相结合，营造了依依惜别的离愁别绪。尾联有邀众友人拜访之意，亦可从侧面证明此时皇甫冉尚在世。

此后，皇甫曾归润州。未久，皇甫冉卒，皇甫曾服"齐衰"之丧。参见第一章第三节《皇甫冉生卒年新证》。

大历十年乙卯（775）。

本年秋之前，在润州服丧。秋冬，在常州。

秋，赴常州与独孤及、刘长卿酬唱。

皇甫曾有《送少微上人东南游》，诗云：

---

① 《唐皇甫曾诗集》卷一，页六十三，B面，明刘成德正德十三年（1518）刻本。
② 《元和郡县图志》卷二十五《江南道一》，第605页。
③ 嘉泰《吴兴志》卷十三，页七，B面，《宋元方志丛刊》第五册，第4740页。
④ 《新唐书》卷四十一《地理志五》，第1059页。

> 石梁人不到，独往更迢迢。乞食山家少，寻钟野寺遥。
> 松门风自扫，瀑布雪难消。秋夜闻清梵，馀音逐海潮。①

少微上人，唐代名僧，生平不详，与众多诗人有酬唱。李端、卢纶、顾况、严维皆有赠诗。皇甫曾此诗与刘长卿、独孤及同和。刘长卿题作《赠微上人》②。独孤及有《送少微上人之天台国清寺序》③，序云"岁次乙卯"，为大历十年。皇甫曾诗云"秋夜闻清梵"，作于深秋。是知本年秋皇甫曾确在常州。详见第一章第三节《皇甫冉生卒年新证》。

本年冬，访刘长卿碧涧别墅。

皇甫曾《遇刘员外长卿别墅》诗云：

> 谢客开山后，郊扉积水通。江湖千里别，衰老一樽同。
> 返照寒川满，平田暮雪空。沧洲自有趣，不复哭途穷。④

谢客，即谢灵运。钟嵘《诗品》云："谢客为元嘉之雄。"⑤ 首句以谢灵运标榜刘长卿诗才，述刘长卿在常州义兴兴建别业之事。按刘长卿常州别业约建于大历五年，与时任滁州刺史的李幼卿有诗歌酬唱，刘长卿作《酬滁州李十六使君见赠》⑥，参见拙作《大历诗人李幼卿考论》⑦。颔联叹衰老与离别，为兄长故去后之语气。由颈联"寒川""暮雪"可知皇甫曾访刘长卿别业已至本年冬。尾联用阮籍哭穷途之典，或谓此时刘

---

① 《唐皇甫曾诗集》卷一，页六十六，A 面，明刘成德正德十三年（1518）刻本。
② 《全唐诗》卷一五〇，第 1560 页。
③ 《毗陵集》卷十六，页八，B 面，《四部丛刊》初编。
④ 《唐皇甫曾诗集》卷一，页六十七，A 面，明刘成德正德十三年（1518）刻本。
⑤ （梁）钟嵘著，周振甫译注：《诗品译注》，中华书局 1998 年版，第 17 页。
⑥ 《全唐诗》卷一四八，第 1525 页。
⑦ 《西安石油大学学报》（社会科学版）2011 年第 4 期。

长卿已陷冤案之中。

刘长卿有《碧涧别墅喜皇甫侍御相访》，诗云：

> 荒村带返照，落叶乱纷纷。古路无行客，寒山独见君。
> 野桥经雨断，涧水向田分。不为怜同病，何人到白云。①

诗中用"落叶""寒山"等意象，亦作于冬天，则二人所咏是同一次相聚。末句云："不为怜同病，何人到白云。"蒋寅《刘长卿生平再考证》据前诸家所考，认为刘长卿贬睦州大约在大历十年，而过程中也经历了和贬南巴时相似的"重推"过程，大历十一年再赴睦州，此说较前说可信。② 刘长卿再经坎坷，心情怅惘，而皇甫曾此次前来常州时亦是除丧不久，心情亦是惆怅。长卿所云"怜同病"当是指此。

大历十一年丙辰（776）。

岁初，至越州，访严维。此后在越州与神邕等高僧酬唱。秋，在睦州访刘长卿，寻即北上，取道湖州。本年冬，还润州。

本年春，在越州。

严维有《岁初喜皇甫侍御至》，诗云：

> 湖上新正逢故人，情深应不笑家贫。
> 明朝别后门还掩，修竹千竿一老身。③

此诗首句即指皇甫曾为故人，当为前文所述《唐越州焦山大历寺神邕传》所载众人避安史之乱于江东时，严维、皇甫曾等与神邕会于诸暨法华寺之事。此诗可证皇甫曾赴越州访严维时在岁初，而严维自称"一

---

① 《全唐诗》卷一四七，第1482页。
② 《大历诗人研究》，第411页。
③ 《全唐诗》卷二六三，第2923页。

老身",当已至晚年。严维大历中一直定居越州,大历十二年以花甲之年入河南幕。① 故可知皇甫曾访严维必在大历十二年或此前几年的年初。

　　严维此诗本身并无明确的系年线索,但可通过皇甫曾生平加以推断。皇甫曾自润州南下赴越州,往返皆需过湖州。据上文考证,皇甫曾大历八年后才明确在江东,大历九年春在湖州与皎然、颜真卿交游,大历十年初尚在润州服丧中。因而,岁初至越州访严维,从时间上分析,只可能在大历九年、大历十一年或大历十二年。

　　首先可以排除大历九年。

　　皎然有三首送别皇甫曾的诗。除前文所引的《七言送皇甫侍御曾还丹阳别业》一诗作于春日,可明确系于大历九年春送皇甫曾归丹阳外,另有《七言同颜鲁公泛舟送皇甫侍御曾》《杂言重送皇甫侍御曾》两首。《七言同颜鲁公泛舟送皇甫侍御曾》诗云:

> 维舟若许暂从容,送过重江不厌重。
> 霜简别来今始见,雪山归去又难逢。②

　　由末句中"雪山"可知诗作于冬日,"归去"可知皇甫曾冬日离开湖州是为归润州,而非另赴他地。此诗中尚有另一个可推断时间的线索,即"霜简别来今始见"一句。"霜简",并非实物或物候,而是指御史弹劾的奏章,亦称"白简",引申为官员遭受贬谪。对于皇甫曾来说,由侍御史贬舒州司马,便可以说是遭遇"霜简"。皎然此句说明本次相见并非皇甫曾贬官之后二人首次相见,此前尚有一别,即皇甫曾贬官结束后初次与皎然相见时的送别。

　　皇甫曾贬舒州之前在长安,贬官期间亦不可能远赴湖州与皎然交游,舒州任满后,便北归洛阳,直至大历九年春才至湖州。故而皎然所说的

---

① 综仲姗:《大历诗人严维的生平与诗作》,《古典文学知识》2001年第5期。
② 《吴兴昼上人集》卷五,页七,A面,《四部丛刊》初编。

"霜简别",应当就是大历九年春皇甫曾至湖州同皎然、颜真卿相会韵海诸生后的那次送别。若皇甫曾大历九年初到越州访严维,则其大历八年冬必路过湖州。以皇甫曾与皎然的深厚友情,阔别多年后,初至老友之地,是不大可能过其门而不入的。而一旦皇甫曾路过湖州之时,与皎然相见,那么"霜简别"就应在大历八年冬,大历九年春的离别就成了第二次离别,这显然与《同颜鲁公泛舟送皇甫侍御曾》的写作季节相矛盾。因此,皇甫曾赴越州访严维绝不可能在大历九年初。

如此,则只需讨论大历十一年和大历十二年的可能性。

皇甫曾《题赠吴门邕上人》诗云:

> 春山唯(一作临)一室,独坐草萋萋。身寂心成道,花闲(一作开)鸟自啼。
> 细泉松径里,返景竹林西。晚与门人别,依依出虎溪。①

邕上人,即神邕。此诗并非作于苏州,神邕亦未尝至苏州,尾联所称"依依出虎溪",乃用佛教"虎溪三笑"之典,表现诗人自己与神邕友情深厚,与苏州虎丘山毫无关系。此诗《中兴间气集》作《送云门寺邕上人》②。云门寺,越州寺庙,即上元元年皇甫冉赴无锡别灵一之地。皇甫曾诗云"春山唯一室",是知作于春日,当与访严维同年作。此外,皇甫曾另有《赠需禅》等诗,亦作于同年。

大历十二年秋,皇甫曾在润州与时任睦州司马的刘长卿相互遥寄,刘长卿题作《酬皇甫侍御见寄时相国姑臧公初临郡》,诗云:

> 离别江南北,汀洲叶再黄。路遥云共水,砧迥月如霜。
> 岁俭依仁政,年衰忆故乡。伫看宣室召,汉法倚张纲。③

---

① 《唐皇甫曾诗集》卷一,页六十四,A 面,明刘成德正德十三年(1518)刻本。
② 《中兴间气集》卷下,《唐人选唐诗新编》(增订本),第 520 页。
③ 《全唐诗》卷一四七,第 1484 页。

相国姑臧公，指李揆。《旧唐书·代宗》载：大历十二年"夏四月，……癸巳（十二日），以前秘书监李揆为睦州刺史"①。刘长卿此诗作于大历十二年无疑。诗云"离别江南北，汀洲叶再黄"，点明此诗作于秋日，亦说明此前一年叶黄之时二人曾相见。由此可知，皇甫曾大历十一年秋曾至睦州访刘长卿。

皇甫曾有《寄刘员外长卿》，诗云：

南忆新安郡，千山带夕阳。断猿知夜久，秋草助江长。
疏发应成素，青松独耐霜。爱才称汉主，题柱待回乡。②

新安郡，指睦州。《元和郡县图志》载："睦州，《禹贡》扬州之域。……秦属丹阳郡，为歙县。后汉建安十三年，……分歙为始新、新定，……凡六县，立新都郡。……晋武帝太康元年，改新都为新安郡。……武德四年讨平汪华，改为州，取'俗阜人和，内外辑睦'为义。万岁通天二年，又自新安东移一百六十五里，理建德，即今州理是。"③《旧唐书·地理志》《新唐书·地理志》皆以歙州为新安郡，睦州为新定郡。依《元和郡县图志》所载，称睦州为新安郡并无谬误。后世新安郡则专指徽州。皇甫曾诗云"南忆新安郡"，为和刘长卿诗首联之"离别江南北"，亦是指此前一年曾至睦州之事，故称"南忆"，则作诗时皇甫曾已在润州。诗又云"秋草助江长"，作于大历十二年秋无疑。

从润州、湖州、越州、睦州四地的地理位置看，自润州南下赴越州或睦州并没有必然的抵达顺序，途中皆需经过湖州。根据皇甫曾在湖州、越州、睦州三地交游诗的季节，可以将皇甫曾的行踪顺序条分缕析。

第一，皎然《同颜鲁公泛舟送皇甫侍御曾》明确作于冬日，诗作于

---

① 《旧唐书》卷十一《代宗纪》，第311页。
② 《唐皇甫曾诗集》卷一，页六十四，B面，明刘成德正德十三年（1518）刻本。
③ 《元和郡县图志》卷二十五《江南道一》，第606页。

皇甫曾北归润州时；第二，严维《岁初喜皇甫侍御至》作于年初，而皇甫曾《题赠吴门邕上人》则作于春日，说明皇甫曾在越州至少有数月停留；第三，据大历十二年皇甫曾在润州与刘长卿遥寄唱和，皇甫曾大历十一年秋必在睦州。

综合以上三个条件，若皇甫曾南下先至睦州访刘长卿，其离开睦州到越州之时最早已在大历十一年秋之后，年初访严维则当在大历十二年初，又在越州停留数月与诸僧酬唱，其离越州北上应在大历十二年春。但皎然送皇甫曾北归在冬日，显然在季节上有矛盾。殷亮《颜鲁公行状》载："十二载，元载伏诛，召公为刑部尚书。"① 可知大历十二年冬，颜真卿早已入朝为刑部尚书。皎然《七言同颜鲁公泛舟送皇甫侍御曾》绝不可能作于大历十二年冬。不仅如此，若皇甫曾大历十二年秋尚未北归，与其在润州与刘长卿寄诗唱和之事亦有矛盾。综上，皇甫曾南下先至睦州再至越州的假设不成立。

因而，皇甫曾南下只能是先至越州后至睦州，在睦州的时间是大历十一年秋，则至越州访严维的时间只能是大历十一年初，与神邕等诸僧唱和亦在本年春。

本年秋，至睦州访刘长卿。

据上文，皇甫曾大历十一年秋赴睦州访刘长卿。次年秋，二人有诗为证。皇甫曾离越州赴睦州的具体时间不详，本年秋之前或一直在越州。

秋末，北归至湖州。客居建元寺至本年冬，与皎然等交游。

访刘长卿后，皇甫曾停留不久即北归。但行至湖州停留许久。

皇甫曾、颜真卿、皎然、陆羽等人有《三言喜皇甫侍御见过南楼玩月联句一首》，其中陆羽云："雁声苦，蟾影寒。闻襄浥，滴檀栾。"② 时

---

① 《全唐文》卷五一四，页二十二，A面，第5230页。
② 《吴兴昼上人集》卷十，页七，B面，《四部丛刊》初编。

在深秋。此后，皇甫曾客居在湖州建元寺。皇甫曾、皎然、崔子向、郑说等有《五言建元寺昼公与崔秀才见过联句，与郑奉礼说同作》①，皇甫曾云："人闲宜岁晚，道者访幽期。独与寒山别，行当暮雪时。"可知其居建元寺时已入冬。

皎然亦有《五言建元寺集皇甫侍御书阁》，诗云：

不因居佛里，无事得相逢。名重朝端望，身高俗外踪。
机闲看净水，境寂听疏钟。宣室恩长在，知君志未从。②

首联所谓"居佛里"，当是指皇甫曾客居寺中之事。客居的原因即应是皇甫曾在联句中所说的"人闲宜岁晚"，皇甫曾时无官职在身，自睦州访友归来，亦无他事，时间充裕，故可久留。此诗尾联点明了皇甫曾尚存政治抱负，虽在隐逸中，但仍旧有重新入仕之心。这也为大历末皇甫曾重新北归任职埋下了伏笔。

此外，皇甫曾还与颜真卿、皎然、陆羽、李崿同作《七言重联句一首》③，有"荧荧远火分渔浦，历历寒枝露鸟窠"句，时亦在冬日，当在皇甫曾居建元寺期间作。

本年冬，北归润州。

湖州停留数月后，皇甫曾于岁晚北归润州。前文已考，皎然《同颜鲁公泛舟送皇甫侍御曾》作于冬日，诗云"归去"，即送皇甫曾还乡。

除此诗外，皎然又作《杂言重送皇甫侍御曾》，诗云："人独归，日将暮。孤帆带孤屿，远水连远树。难作别时心，还看别时路。"④ 与上诗作于同时，其诗情感真切，可见二者友情深厚。

---

① 《吴兴昼上人集》卷十，页三，A面，《四部丛刊》初编。
② 《吴兴昼上人集》卷三，页九，B面，《四部丛刊》初编。
③ 《吴兴昼上人集》卷十，页七，B面，《四部丛刊》初编。
④ 《吴兴昼上人集》卷四，页十，B面，《四部丛刊》初编。

大历十二年丁巳（777）。
本年在润州闲居。

据上文所考，皇甫曾本年秋在润州与刘长卿寄诗唱和，作《寄刘员外长卿》。

皇甫曾另有《酬窦拾遗秋日见呈（时此公自江阴令除谏官）》，诗云：

孤城永巷时相见，衰柳闲门日半斜。
欲送近臣朝魏阙，独怜残菊在陶家。①

窦拾遗，即窦叔向。《唐才子传》载："叔向，字遗直，扶风平陵人也。有卓绝之行，登第于大历初，远振嘉名，为文物冠冕。诗法谨严，又非常格。一流才子，多仰飙尘。少与常衮同灯火，及衮相，引擢左拾遗、内供奉。及坐贬，亦出为溧水令。卒，赠工部尚书。"② 窦叔向肃宗时曾与皇甫冉酬唱，亦当为皇甫曾旧友，其任左拾遗时在常衮拜相后。《旧唐书·代宗》载："（大历十二年）三月……辛巳（二十九日），制：中书侍郎、平章事元载赐自尽。……夏四月壬午（初一日），……尚书礼部侍郎、集贤院学士常衮为门下侍郎，并同中书门下平章事。癸未（初二日），……谏议大夫、知制诰韩洄、王定、包佶、徐璜，户部侍郎赵纵，大理少卿裴翼，太常少卿王纮，起居舍人韩洄等十余人，皆坐元载贬官。"③ 可知常衮拜相在大历十二载四月，时在元载伏诛后。又包佶有《答窦拾遗卧病见寄》，诗作于坐元载党贬官后。故窦叔向迁左拾遗应在大历十二年。皇甫曾诗云"欲送近臣朝魏阙"，或为送窦叔向赴京任左拾遗之作。尾句"独怜残菊在陶家"即点作诗季节在晚秋，又用陶渊明典自况，则此时皇甫曾在乡闲居。

---

① 《唐皇甫曾诗集》卷一，页七十，B面，明刘成德正德十三年（1518）刻本。
② 《唐才子传校笺》卷四，第二册，第82—84页。
③ 《旧唐书》卷十一《代宗纪》，第311页。

六　晚年任阳翟令时期

建中元年庚申（780）。
本年，在阳翟令任上。

皇甫曾任阳翟令的确切时间史无记载。《新唐书·艺文志》只说："坐事贬舒州司马，阳翟令。"① 《唐才子传》则称："贬舒州司马，量移阳翟令。"② 由上文所考，可知《唐才子传》中"量移"的说法是不正确的。阳翟，河南府属县。《元和郡县图志》载："阳翟县，畿。……秦为颍川郡，……贞观元年废入许州。建都后，改属河南府。"③

《新唐书·李翰传》载："翰累迁左补阙、翰林学士。大历中，病免，客阳翟，卒。翰为文精密而思迟，常从令皇甫曾求音乐，思涸则奏之，神逸乃属文。"④。要知晓皇甫曾任阳翟令的时间，须从李翰的生平入手。李翰客居阳翟的时间，陈冠明《李翰行年稽实》考为大历十四年至建中元年。⑤ 可知李翰与皇甫曾在阳翟交往当在此间。清乾隆《禹州志》载："遗爱祠，旧祀汉太守黄霸于州东黄台之上，唐建中元年阳翟令皇甫曾改建于西关。"⑥ 此记录与李翰居阳翟时间相合。是知皇甫曾建中元年确在阳翟令任上。又据上文考大历十二年，皇甫曾尚在丹阳，则皇甫曾任阳翟令时间当在大历十二年后至建中年间。按《旧唐书·职官志》，阳翟令属于"京兆河南太原府诸县令"，正六品上阶。⑦ 这应该是皇甫曾一生所任的最高官职。

---

① 《新唐书》卷六十《艺文志四》，第1610页。
② 《唐才子传校笺》卷三，第一册，第570页。
③ 《元和郡县图志》卷五《河南道一》，第138页。
④ 《新唐书》卷二〇三《文艺下》，第5778页。
⑤ 《烟台师范学院学报》（哲学社会科学版）1995年第4期。
⑥ （清）邵大业修，孙广生纂：《禹州志》卷二《建置志·祀典》，页三八，B面，清乾隆十二年（1747）刻本。
⑦ 《旧唐书》卷四十二《职官志一》，第1796页。

皇甫曾有《萼岭四望》①，应作于此时期。

贞元元年乙丑（785）。

本年冬，卒。

据本章第一节《皇甫曾生卒年考辨》，皇甫曾卒于贞元元年冬。

---

① 《唐皇甫曾诗集》卷一，页七十，B面，明刘成德正德十三年（1518）刻本。

第 三 章

二皇甫思想研究

第一节 二皇甫的科举观及仕进观

自秦汉以后的绝大多数时代里，出仕都是文人谋求社会地位以及实现自我价值的最主要方式。唐代文人大多热衷于出仕为官，且并不忌讳自己奔走求官的行为为人所知。一旦获得朝廷征辟，往往在诗歌中毫不扭捏、光明正大地直接将喜悦展现出来，正如李白的千古名句"仰天大笑出门去，我辈岂是蓬蒿人"。

唐人出仕的途径比之魏晋时更加丰富，科举制度的推行给了更多文人进身的机遇。但唐代进士科取士名额极少，难度很大，绝大多数文人都无法一举登科。文人们在科场蹉跎数年，乃至数十年皆属正常。且唐代科举制度远未完善，尚未出现糊名、誊录等保障公平的制度，故而行卷之风十分盛行。文人们以自己的诗文华章作为敲门砖，投递于达官显贵、文坛前辈，展示自身的才华以求延誉。大多数科举出身的文人皆有此经历，其中便包括王维等家喻户晓的大诗人。可以说，科举是绝大多数唐代文人入朝为官、改变命运的首要途径。

科举一朝登第，自可"春风得意马蹄疾"，但如若科举之途不顺利，或科举之后仕途不符合自我预期，唐代文人也很少放弃，他们往往会将仕进的希望寄于其他途径，或归隐名山，或干谒名流，或入幕方镇。归隐名山为的是养誉，以求成为名士，为朝廷征辟，走上"终南捷径"；干谒名流权贵，则是更加直白的求官方法。唐诗中大量干谒诗、赠答诗中，就包含着数量庞大的求官之作，其中著名作品诸如孟浩然的《临洞庭赠张丞相》、皇甫曾的《奉送杜侍御还》等。如果说唐人以归隐和干谒的方式求官，放眼之处主要是两京这样的政治中心，那么入幕藩镇则更多的是着眼于地方。唐代藩镇职权强大，不失为一条进入仕途的大道。唐代诗人中，李白、杜甫、高适等均有入幕经历，其中高适更是入幕而后仕途显达的代表。

以上数条进身之路各有优劣，但其目的却殊途同归，即入朝为官，这也是贯穿大多数唐代文人一生的主线。可以说，科举和出仕是唐代文人人生中占据最多岁月，也最为重要的组成部分，同样也是后代学者研究唐代文学，尤其是研究诗人生平及思想时最不可忽视的方面。

皇甫冉、皇甫曾兄弟不仅是唐代著名诗人，同时也是典型的唐代文人。科举和出仕同样是他们的人生主线。研究和对比二者与科举和出仕相关的诗歌，分析他们对待科举和出仕态度的形成和发展过程，可以清晰地展现出兄弟二人在思想观念上的异同，区分二者的性格特点。

一 "沧洲未可行，须售金门策"——皇甫冉的科举观

据本书第一章第四节《皇甫冉生平分期及年谱》考证，皇甫冉才思敏捷、少年成名，但科举之路并不顺遂，几经落第，直到天宝十五载，其三十六岁时，才成功登进士第。从十五岁在文坛崭露头角，到三十六岁登科，其间横跨二十年，应举的时间也超过十年，不可谓不漫长。今本《皇甫冉诗集》中，天宝末以前的诗歌共约五十首，这些作品正是研究皇甫冉科举经历的重要资料。

皇甫冉天宝年间的诗歌中，与其自身的科考经历直接相关的就有十余首，无论数量还是比例，都十分可观。这些诗篇是皇甫冉早年在科场上坎坷沉浮的写照，不仅说明了科举是皇甫冉青年时期的人生主线，也为探究皇甫冉的科举观和仕进观提供了大量的依据。

皇甫冉这些与其自身科考经历有关的诗，主要分为以下几类：

第一类是感叹赴京赶考不易，苦中作乐。如《清明日青龙寺上方赋得多字》，诗云：

> 上方偏可适，季月况堪过。远近水声至，东西山色多。
> 夕阳留径草，新叶变庭柯。已度清明节，春秋如客何。①

青龙寺，在长安东城。《唐两京城坊考》载："新昌坊。南街东出延兴门。……南门之东，青龙寺。本隋灵感寺，开皇二年立。……景云二年改为青龙寺。"②此诗首联云"上方偏可适，季月况堪过"，诗人寄身青龙寺中，谨慎地估算着身上的盘缠可堪在寺中度过三月，表现了客居长安的不易和经济上的窘迫。皇甫冉一生中唯有代宗初年在朝为官时连续数年定居于京城，而此诗所述显然与当时的情形不符。皇甫冉在诗中自称为"客"，在长安却客居于青龙寺中，显然此时并无官职。故而此诗应为天宝中诗人为科考而客居长安时作。颔、颈二联写景，有水声、山色、夕阳、亭树相伴，情致转而闲适起来。尾联"春秋如客何"一问，表现了一种青年的乐观和锐意。据诗意，此时皇甫冉尚未经历屡次落第的打击，当作于天宝中期以前。此诗又见《刘长卿集》，但刘长卿天宝年间为监生，不应居住在寺中，亦不应作"客居"语，故此诗为皇甫冉诗无疑。③

第二类是表达屡试不第的苦闷、迷惘，以及展现自我调整的过程。如《河南郑少尹城南亭送郑判官还河东》，诗云：

> 使臣怀饯席，亚尹有前溪。客是仙舟里，途从御苑西。

---

① 《皇甫冉诗集》卷上，页十四，A 面，《中华再造善本》影印宋刻本。

② （清）徐松撰，张穆校补，方严点校：《唐两京城坊考》卷三《西京·外郭城》，中华书局 1985 年版，第 87 页。

③ 皇甫冉天宝中及大历初生平参见本书第一章第四节《皇甫冉生平分期及年谱》；刘长卿天宝中事迹参见傅璇琮《刘长卿事迹考辨》，《唐代诗人丛考》，第 272 页。

泉声喧暗竹，草色引长堤。故绛青山在，新田绿树齐。
天秋闻别鹄，关晓待鸣鸡。应叹沉冥者，年年津路迷。①

此诗为天宝年间在洛阳送别友人之作。郑少尹，当为天宝年间河南少尹郑璿。② 郑判官，不详其人，或为临汾令郑洪之子郑令源。③ 诗中有"应叹沉冥者，年年津路迷"一联。"沉冥"，即"沈冥"，指隐士。《世说新语·栖逸》云："阮光禄在东山，萧然无事，常内足于怀。有人以问王右军，右军曰：'此君近不惊宠辱，虽古之沈冥，何以过此。'"④ 此联中的"沉冥者"，即是因屡试不第而深受打击的诗人自己。"年年津路迷"则表达了连年落第后的迷惘。诗人在送别友人之际，由朋友离别之伤，忽然联想起自身的苦闷彷徨，故有此消沉语。

皇甫冉作为曾经文坛的少年天才，却在成年后屡试不第，不仅承受了来自外界和自身的巨大压力，其信心所受的打击也可想而知。为了排遣满怀的愤懑，皇甫冉曾选择外出漫游。有《落第后东游留别》，诗云：

此成方自得，何事学干求。果以浮名误，深贻达士羞。
九江连涨海，万里任虚舟。岁晚同怀客，相思波上鸥。⑤

此诗开篇即是自我开解之语，告诫自己多年进学自然会有所得，不应以科考结果的成败而评价。进而解嘲道过于注重浮于身外的名利，当为见识高超的达理之士所不齿。诗云："九江连涨海，万里任虚舟。""九江"一词，据《辞源》解，为长江水系的九条河，各说不同。可解为荆

---

① 《皇甫冉诗集》卷上，页十一，B 面，《中华再造善本》影印宋刻本。
② 储仲君：《皇甫冉诗疑年》，《山西大学师范学院学报》（综合版）1993 年第 1 期。
③ 见《新唐书》卷七十五上《宰相世系表》，第 3281 页。
④ （南朝宋）刘义庆编，周兴陆辑著：《世说新语汇校汇注汇评》卷下之上，凤凰出版社 2017 年版，第 1118 页。
⑤ 《皇甫冉诗集》卷上，页九，A 面，《中华再造善本》影印宋刻本。

州界的长江支流；流入鄱阳湖的湖汉九水；流入洞庭湖的沅江等九水。①可见，无论作何解，皇甫冉游历的去处皆在荆湘，说是东游，实际上是一次南游。按诗中所述，此行即是以隐士的身份，如同自由翱翔的鸥鸟一般，去见识广阔的江海，以期得到心境上的慰藉和补足。

由此二诗可以窥见，皇甫冉在科场中遭受巨大打击之后的身心困境，以及其在逆境之中自我调节的心路历程。皇甫冉在这个过程中隐隐展示出了其性格中属于儒生的理性的方面，而非我们所熟知的很多唐代诗人固有的直抒胸臆的浪漫。

第三类是表达干谒无门、登科无望的无奈。如《温汤即事》，诗云：

天仗星辰转，霜冬景气和。树含温液润，山入缭垣多。
丞相金钱赐，平阳玉辇过。鲁儒求一谒，无路独如何。②

此诗应为天宝年间皇甫冉某次赴长安科举之时，途径温泉宫所作。③前文已述，唐人应试之前，一般需先至长安拜谒达官显贵，以诗文行卷，以求延誉。末尾两联用汉丞相周勃和汉景帝之女平阳公主的典故，借怀古之际，抒发了干谒无门的无奈，也隐晦地表达了对科考前景的忧虑。

---

① 辞源修订组编：《辞源》（修订本），商务印书馆1988年版，第56页。
② 《皇甫冉诗集》卷下，页一，A面，《中华再造善本》影印宋刻本。
③ 按：《旧唐书·玄宗纪》载：天宝六载"冬十月戊申（初六日），幸温泉宫，改为华清宫"。(《旧唐书》卷九《本纪第九·玄宗下》，第221页。）储仲君《皇甫冉诗疑年》遂定此诗为作于天宝六载前。[《山西大学师范学院学报》（综合版）1993年第1期。] 此系年依据是不成立的，这是唐代文学研究的考据中经常出现的一种错误。皇甫冉集中另有《登玄元庙》一诗，储仲君又据天宝元载九月，东都玄元庙改名"太上玄元皇帝宫"，(《唐两京城坊考》卷五《东京·外郭城》，第168页。）而定此诗作于天宝元载。按杜甫亦有《冬日洛城北谒玄元皇帝庙》，作于天宝八载。（萧涤非主编：《杜甫全集校注》，人民文学出版社2014年版，第173页。）其时早已在玄元庙更名之后，而诗题仍可沿用旧称。唐人作诗不同于起草官方文书，于地名方面一般并不力求严谨。唐诗中出于旧习、平仄、押韵等原因，沿用某地旧称甚至古称，而不用新名的情况很常见，故不可单凭诗中用旧称不用新名而断定诗歌一定作于此地获得新名之前。但如一诗用此前从未出现过的某地新名，而不用其旧称，则可定其创作时间必在此地更名之后。

又如《婕妤怨》，诗云：

> 花枝出建章，凤管发朝阳。借问承恩者，双蛾几许春？①

初盛唐时期，很多诗人都创作过宫怨、闺怨题材的诗歌。皇甫冉的主要诗歌创作时间虽在安史之乱后，但现存的宫怨和闺怨诗皆当作于天宝年间，此诗当作于天宝年间为科举奔波的时期。这是一首典型的宫怨诗。表面上诗人是为宫掖中不得宠的妃子代言，向承宠之人借问帝王对女子容貌的偏好，表达想要承恩的愿望。实则是以宫怨女子喻诗人自身，问自己如何才能科举登第，表达了科举久不成功，自己却迟迟找不到登科门径的急切心情。

此类诗将皇甫冉早年科举之路上的种种挣扎表现得淋漓尽致。

第四类是向达官显贵行卷，表达祈求提携的愿望。如《上礼部杨侍郎》，诗云：

> 郢匠抡材日，辕轮必尽呈。敢言当一干，徒欲隶诸生。
> 末学惭邹鲁，深仁录弟兄。馀波知可挹，弱植更求荣。
> 绩愧他年败，功期此日成。方因旧桃李，犹冀载飞鸣。
> 道浅犹怀分，时移但自惊。关门惊暮节，林壑废春耕。
> 十里嵩峰近，千秋颍水清。烟花迷戍谷，墟落接阳城。
> 渺默思乡梦，迟回知己情。劳歌终此曲，还是苦辛行。②

礼部杨侍郎，即杨浚。据《登科记考》著录，杨浚在天宝十二载至十五载知贡举。③ 前文已述，皇甫冉于天宝十五载登第，而其弟皇甫曾早

---

① 《皇甫冉诗集》卷上，页二十一，B面，《中华再造善本》影印宋刻本。各本"春"作"长"，按诗意当从之。
② 《皇甫冉诗集》卷上，页二十，《中华再造善本》影印宋刻本。
③ 《登科记考》卷九，第329页。

皇甫冉三年，于天宝十二载登第，故皇甫冉诗云"末学惭邹鲁，深仁录弟兄"。也由此可知这首诗当作于天宝十三载至十五载之间。诗又云"绩愧他年败，功期此日成"，很明显，这是一首作于科举考前投谒知贡举杨浚的行卷诗，向对方表达了希望一举登科的强烈愿望。同时，此诗也说明了胞弟皇甫曾此前的成功登第给了皇甫冉很大的鼓舞和信心。在科场连年受挫之后，终得以重整旗鼓，再面挑战，故而方有如此昂扬之语。诗末数联写到"嵩峰""颍水"，可见作诗之时，皇甫冉尚在洛阳，正准备赶赴长安，开启这一次的"苦辛行"。

  以上四类直接与自身科考经历相关的诗，间接地为我们勾勒出了皇甫冉历时多年的科考之路的总体过程：诗人起初是一个客居京城佛寺满怀信心备考的微寒年少学子，走上科场后数年间遭受了屡试不第的重重打击，而后终于摸清了科举的现状，意欲行卷，却发现干谒无门，茫茫然不知路在何方，最后受到兄弟金榜题名的鼓舞，重新振作，最终如愿以偿。

  如果说，单凭皇甫冉这少数的直接与其科考经历相关的诗尚不足以完整地描绘出那十数年间的坎坷经历和心路历程，那么透过皇甫冉这十余年间的其他作品所展现出的生活和经历，足以将这段岁月补充丰满。

  上文已述，皇甫冉在天宝年间某次落第后，为排遣内心的苦闷，曾南下荆湘漫游散心。此行中不仅有《落第后东游留别》一诗。途中还留下了《卖药人处得南阳朱山人书》《适荆州途次南阳赠何明府》《赋得郢路悲猿》《巫山峡》《初出沅江夜入湖》《夜发沅江寄李颍州刘侍郎》等一系列诗歌，这些诗体裁丰富，包含了五绝、七绝、五律、五言排律等数种体裁，且艺术造诣高超。其中《巫山峡》诗云：

    巫峡见巴东，迢迢出半空。云藏神女馆，雨到楚王宫。
    朝暮泉声落，寒暄树色同。清猿不可听，偏在九秋中。[①]

[①]《皇甫冉诗集》卷上，页一，B面，《中华再造善本》影印宋刻本。

此诗深得唐人及后世诗家推崇，高仲武就称其"终篇奇丽，自晋宋齐梁陈隋以来，採掇珍奇者无数，而补阙独获骊珠，使前贤失步，后辈却立，自非天假，何以逮斯"①。真可谓推崇备至。大历初，李端赴京科考之时曾拜谒皇甫冉，即作《巫山高和皇甫拾遗》诗。时已距皇甫冉作《巫山峡》多年，而李端特选此诗相和，足见此诗在当时的声誉。明人胡应麟亦称"《巫山高》，唐人旧选四篇，当以皇甫冉为最"②。值得一提的是，皇甫冉作此诗时并未亲至巫峡之中，只是远望巫峡而吟咏。诗中写景的部分，一半出自远望的实景，另一半则出自诗人的联想。在此情况下，此诗依然能在诸多先贤和时人的同题中以意境悠远取胜，足见其笔力超群。结合皇甫冉漫游途中对诸多诗歌体裁类型的尝试，不难看出其为了提高自身诗歌技艺而进行的主动磨练。

荆湘的游历使皇甫冉开阔了眼界，获得了诗歌创作的灵感，也磨练了诗歌技巧，不仅迎来了自己诗歌艺术上的高峰，也客观上为后来的成功登第打下了基础。

事实上，皇甫冉对诗歌技艺的锤炼，绝不止于短短的南下漫游期间，而是贯穿于从开始应举到最终登第的十余年中。

天宝中后期，屡试不第的挫折曾一度击溃了皇甫冉的信心，促使他选择了归隐避世，过上了"莱子多嘉庆，陶公得此生"③的生活。这期间，皇甫冉创作了《山中五咏》《闲居》《杂言湖山歌送许鸣谦并序》《刘方平壁画山》等大量的诗歌。与此前漫游期间主要创作五言诗不同，皇甫冉隐居洛郊时期的诗歌创作彻底脱离了应试诗范式的约束，体裁上极其自由奔放。这些诗歌中包含了四言、五言、六言、七言、杂言，可以说是皇甫冉在诗歌艺术上最富探索精神的阶段。与此同时，在诗歌意

---

① 《唐人选唐诗新编》（增订本），第478页。
② （明）胡应麟撰：《诗薮》外编卷四。上海古籍出版社1958年版，第187页。
③ 出自皇甫冉《与张諲宿刘八城东庄》。《皇甫冉诗集》卷上，页十四。《中华再造善本》影印宋刻本。

境方面，也逐渐形成了其自身的独特风貌。如其著名的《山中五咏》，读之颇具陶谢古意，与天宝诗坛浓艳的审美意趣迥然不同。正是这一时期的创作，为皇甫冉最终成为盛、中唐之际一代名家奠定了坚实的基础。

不仅如此，这十余年时间，也见证了皇甫冉心境变化与成长的整个过程。

皇甫冉天宝中的归隐，与那些意图通过归隐"养望"，进而踏上"终南捷径"的文人不同，他只是经受了科场上频频的打击后，对自身的才学产生了怀疑，认为自己大概真的与登科无缘，故而心灰意懒。这种心态在《曾东游以诗寄之》一诗中表达得淋漓尽致。此诗约作于天宝六载，皇甫冉在诗中对皇甫曾言道："顾予任疏懒，期尔振羽翮。"[1] 将自己无法达成的金榜题名、入朝为官的宏愿寄托在了一母同胞的弟弟身上。这个行为本身除了鼓励兄弟以外，也可以充分说明皇甫冉当时对自己科举前途的极度不看好。

洛郊归隐期间，皇甫冉十分热衷于酬唱友朋。这一时期内，与皇甫冉交往最密切的当属刘方平。刘方平是当时著名诗人、画家，天宝年间隐居颍川大谷，与皇甫冉相酬唱。刘方平是皇甫冉一生中最要好的朋友之一，皇甫冉有《秋夜戏题刘方平壁》，诗云：

鸿悲月白时将谢，正可招寻惜遥夜。
翠帐兰房曲且深，宁知户外清霜下。[2]

这首诗与皇甫冉诗集中一般寄赠友人的诗皆有不同，不仅通篇诙谐，更是包含了一些对对方私生活的调侃，足见二人交情之深笃，若非至交好友，断不能如此戏谑。

皇甫冉在天宝年间题赠刘方平的诗歌多达十首。除了一部分属于赏

---

[1] 《皇甫冉诗集》卷上，页十五，A 面，《中华再造善本》影印宋刻本。
[2] 《皇甫冉诗集》卷上，页十五，B 面，《中华再造善本》影印宋刻本。

画题材之外,其余诗中大多包含着至交好友之间才能直接倾诉的真情实感,其中就包括对科举和前程的真实想法。

刘方平天宝中期一度放弃隐居生活,赴京科考,落第后又入幕求官。同在隐居当中的皇甫冉对此产生了些许不满,故作《寄刘方平》,诗云:"世人易合复易离,故交弃置求新知。叹息青青长不改,岁寒霜雪贞松枝。"① 对好友背弃一同归隐的志趣转而入世求官的行为发出了非常直白的抱怨和嘲讽。

然而嘲讽友人追求名利的皇甫冉自己却也未能一直保持住隐士之心。皇甫冉有《寄刘八山中》赠刘方平,诗云:

> 东皋若近远,苦雨隔还期。闰岁风霜晚,山田收获迟。
> 茅簷燕去后,樵路菊黄时。平子游都久,知君坐见嗤。②

由首联可知,此诗作于归洛途中。诗云"闰岁风霜晚",很明确当年有闰月,且闰月应在年末,如此才会出现风霜晚到的情况。以此推算,此诗当作于天宝十三载秋(闰十一月),此前及此后的闰年皆与此不合。彼时刘方平早已辞官重新归隐,皇甫冉却似乎是受到了胞弟皇甫曾此前一年登第的鼓舞,再次赴京赶考。然而此番依然落第,此诗便作于归途之时。途中受到了淫雨阻隔,皇甫冉心情愤懑之余,遥想起自己当年对刘方平求官的嘲讽,不由赧然,遂发出了"平子游都久,知君坐见嗤"的感叹。诗人显是知晓回到洛阳之后,刘方平将会如何揶揄自己。此句语含自嘲之余,也包含了一种面对至交好友时的真实与坦荡。

以上通过研究皇甫冉与自身科举相关的诗歌,以及其漫游和归隐期间的作品,可以清晰地描绘出皇甫冉科举路途中屡战屡败却又屡败屡战的大体经过,以及从自信满满到连番受挫、迷茫愤懑,最终重整旗鼓的

---

① 《全唐诗》卷八八二《补遗一》,第 9973 页。此诗《中华再造善本》明影宋本及明正德刘成德刻本皆未收录。

② 《皇甫冉诗集》卷上,页九,B 面,《中华再造善本》影印宋刻本。

心路历程。在那十余年间，无论漫游还是归隐，都是在巨大挫折中完全看不到希望所在时才不得不进行的自我调节。一旦际遇有所好转，皇甫冉很快就能够重拾信心，再次迎难而上。这期间所表现出的性格特征，正如独孤及在《唐故左补阙安定皇甫公集序》中为皇甫冉所作的性格速写："君忠恕廉恪，居官可纪，孝友恭让，自内刑外，言必依仁，交不苟合，得丧喜愠，罕见于容。"① 可见皇甫冉平素是正统封建士大夫典型的刚正、持重的性格，也是一名具有相当强烈入世心的正统儒士。在这样的性格基础之上，皇甫冉对科举的态度，恰如他在《曾东游以诗寄之》一诗中所言："沧洲未可行，须售金门策。"可见皇甫冉内心一直是将登第为官当作自己多年进学的最根本目的，这一点始终非常明确。所以即便在接连落第深受打击而归隐之时，亦不忘兄长之责，在给胞弟皇甫曾的诗中，以长兄的身份劝慰皇甫曾不要学习自己的疏懒，也不要醉心于漫游，应努力上进，科举方是正途。这也是皇甫冉对科举一事的最真实的看法和最直白的表述。是其所有有关科举的思想观念中最核心的部分。

值得澄清的是，皇甫冉为科举出仕而进学的观念并不意味着皇甫冉只以功利的态度对待读书，更不意味着他重名利、轻才学。恰恰相反，皇甫冉十分重视读书，重视才学。

虽说在皇甫冉看来，读书的最终目的是科举做官，但他对待读书的态度却是庄重的、非功利的。其在《送薛秀才》诗中言道："读书惟务静，无褐不忧贫。"② 即读书时应当静下心来，不应将读书与身外琐事相关联。这其实与后人所说的"两耳不闻窗外事，一心只读圣贤书"几乎是同样的意思，只是表达更具诗意罢了。

上文已述，天宝中，皇甫冉屡次落第后，曾南下漫游，并在诗中写下了"此成方自得，何事学干求。果以浮名误，深贻达士羞"的诗句以告诫自己读书本身便是一种获得，要看淡读书与名利的关联。这在当时

---

① 《毗陵集》卷十三，页七，A面，《四部丛刊》初编。
② 《皇甫冉诗集》卷下，页一，B面，《中华再造善本》影印宋刻本。

虽然有屡试不第后自我开解的成分，但并非不是诗人的真实感悟。时隔多年之后，大历初，皇甫冉在京作《澧水送郑丰鄠县读书》一诗，在临水送别之际，回忆起自己早年科举落第后漫游和读书的岁月，仍能自豪道："早年江海谢浮名，此路云山惬尔情。"① 可见其依然为自己当年能够放下外界浮名带来的压力，专注于读书而自得。这足以说明皇甫冉对读书的态度。

同样，皇甫冉也非常看重才学。作为曾经文坛中的少年天才，皇甫冉一直都很欣赏年少有才名的后辈。大概与自己早年蒙受张九龄、萧颖士等前辈和名士的奖掖有关，大历初，皇甫冉在京为官时，也经常赠诗奖掖后辈。其《送孔党赴举》诗云：

入贡列诸生，诗书业早成。家承孔圣后，身有鲁儒名。
楚水通荥浦，秦山拥汉京。爱君方弱冠，为赋少年行。②

此诗几乎全篇都在称赞这位年轻贡生的才学及家世渊源。须知，对方仅是后辈学子，此诗既非奉和长官，也非酬唱同僚，如此赞誉不可能是出于场面应酬，而当属发自内心的喜爱。皇甫冉作为文坛前辈，对孔党这位贡生如此推崇，无疑会给这位即将赴举的年轻学子带来巨大的信心。尤其尾联"爱君方弱冠，为赋少年行"，更是将诗人对年轻才俊的关爱之情展露无遗。

与此诗相似，皇甫冉在京为官期间，另有《送李録事赴饶州》一诗，诗尾联云："借问督邮才弱冠，府中年少不如君。"③ 同样是赠诗于弱冠之年便步入官场的年轻后辈，此诗更是以对方的成就与自己家中的晚辈相较，夸赞其年少有为。

---

① 《皇甫冉诗集》卷上，页十，A面，《中华再造善本》影印宋刻本。按：诗题中"澧"当为"沣"。
② 《皇甫冉诗集》卷上，页十八，B面，《中华再造善本》影印宋刻本。
③ 《皇甫冉诗集》卷上，页五，《中华再造善本》影印宋刻本。

综上，皇甫冉自身的科举之途是相当坎坷曲折的。加之其正统儒士的性格，形成了以"沧洲未可行，须售金门策"为核心的科举观，但他又并非纯粹以功利心对待读书和才学。这看似有矛盾之处，而实际上恰是这一分理不清的复杂，才完善了皇甫冉鲜活的、有血有肉的性格。

相比皇甫冉，皇甫曾的科举之途可谓相当顺遂。据本书第二章第二节《皇甫曾生平分期》考证，天宝七载之时，皇甫曾尚在扬州与鉴真和尚交往，并未参加科考。而此前一年秋，皇甫曾出发东游之时，皇甫冉尚以兄长的口吻劝诫其应将精力务于科举正途，不应醉心于漫游。可见，至少天宝七载之前，皇甫曾对待科举的态度是极其潇洒随意的，甚至可能此前从未赴考。

皇甫曾登进士第的时间是天宝十二载，比兄长皇甫冉更早三年。也就是说，皇甫曾从赴考到登科，实际上只用了不到五年。这样的科举之途的确可以算得上十分顺利了，在唐代诗人当中也是并不多见的。由于皇甫曾并没有如同其兄长一样的漫长科考经历，且其天宝年间流传下来的作品极少，更是没有一篇现存诗歌可以明确系于天宝八载到十二载之间，故而难以考知其对科举的具体观点和态度。不过单从天宝六载时皇甫冉对他的劝诫亦可看出，皇甫曾早年对科举之事并不热衷。比起读书应举，皇甫曾似乎更乐于游山玩水，结交方外友人，潇洒度日。由此隐约可见兄弟二人的性格差别，这一点在二人步入官场后更加有所体现。

二 "人生有怀若不展，出入公门犹未免"——皇甫冉的仕进观

由上文中皇甫冉的科举经历及其科举观可知，他是一位具有强烈的入世之心的传统儒士。科举登第后，出仕便成了皇甫冉人生中最重要的事情。通过研究皇甫冉的仕宦经历，同样可以探寻其仕进观。

考皇甫冉生平，其仕途经历并不复杂。天宝十五载（756）登第后，未及授官，便避安史之乱东归。上元元年（760）春，始任无锡尉。同年冬，刘展之乱爆发，弃官归隐。广德二年（764），皇甫冉

北上入河南幕。王缙镇河南,辟皇甫冉为掌书记。大历二年(767),入朝为左拾遗。大历三年(768),转左补阙。同年秋,奉使江表,后辞官还乡。

与科举经历类似,皇甫冉的仕途亦较坎坷,一生从未身居高位,最高只做到从七品上阶的左补阙,虽不至潦倒,也远称不上显达。

官员仕途坎坷的原因可能是多方面的。从皇甫冉仕宦经历来说,时运不济是其中重要因素之一,主要表现在数经战乱上。

首先是安史之乱。天宝十五载,皇甫冉登第后,未及授官,安史叛军便逼近长安。皇甫冉不得不匆忙避乱东归。此后数年间,皇甫冉空有进士之身,却无任何官职,只能一直在江南寻觅机会。直到上元元年春,皇甫冉才得授无锡尉一职,此时距离其登第已过去了四年,耽搁了大量时间。况且无锡尉的官阶只有从九品,皇甫冉授此职,在官阶上低于正常的进士授官。因此,安史之乱造成了皇甫冉仕途起点的劣势。

其次是刘展之乱。上元元年,皇甫冉到任无锡。未及一年,刘展之乱便席卷而来,皇甫冉再次弃官而走,隐居义兴。直至四年后的广德二年,皇甫冉北上求官,入河南幕,才重新开启了仕途。皇甫冉此后的仕宦经历,皆是以入河南幕为起点和基础的。

安史之乱和刘展之乱对于皇甫冉的仕途来说,绝不仅仅属于横生波折,它们摧毁了皇甫冉此前的很多努力,也徒耗了他多年的宝贵时间。

如果说数经战乱是外在原因,那么皇甫冉的自身性格则是造成其仕途坎坷的内因。

皇甫冉作为文坛中有名的少年天才,性格中带有很强的傲气。虽然在漫长的科举过程中受到过不少打击,但进士及第后,皇甫冉还是对自身的才能有着很强的自信。这导致了避安史之乱东归后的前几年中,皇甫冉对自己的仕途前景并没有十分清醒的认识。

至德元载冬,礼部侍郎崔涣到扬州知举江淮,皇甫冉的友人田济赴扬州赴选,皇甫冉作《送田济扬州赴选》,诗云:"家贫不自给,求禄为荒年。调补无高位，卑栖屈此贤。"① 表示田济赴扬州参选是由于家贫，不得不求一份俸禄以度过时艰。又认为"调补"这种方式无法给参选之人提供理想的职位，田济赴选是委屈了自身的贤才。言下之意即若非生活困顿，像田济这样的贤才是不应该参与这种贡举的。

次年春，皇甫冉的另一位好友严维在此次贡举中登第，授诸暨尉，官阶为从九品上阶。这大概就是通过"调补"能够获得的一般官阶了。这样的官位，出身进士的皇甫冉自然是不放在眼中的。对于严维担任县尉一事，皇甫冉同样表达了惋惜之情。乾元年间，皇甫冉在越州作《登石城戍望海寄诸暨严少府》，诗云："即此沧洲路，嗟君久折腰。"② 不仅对严维担任从九品县尉这一微职大感可惜，也表现了以隐士自居的优越感。

崔涣知举江淮时，时任长洲尉的刘长卿就亲往拜谒，以求提携，而身无官职的皇甫冉却不为所动，二者之间也形成了强烈对比。由皇甫冉对此的态度可见，此时的皇甫冉对自己的未来是以正常状态下进士授官的级别为期许的，认为自己如果得以授官，应参照往常进士授官惯例，得到八品左右的官职，因而看不上从九品的职位。在没有授官的情况下，皇甫冉并无急切之感，也能够自矜于隐士高流的身份而自得其乐。

虽然皇甫冉在诗中以隐士自居，但并不代表他不想求官。事实上，皇甫冉避乱东归后，一直没有放弃求官的机会，他选择了到浙东节度治所越州寻找良机。乾元年间，皇甫冉一直客居越州，与浙东节度使独孤峻，以及调任浙西节度使的韦黄裳等高官交游、赋诗，其中自然带有求汲引的意思。皇甫冉不理会只能提供低微职务的崔涣，而求诸方镇主官的行为，充分说明了其对于自身才学以及进士出身的自信和骄矜。

从结果上看，皇甫冉的求官策略显然是不成功的。他在越州两年，也并未受到独孤峻等人的重用。求援无门的皇甫冉在《秋夜寄所思》一

---

① 《皇甫冉诗集》卷下，页十九，A面，《中华再造善本》影印宋刻本。
② 《皇甫冉诗集》卷上，页十七，A面，《中华再造善本》影印宋刻本。

诗中，怀念起身在长安的岁月以及长安旧友，不禁感叹："芙蓉已委绝，谁复可为媒。"① 他终究意识到，像往常进士一样授官的希望彻底破灭了。

或许是生活上的困顿，又或许是皇甫冉终于认清了一些现实。忍受了四年无官职的生活后，上元元年春，皇甫冉最终接受了无锡尉一职，与严维一样成了自己诗中所叹的"折腰客"。

但很显然，高傲的皇甫冉对无锡尉这个职位是非常不满意的。他在《赴无锡寄别灵一净虚二上人云门所居》一诗中言道："欲徇微官去，悬知讶此心。"② 在赴任赠别好友灵一的时候，皇甫冉在意的并非是离别之情，反而是去猜测了对方得知自己接受微职之后的惊讶之状。由此可见，无锡尉的官职不仅在官阶上不能令皇甫冉满意，甚至在他心中，接受这个官职，还会令自己在朋友中颜面受损，足见皇甫冉性格中的傲气之盛。对皇甫冉来说，大概接受这一职位本身也有不得已的因素在内，或是生活上的穷困迫使他不得不去赚取这份俸禄，又或者数年的等待最终让他看透了自己根本没有得授高位的可能，与其继续苦等，不如先接受眼前的机会。

内心的高傲促使皇甫冉不满于无锡尉这一"微官"，因而其赴任之后也根本没有心情做出一番政绩。他在作于上元元年春末的《杂言无锡惠山寺流泉歌》中道："我来结绶未经秋，已厌微官忆旧游。且复迟回犹未去，此心只为灵泉流。"③ 仅仅为官数月之后，皇甫冉就已经萌生退意，怀念起归隐时的自在生活。退意既生，皇甫冉立刻就将辞官付诸了实际。他在《酬卢十一过宿》中感叹："乞还方未遂，日夕望云林。"④ 诗人后悔担任无锡尉一职，意欲辞官却得不到批准，只能每日空望云林，期盼着归隐生活。这种无奈和愤懑也只能向来访的友人倾诉。诗又云："闲门公务散，枉策故情深。遥夜他乡酒，同君梁甫吟。"可见皇甫冉辞官绝非

---

① 《皇甫冉诗集》卷上，页十三，《中华再造善本》影印宋刻本。
② 《皇甫冉诗集》卷上，页二，B 面，《中华再造善本》影印宋刻本。
③ 《皇甫冉诗集》卷上，页十三，B 面，《中华再造善本》影印宋刻本。
④ 《皇甫冉诗集》卷下，页十五，B 面，《中华再造善本》影印宋刻本。

真的一心归隐，而是由于"闲门公务散"，太过低微的官职，使得自己怀才不遇，只能与友人同唱《梁甫吟》，期待有朝一日能够一展抱负了。

辞官不成后，皇甫冉的态度更加消极。同年夏，其在《同李司直诸公暑夜南馀馆》一诗中，直言道"官微朝复夕，牵强亦何心"①。这样的措辞和语气，可见此时皇甫冉对于无锡尉这一职位的耐心已经耗到了尽头，若非辞官不成，早已挂印而走。这也解释了为何同年冬刘展之乱爆发之时，皇甫冉几乎没有任何犹疑和留恋，直接弃官，隐居于义兴山中。

此后，皇甫冉在义兴山中安心隐居了一年多时间，寄情山水，酬唱友朋。其在《题高云客舍》中对惬意的归隐生活自豪道："阮公道在醉，庄子生常养。五柳转扶疏，千峰恣来往。"② 以阮籍、庄周、陶渊明等先贤自况，确曾满足于山水之乐。

在江南的这些年间，皇甫冉的仕途几乎没有任何实质性的进展，最终回到了原点。与其说这个结果受两次战乱的影响重大，不如说主要是皇甫冉自身的性格决定的。性格的高傲不仅使得低微的职位无法入眼，也造成了他在仕与隐之间的举棋不定。此时皇甫冉已经年逾不惑，距离他科举登第已经过去了七个年头。这七年，正是唐王朝政局最为动荡，官场机遇频频的时期。但由于高傲的性格以及客观上的时运不济，使得皇甫冉错过了仕途上进取的最佳时机。

以皇甫冉这些年间的经历看，在如何看待求官这件事上，皇甫冉如其早年对待科举一般存在着严重的思想矛盾：一方面，皇甫冉一直都十分乐于入朝为官，一展抱负；另一方面，皇甫冉又常常自矜于才名和进士出身，不屑于担任升斗小官，认为微职无法施展才华。这使他陷入了一种隐居时千方百计欲求官，得官后心烦意乱思归隐的矛盾中。

不过，在经历了无锡尉这段失败的仕途经历后，皇甫冉在幽静的山中，开始对出仕这一人生重大问题进行深刻思考。

---

① 《皇甫冉诗集》卷上，页四，B面，《中华再造善本》影印宋刻本。
② 《皇甫冉诗集》卷下，页十二，A面，《中华再造善本》影印宋刻本。

首要思考的问题是要不要再出仕。这个问题在皇甫冉隐居义兴一年后有了答案。宝应元年春，唐肃宗遣使祭告各地名山，使者至义兴祭张公洞，皇甫冉欣然陪同并赋《祭张公洞》二首，显然是再次萌生了出仕之心。随后，皇甫冉结束了一年多的隐居生活，返回家乡润州，重新开始积极寻找机会。他先是同李嘉祐以及胞弟皇甫曾一同结交时任润州刺史的韦元甫。广德元年春，袁傪奉命征讨袁晁起义，皇甫冉又特地赶赴越州与众多文士恭贺其凯旋。皇甫冉在《和袁郎中破贼后经剡中山水》中写道："行看佩金印，岂得访丹梯。"[1] 对袁傪还朝之后即将加官晋爵表达了十足的钦羡，也隐含了请求对方援手的意思。这些都是为了重入官场而作的努力，这些努力也证明在蹉跎了多年之后，皇甫冉终于坚定了必须出仕的决心。

广德二年，皇甫冉终于北上，路过徐州时入李光弼幕，任右金吾卫兵曹参军。同年八月，王缙镇河南，辟皇甫冉为掌书记，自此皇甫冉的仕途才真正开始踏上正轨。同年冬，皇甫冉的好友权器从江南至徐州拜访，皇甫冉在《酬权器》一诗中面对好友权器的疑问，直接剖白了自己为何结束江南安逸的隐居生活而选择北上求官，即"人生有怀若不展，出入公门犹未免。"[2] 这两句诗将求官原因说得极其直白，仿佛多年迷惘后的呐喊，直接告诉好友：人生在世，若是有抱负未能施展，则出仕为官终究不可避免。因此自己才会离开安逸的江南选择北上。这两句诗大概便是皇甫冉在仕与隐的矛盾中纠结多年后最终释怀而发出的感叹了，也是皇甫冉思考多年之后形成的对于仕进的核心观点。

皇甫冉思考的第二个问题是如何正确选择出仕时机和地点。这个问题包含了对无锡尉失败经历的深刻反思。

结束在义兴的隐居生活之后，皇甫冉在江南进行了一系列的求官尝试。对皇甫冉来说，很显然当年短暂而失败的无锡尉生涯是其决计不愿

---

[1] 《皇甫冉诗集》卷下，页二十，B面，《中华再造善本》影印宋刻本。
[2] 《皇甫冉诗集》卷下，页十一，A面，《中华再造善本》影印宋刻本。

重复的。在请托了韦元甫、袁傪等官员后,皇甫冉发现自己无法获得比当初出任无锡尉更好的机会。这让他最终认识到,江南并非适合自己求官的地点,继续滞留也无法等到合适的机遇。广德元年秋,皇甫冉至苏州,与同在江南蹉跎岁月的李嘉祐交游,告知了对方自己将要北归京城的决定。这个决定极大的震动了李嘉祐,也牵动了李嘉祐祈望还京的心情,他不由在赠给皇甫冉的诗中感叹:"谁怜远作秦吴别,离恨归心双泪流。"①

此时的皇甫冉一心认为自己若想摆脱一事无成的处境,就必须脱离江南这一远离权力中枢的偏安之地,京城长安才是求取机会的最佳所在。不料北上尚未成行,京城便发生了重大变故。广德元年十月,吐蕃攻陷长安,赶走了唐代宗,拥立广武王李承宏为帝,大肆封百官。在这次变故中,一部分在朝的士大夫坚拒伪命,远遁避祸;而另一部分则受任伪职。当这场短暂而耻辱的政治闹剧结束后,接受伪职的官员尽皆获罪。广德二年初,皇甫冉在家乡偶遇了远遁江南的太常魏博士,二人不由感慨起长安陷落于吐蕃之手的情景。皇甫冉在《太常魏博士远出贼庭江外相逢因叙其事》中钦佩道:"多士从芳饵,唯君识祸机。"② 由衷地赞叹对方敏锐的政治嗅觉。在这句感叹之中,也隐藏着皇甫冉本身的一分庆幸,如若当时求官若渴的自己也在京城,是否会一叶障目而做出错误选择?这给本要回京求官的皇甫冉敲响了警钟。因此,皇甫冉重新思考了出仕的时机和地点,在北上求官时,并没有依照此前与李嘉祐交游时定下的回京目标,而是行至徐州,发现似有可为,便加入了李光弼幕。

在解决了重重的思想矛盾后,皇甫冉在河南幕中重新开启仕途。此后,皇甫冉虽然仍会抱怨"徒随群吏不曾闲"的琐碎公务,但再未像任无锡尉时那样动辄起辞官之念。无论作为长官的随员,还是奉使出行,都能够积极于公务,终于在数年后抓住机遇回到了梦寐以求的朝廷中枢,

---

① 见李嘉祐《同皇甫冉登重玄阁》。《全唐诗》卷二〇七,第2163页。
② 《皇甫冉诗集》卷上,页十九,B面,《中华再造善本》影印宋刻本。

先后担任左拾遗、左补阙，直至大历三年奉使江表后辞官还乡。

皇甫冉晚年对自己年轻时期的经历仍有所思考。大历四年春，皇甫冉在家乡送陆羽赴越州，作《送陆鸿渐赴越并序》，序云："夫越地称山水之乡，辕门当节钺之重。进可以自荐求试，退可以闲居保和。"① 可见皇甫冉辞官还乡后，已经能够更加冷静、客观地重新审视越州等地，对当年轻率地判定江南非求官之地的行为进行了一定的反思。承认江南绝非如其早年认为的那般不是求官之所，而是可进可退的宝地。这也再次证实了他早年在江南诸多不顺的主要原因是内在的。

纵观皇甫冉的仕途经历，不难总结出，决定其仕途顺利与否的最主要因素并非是战乱，而是其性格与心态。在他心中怀着一腔高傲，尚未解决内心的矛盾时，其仕途便举步维艰，空耗岁月。而在他认清了自己"人生有怀若不展，出入公门犹未免"的内心，坚定了方向，并找到了合适的出仕时机和地点后，在短短几年间，就从藩镇幕僚，升任到了左补阙这一看似只有从七品，却是天子近臣的重要职位。从坎坷到顺利的仕途经历，也向我们展示了皇甫冉思想观念成长的历程。

三 皇甫曾的仕进观

皇甫曾不仅科举之途比皇甫冉顺利，入仕也比皇甫冉更早。天宝十二载（753）登第后，皇甫曾便在京任职。安史之乱中，皇甫曾随皇甫冉等一同避乱东归。广德二年（764），皇甫曾北归长安，重入御史台。大历初，任侍御史，或以殿中侍御史代侍御史。约大历四年（769），坐事贬舒州司马，任满后返回江南地区。大历九年（774），皇甫冉卒，皇甫曾因此拒绝了州郡的邀请，放弃了在地方任职的机会，为兄守丧，编次诗集。大历末至建中初，复出任阳翟令。

由以上概括可见，皇甫曾的仕途履历也并不复杂。皇甫曾存世作品过少，难以如皇甫冉一般通过诗歌详细地展现其思想、性格的成长，以

---

① 《皇甫冉诗集》卷下，页九，A面，《中华再造善本》影印宋刻本。

及仕进观的发展过程。不过其仕途中仍有一些值得与皇甫冉对比分析之处。

皇甫曾天宝十二载之后便在京为官，比皇甫冉拥有更多在京经营人脉的时间和机会。安史之乱中，皇甫曾与皇甫冉一同回到江南。但皇甫曾在江南期间，并没有像皇甫冉一样广泛地向方镇求取机会，也没有纠结于仕与隐的问题，而是通过在京为官时的关系，直接向身居高位的王维、杜鸿渐等显贵求助。乾元元年（758），皇甫曾向远在京城的王维寄赠《奉寄中书王舍人》，诗云："圣主好文谁为荐，闭门空赋子虚成。"①明确地希望对方能够帮助自己重新回京。上元二年（761），刘展之乱平定后，杜鸿渐返京，皇甫曾作《奉送杜侍御还》送之②，实际上也是请求对方汲引。代宗即位后，王维虽已卒，但其弟王缙与杜鸿渐等地位愈高，皇甫曾广德年间能够回京重入御史台，或与这几位显贵的提携有关。《唐才子传》载皇甫曾"出王维之门"③，但从其避乱至回京之经历，当知非虚。

从诗歌唱和方面看，皇甫曾在江南避乱期间，极少与藩镇以及地方官员酬唱，更多的是在各地游玩，尤多与方外人士交往，颇为乐在其中。这些都与皇甫冉形成了鲜明对比。

大历初，皇甫曾在京任侍御史，或以殿中侍御史代侍御史。约大历四年，出为舒州司马。按史料记载，此为坐事贬官。侍御史与舒州司马同为从六品，殿中侍御史更是仅为从七品。皇甫曾出为舒州司马虽然名为贬官，事实上只是被贬离了朝廷中枢，在品阶上并未降低，甚至有所提升，并不能算作是仕途上的重大打击。但皇甫曾舒州任满之后却没有再努力想办法重回京城，而是短暂北上洛阳之后，就回到了江南，重新过起了访友交游的闲适生活。这期间皇甫曾仅存的数首诗中，没有任何对仕途心态的直接表述。单从皇甫曾能够轻易放弃官位的行为来看，他

---

① 《唐皇甫曾诗集》卷一，页七十，A面，明刘成德正德十三年（1518）刻本。
② 《唐皇甫曾诗集》卷一，页六十二，B面，明刘成德正德十三年（1518）刻本。
③ 《唐才子传校笺》卷三，第570页。

对待仕途的心态要远比皇甫冉洒脱不羁。正如皎然在《五言建元寺集皇甫侍御书阁》中对皇甫曾的评语："名重朝端望，身高俗外踪。"①

皇甫曾对待仕途的态度潇洒，但并非没有政治抱负。为兄守丧之后的一两年中，皇甫曾往返于湖州、越州、睦州等地访友。对皇甫曾了解甚深的老友皎然就看出了皇甫曾内心对于仕途的不甘，直言道："宣室恩长在，知君志未从。"(《五言建元寺集皇甫侍御书阁》) 果然，皇甫曾在大历末重入官场，任阳翟令。虽然只是一个县令之职，但阳翟隶属于河南府，此职位远非普通县令可比，且阳翟令的品阶为正六品上阶，亦远高于普通县令。皇甫曾离开官场多年，甫一复出，便能立即登上比自己以往品阶更高的优职，足可见其在官场绝非毫无根基和能量。假使皇甫曾除丧之后立即便想还朝，料想也是十分容易的。这便更能说明皇甫曾对待仕途的心态了。

从以上分析来看，皇甫曾在仕途上远比皇甫冉顺利，也更加从容自如，而他对待仕进的态度也不像皇甫冉一般执着。在攀登高位与享受自在生活之间，皇甫曾往往愿意在一定程度上倾向于后者。恰如上文分析二皇甫科举观时所述，皇甫曾天性对待功名并不十分热衷，虽然在兄长的教诲之下走上了正统士大夫的人生道路，但性格之中的浪漫和洒脱终究不曾彻底褪去。这也是皇甫曾在科举和仕进等人生重大问题上的思想和态度始终与皇甫冉存有区别的关键所在。

第二节　二皇甫与佛教关系新论

唐代是佛教在中土发展的兴盛时期。佛教对唐代政治、文学等方面的影响，历来是唐史研究中的热门课题。唐诗中与佛教相关的作品很多，主要是题于寺庙和寄赠高僧。同时唐代也出现了许多著名诗僧，与文人士大夫相唱和。

---

① 《吴兴昼上人集》卷三，页九，B面，《四部丛刊》初编。

唐玄宗崇道，而到了肃、代两朝，佛教对政治的影响则十分显著。上至帝王、宰相，下至普通文人、官吏，或多或少都有佛教信仰。尤其代宗朝，以代宗本人为首，元载、王缙、杜鸿渐三位宰相均信佛，佛教影响之大甚至可以直接干预朝政。《旧唐书·王缙传》载："缙弟兄奉佛，不茹荤血，缙晚年尤甚。与杜鸿渐舍财造寺无限极。……初，代宗喜祠祀，未甚重佛，而元载、杜鸿渐与缙喜饭僧徒。代宗尝问以福业报应事，载等因而启奏，代宗由是奉之过当，尝令僧百余人于宫中陈设佛像，经行念诵，谓之内道场。……又见缙等施财立寺，穷极瑰丽，每对扬启沃，必以业果为证。以为国家庆祚灵长，皆福报所资，业力已定，虽小有患难，不足道也。故禄山、思明毒乱方炽，而皆有子祸；仆固怀恩将乱而死；西戎犯阙，未击而退。此皆非人事之明徵也。帝信之愈甚。公卿大臣既挂以业报，则人事弃而不修，故大历刑政，日以陵迟，有由然也。"①在这样的政治环境下，普通官员、文人与佛教的关系也更为密切。文人既游览寺院赋诗，也乐于与僧侣结交唱和，产生的文学作品无论从数量还是比例上都远高于之前，同时出现了灵一、皎然等唐代最著名的诗僧。

二皇甫作为主要活动在肃、代时期的诗人，在王权崇佛的时代背景下，自然也与佛教有着较为密切的关系。既往的研究论述中，多认为二人均具佛教信仰，诗歌创作也或多或少地受到佛教影响。

一 "访古应知彭祖宅，得仙何必葛洪乡"——皇甫冉并非佛教徒

20世纪80年代，贾晋华在《皎然论大历江南诗人辨析》一文中，认为皇甫冉等江南诗人深受天台宗的影响。② 这一观点在90年代初得到了蒋寅的赞同。③ 几乎与此同时，黄桥喜在《皇甫冉里居生平考辨》中，认为皇甫冉"从（王）缙、杜（鸿渐）而信佛"④。此后，学者谈及皇甫冉

---

① 《旧唐书》卷一一八，第3417页。
② 《文学评论丛刊》第二十二期，中国社会科学出版社1984年版，第144页。
③ 蒋寅：《走向情景交融的诗史进程》，《文学评论》1991年第1期。
④ 《文学遗产》1990年第1期。

与佛教的关系，多以皇甫冉信佛，并且创作深受佛教影响为定论。

事实上，皇甫冉创作受天台宗影响以及皇甫冉信佛这两个结论都是非常值得商榷的。

1. 皇甫冉与天台宗并无直接关系

贾晋华、蒋寅得出皇甫冉创作受天台宗影响的主要依据是皇甫冉的《福先寺寻湛然寺主不见》[①]。二人据此认为皇甫冉与天台宗九祖高僧湛然有交往。实则不然。唐天宝至大历间的名僧中，法号为湛然者不止一人，有明确记录者便有三位：

其一，台州国清寺湛然。即贾、蒋所认为之湛然。由于其天台宗九祖的地位，以及《宋高僧传》等后世文献的立传记载，在三者之中最为著名。

其二，舒州山谷寺禅宗高僧湛然。此僧事迹见独孤及《舒州山谷寺觉寂塔隋故镜智禅师碑铭并序》[②]，参见徐文明《此湛然非彼湛然》[③]。

其三，洛阳大福先寺湛然。此僧无传记传世，但今存洛阳出土的《卢公李夫人墓志》《秦晙墓志》《李君卢夫人墓志》等五方天宝年间墓志，署名皆为"大福先寺沙门湛然"。五方墓志中，秦晙为秦琼之孙，显然为其撰写墓志的福先寺湛然在当时亦属名僧。除皇甫冉外，孟浩然也有《寻香山湛上人》，所寄之人亦为此湛然。参见何一昊、原瑕、何飞的《秦琼嫡孙秦晙墓志与唐代高僧湛然》[④]。

皇甫冉诗中所寻之福先寺湛然寺主很显然是第三位湛然，而非天台宗九祖湛然。另外，皇甫冉这首写给湛然的诗也不是大历年间所作，而是其天宝中居洛阳时的作品。皇甫冉的赠诗对象，不仅贾、蒋二先生未曾详辨，储仲君在《皇甫冉诗疑年》中亦以为是天台宗湛然，并据此认

---

① 《皇甫冉诗集》卷上，页十一，B面，《中华再造善本》影印宋刻本。
② 《毗陵集》卷九，页七，B面，《四部丛刊》初编。
③ 《世界佛教研究》1999年第2期。
④ 《中原文物》2015年第6期。

为天台宗湛然天宝年间曾游东都，对其生平产生了误解①。

皇甫冉的《福先寺寻湛然寺主不见》既非写天台宗湛然，皇甫冉本人也从未有过曾至台州的经历。因此没有任何证据可证明皇甫冉与天台宗湛然有交往，皇甫冉受天台宗影响的第一个依据不成立。

除去天台宗湛然外，皇甫冉是否与天台宗其他高僧有交往呢？

考皇甫冉生平，其一生中交往最为密切的高僧当属灵一。皇甫冉避乱江南期间，曾多次与灵一酬唱。灵一本是律宗高僧。《唐余杭宜丰寺灵一传》载："（灵一）暨乎始冠，受其具足，学习无倦，律仪是修。……自尔扣维阳法慎师，学相部律，造乎微而臻乎极。"② 近年，有学者据灵一的老师法慎颇通天台之法，认为灵一的思想也当归于天台宗，进而将灵一列入天台宗诗僧的序列。③ 这个观点是有些片面的。首先，灵一出身律宗是确凿无疑的，《宋高僧传》不仅明确有载，且将灵一传记清楚地列入了《明律篇》；其次，律宗高僧涉猎天台宗之义法，并不代表其思想就一定倾向于天台宗。独孤及《唐故扬州庆云寺律师一公塔铭并序》云："（灵一）初舍于会稽南山之南悬溜寺焉。与禅宗之达者释隐空、虔印、静虚相与讨十二部经第一义谛之旨。"④ 可见，灵一不仅对天台宗义法有所涉猎，对禅宗思想也颇为熟谙。因此，只能说灵一兼通律宗、天台宗、禅宗之义。总之，贸然将灵一归入天台宗诗僧的行列似乎并不合适。

皇甫冉写给灵一的诗今存三首，分别是《西陵寄灵一上人朱放》《赴无锡寄别灵一净虚二上人云门所居》《小江怀灵一上人》。这三首诗前文皆有考证，作于至德元载（756）至上元元年（760）。灵一也有两首赠皇甫冉的诗存世，分别是《酬皇甫冉西陵见寄》《酬皇甫冉将赴无锡于云门寺赠别》。这五首诗都是写友人间的送别、惜别之情，其中皇甫冉的《小江怀灵一上人》更是一首清新的六言绝句，显然是至交好友之间不拘体

---

① 《山西大学师范学院学报》（综合版）1993年第1期。
② 《宋高僧传》卷十五《明律篇第四之二》，第359页。
③ 张艮：《天台宗僧诗创作传统考论》，《中南大学学报》（社会科学版）2018年第4期。
④ 《毗陵集》卷九，页二，A面，《四部丛刊》初编。

裁的赠答之作。值得注意的是，这些诗中不仅没有一首谈及佛理，甚至连唐人与诗僧唱和时常用的佛教语都几乎没有。很显然，皇甫冉与灵一的交往诗中根本看不到任何天台宗思想影响皇甫冉创作的证据。

除灵一之外，与皇甫冉酬唱最多的高僧当为普门。梁肃《送沙门鉴虚上人归越序》云："东南高僧有普门、元浩，予甚深之友也。"[1] 梁肃笃信佛教，为天台宗湛然、元浩弟子。普门即为梁肃之友，且在梁肃文中与元浩并提，可算作天台宗高僧。上元二年至宝应元年，皇甫冉避刘展之乱隐居义兴，与普门多有酬唱。皇甫冉集中有四首与普门有关的诗，分别是《望南山雪怀山寺普上人》《同李万晚望南岳寺怀普门上人》《赠普门上人》（一作刘长卿诗）《送普门上人》（一作皇甫曾诗）。前两首可确定为皇甫冉作，后两首重出诗明影宋本亦有收录，可见当时已有重出，无法明证归属。

明确为皇甫冉之作的两首中，《望南山雪怀山寺普上人》诗云：

夜夜梦莲宫，无由见远公。朝来出门望，知在雪山中。[2]

《同李万晚望南岳寺怀普门上人》诗云：

释子身心无垢纷，独将衣钵去人群。
相思晚望松林寺，唯有钟声出白云。[3]

略作对比即可发现，二诗除了五言与七言之区别外，构思、写法都极为类似。且二诗内容均不涉及天台宗，无法从这两首诗中发现皇甫冉与天台宗有何联系。

---

[1] 《全唐文》卷五一八，页二十一，A面，第5269页。
[2] 《唐皇甫冉诗集》卷六，页五十二，B面，明刘成德正德十三年（1518）刻本。此诗明影宋本未收录。
[3] 《皇甫冉诗集》卷下，页十九，B面，《中华再造善本》影印宋刻本。

重出二诗中,《送普门上人》① 一诗意象及诗法颇类皇甫曾酬唱僧人之作,当归属皇甫曾;《赠普门上人》则难以确定归属,且诗云:"惠力堪传教,禅功久伏魔。"② 由此观之,普门似又通禅宗。即便确为皇甫冉作,亦与天台无甚关联。显然,从皇甫冉与普门的交往中,仍旧无法看到其受天台宗影响的痕迹。

皇甫冉现存的唯一与佛教和天台皆有关联的诗只有《题昭上人房》,诗云:

> 沃州传教后,百衲老空林。虑尽朝昏磬,禅随坐卧心。
> 鹤飞湖草迥,门闭野云深。地与天台接,中峰早晚寻。③

此诗作于广德元年春皇甫冉与刘长卿等同和袁傪破袁晁起义得胜北归时,地点在越州剡县。此诗中虽提及天台,但与天台宗并无明显关系,仅为标榜昭上人的佛法精深。昭上人事迹不详,亦非著名诗僧。单凭此诗亦无法证明皇甫冉与天台宗的直接关系。

综上所述,皇甫冉与天台宗并无直接关系,诸家认为皇甫冉的诗歌创作深受天台宗影响的结论严重缺乏依据,就目前的文献支持来说是不成立的。

2. 皇甫冉并非佛教信徒

廓清皇甫冉的诗歌创作并未受佛教天台宗影响的事实后,则需要重新讨论皇甫冉与佛教的关系。

前文提到,黄桥喜在《皇甫冉里居生平考辨》一文中提出了皇甫冉"从(王)缙、杜(鸿渐)而信佛"的观点。但这个观点纯属作者自己

---

① 《皇甫冉诗集》卷下,页二三,A 面,《中华再造善本》影印宋刻本。
② 《皇甫冉诗集》卷上,页四,B 面,《中华再造善本》影印宋刻本。
③ 《皇甫冉诗集》卷下,页二十一,B 面,《中华再造善本》影印宋刻本。

的臆测,其文中并无皇甫冉信佛的任何确凿证据。① 皇甫冉是否信佛,还需从其与僧侣、居士的交往中考察。

皇甫冉现存的二百余首诗歌中,与寺庙、僧人、居士有关的诗有近三十首。如果将这些诗都算作与佛教有关的诗,那么其数量很可观。将这些诗加以细分,可以分为以下几类:

第一类是诗人在寺庙中与同僚或友人酬唱,或在寺庙中咏物抒怀的作品。这类诗的数量近十首,占总数的三分之一左右。这类诗大多不用佛理,亦不引佛教语,与佛教思想及寺中的僧人都毫无关联。例如《清明日青龙寺上方赋得多字》《杂言无锡惠山寺流泉歌》《同裴少府安居寺对雨》《酬袁补阙中天寺见寄》等。这些诗要么是皇甫冉游览寺院或客居寺中时创作,要么是皇甫冉与人唱和的地点恰在寺中,因而诗题中才会出现寺庙。这一类诗的存在只能说明皇甫冉并不排斥文人士大夫亲近佛寺的时下潮流,完全不能作为皇甫冉有佛教信仰的依据。不仅如此,这类诗中的一些篇章甚至可以作为皇甫冉并不信佛的佐证。如《台头寺愿上人院古松下有小松栽毫末新生与织草不辩重其有凌云干霄之志与赵八员外裴十补阙同赋之》一诗,诗云:

细草亦全高,秋毫乍堪比。及至干霄日,何人复居此。②

这首诗作于永泰元年春,时皇甫冉在河南幕中。此诗是皇甫冉与同

---

① 黄桥喜在文中推断皇甫冉的辞官与王缙罢河南副帅、杜鸿渐去世的时间相近,加之断章取义地截取了《旧唐书·王缙传》中关于代宗初时不甚信佛的表述,便以为唐代宗始终不信佛,皇甫冉是在杜鸿渐死后受到了朝廷的信仰打压而不得已辞官,因而推断出皇甫冉信佛的结论。今按:皇甫冉辞官与王缙罢副帅及杜鸿渐卒并无联系。且上文所引《旧唐书·王缙传》明确记载,代宗在元载、王缙、杜鸿渐的影响之下,极力崇佛,并不存在由于代宗不信佛,致使信佛的朝臣失势的可能性。因此,黄桥喜之说不能成立。考皇甫冉生平,其辞官的原因或与官途不顺有关。大历三年秋,皇甫冉奉使江表前夕,在长安作《秋日东郊作》,诗云:"浅薄将何称献纳,临岐终日自迟回。"可见当时皇甫冉或曾因进谏不成而心灰意冷,因此托病辞官。

② 《皇甫冉诗集》卷下,页十二,《中华再造善本》影印宋刻本。

僚游寺所作。这是一首咏物诗,由诗题可知,所咏之物是寺中新栽的一棵小松树。前两句描写小松树细小柔弱的姿态样貌,后两句感慨待到这棵小松树长到高入云霄的那天,寺中之人早已不在了。这是典型的道家"沧海桑田"的思想。皇甫冉在佛寺咏物,不用佛理,而用道家思想,这是值得关注的。且末句"何人复居此"显然更有深意。台头寺在徐州,皇甫冉在河南幕的官署亦在徐州。皇甫冉作此诗时,乃是自徐州南下途中路经此地,不大可能客居于寺中,他的同僚亦不大可能居于寺中,那么诗中"居此"所指的恐怕主要便是寺中僧人了。如此,后两句的诗意便可理解为:小松树成长为参天大树的时候,寺中僧人都已作古。即便诗人并无以此剥去僧侣神学外衣的主观意图,这其中恐怕也隐含着一定的调侃意味。这些都不应该出现在一个佛教信众题于寺庙的诗中。不仅如此,与此诗同时,皇甫冉另作《与张补阙王炼师自徐方清路同舟中下于台头寺留别赵员外裴补阙同赋杂题一首》[1],更是点明了皇甫冉此次南下是与一名王姓的道教炼师同行。这首诗同样通篇与佛教毫无干系,只讲离别之情。从这两首诗中的种种表现,很难令人相信皇甫冉具有佛教信仰。

这一类中也有个别作品例外,诗中用佛理或佛教语。例如《酬杨侍御寺中见招》,诗云:

> 贫居依柳市,闲步在莲宫。
> 高阁宜春雨,长廊好啸风。
> 诚如双树下,岂比一丘中。[2]

短短六句之中,便用了"莲宫""双树""比丘"等佛教语。从诗意看,此诗颇有一丝与"杨侍御"论道的意味。这是否能够作为皇甫冉信

---

[1] 《皇甫冉诗集》卷上,页三,A面,《中华再造善本》影印宋刻本。
[2] 《皇甫冉诗集》卷上,页二十二,《中华再造善本》影印宋刻本。

第三章 二皇甫思想研究

佛的佐证呢？首先，这首诗中出现的三个佛教词汇，并非什么高深的佛教语，仅仅是唐诗中最常用的佛教语。"莲宫"一词仅是用于与出句中的"柳市"对仗，指代寺庙。后两个词汇则是为了夸耀寺中的"高阁"和"长廊"境界高雅，除此之外也难以发掘出什么深刻内涵。在诗中引用这样的佛教语，并不能说明诗人对佛法有什么精深的领悟，更像是在寺中作诗时的应景行为。其次，这首诗的受众是"杨侍御"，并非寺中僧人。皇甫冉用这些佛教语，并非要引出什么形而上的讨论，相反更像是向对方现露自身的诗才。因此，虽然皇甫冉在诗中用了不少佛教语，又似乎在写景中营造了些许禅意境界，但却并不能说明皇甫冉具有佛教信仰。

又如《同张侍御咏兴宁寺经藏院海石榴花》，诗云：

> 嫩叶初生茂，残花少更鲜。结根龙藏侧，故欲竞青莲。①

此诗与前文所引咏小松之诗十分相似。前两句描绘海石榴花的鲜艳情态，后两句写这样鲜艳的花生长在寺庙的藏经院旁，是为了与青莲争艳。此诗与咏松诗不同之处在于后两句用了"龙藏""青莲"这样的佛教语。"龙藏""青莲"同样不是什么高深的佛教语，"龙藏"指代藏经院，"青莲"可以是寺庙中的莲花，也可以指佛眼、佛寺，或指称与佛教有关的事物。写藏经院旁鲜艳的海石榴花与青莲争艳，其实是对寺院的调侃，且此诗的调侃意味远比咏松诗更加浓重。皇甫冉在不同的寺庙中赋诗咏物，不仅章法相似，且都不忘对寺院进行调侃，无论是僧人在沧海桑田之下作古，还是红艳的海石榴花与青莲争艳，从常理来讲，都不会出自一名佛教信众之口。

因此，这第一类诗，无论内容是否与寺院有关，是否用佛教语，都不能证明皇甫冉信佛，相反，应该作为论证皇甫冉并不信佛的依据。

第二类是直接与僧人间的酬唱之作。这一类诗数量有十多首，约占

---

① 《皇甫冉诗集》卷上，页二十一，A面，《中华再造善本》影印宋刻本。

总数的一半。这些诗大部分是皇甫冉避乱期间以及晚年在江南之作。皇甫冉在江南期间有不少方外之友，也留下了不少酬唱之作，其中就包括上文已述的与灵一、普门等高僧的唱和。这些诗与皇甫冉赠予其他友人的诗十分类似，唯一的区别在于多用浅显的佛教语，但与此同时极少在诗中阐示佛理。最典型的可数《送志弥师往淮南》，诗云：

> 已能持律藏，复去礼禅亭。长老偏摩顶，时流尚诵经。
> 独行寒野旷，旅宿远山青。眷属空相望，鸿飞已杳冥。①

此诗前两联写志弥和尚兼通律宗与禅宗，以及叙述时下崇尚佛教的潮流，其中罗列了大量的佛教语。后两联转而写景，突出送志弥远去时的依依惜别之情。此诗前两联虽然用了"律藏""禅亭""摩顶""诵经"等佛教语，但这些浅显的佛教语在诗中不仅没有表达诗人自己喜爱佛法的迹象，也没有营造出丝毫禅意。仅仅是由于所赠之人是僧人，作者才选用这些词汇，或者如其在诗中所言，写诗用这些佛教语属于一种时下风尚。皇甫冉酬唱僧人的五言律诗，结构和写法皆与此诗相近。从这些诗中，只能看出皇甫冉与这些僧人之间的友情，根本不能得出皇甫冉自身对佛教有何偏好和信仰的结论。

不只如此，上文曾引皇甫冉的七言绝句《同李万晚望南岳寺怀普门上人》，诗云：

> 释子身心无垢纷，独将衣钵去人群。
> 相思晚望松林寺，唯有钟声出白云。

此诗前两句写普门上人境界高绝，后两句写自己的对普门上人的思

---

① 《皇甫冉诗集》卷下，页十，A面，《中华再造善本》影印宋刻本。原本"空"字脱，据明正德刘成德刻本补。

念之情。值得注意的是,诗的前两句在写普门上人的风采之时,语气全然是一种旁观之态,几乎是天然地将自身排除在了释家之外。这样的遣词,很难令人相信是出自一名佛教信徒之口。

总之,皇甫冉与僧人的唱和虽然数量不少,但经过细致分析,没有发现任何信佛的痕迹。

第三类是奉和笃信佛教的权贵,以及与寺庙、僧人有关的奉和之作。这类诗有五首,分别是《奉和独孤中丞游法华寺》《奉和对山僧》《奉和待勤照上人不至》《奉和汉祖庙下之作》《奉和彭祖井》。

《奉和独孤中丞游法华寺》是乾元二年皇甫冉在越州为求援引,奉和浙东节度使独孤峻而作。这首诗虽然是在寺中所作,诗中也不乏佛教语,但皇甫冉作此诗的主要意图是为独孤峻歌功颂德,同时展示自己的才华。寺庙和佛法在诗中仅是贵人光临的祥瑞和锦绣诗篇的陪衬,正如诗中所云:"香像随僧久,祥乌报客先","法证无生偈,诗成大雅篇。"①

其余四首均是皇甫冉在河南幕期间奉和王缙之作。其中《奉和待勤照上人不至》②是永泰元年冬在洛阳所作。勤照上人事迹不详,与众多达官及诗人有交往。当时王缙率幕僚在洛阳等候勤照,但勤照未至,皇甫冉故作此诗奉和王缙。诗云"大臣能护法,况有故山期",歌颂了王缙以宰相之尊屈尊礼遇僧侣的胸怀。《奉和对山僧》一诗亦是普通的奉和之作,于写景中吟咏性情外,并无特色。

《奉和彭祖井》及《奉和汉祖庙下之作》是王缙初至徐州时,皇甫冉奉陪王缙游览徐州城之作。二诗本与佛教无关,诗中游览的彭祖井和汉祖庙都是道教场所。前文已述《旧唐书·王缙传》,证明王缙是位言必称佛的虔诚佛教徒。其初至徐州,慕皇甫冉之文名,辟其为掌书记,作为自己的随员。皇甫冉共陪同王缙游览了城内的三处景物,分别是徐州城

---

① 《皇甫冉诗集》卷下,页十三,A 面,《中华再造善本》影印宋刻本。
② 《皇甫冉诗集》卷下,页十七,B 面,《中华再造善本》影印宋刻本。

楼、彭祖井、汉祖庙。这三处之中，竟无一处佛寺，这对于王缙来说是不太合常理的。当然，以现有资料，无法确证皇甫冉奉陪王缙游览的三处地点是王缙自己所选，还是皇甫冉等随员的建议。但皇甫冉在几首奉和诗中的表现，很有值得关注之处。

《奉和彭祖井》诗云：

> 上公旄节在徐方，旧井莓苔近寝堂。
> 访古应知彭祖宅，得仙何必葛洪乡。
> 清虚不共春池竟，盥漱偏宜夏日长。
> 闻道延年如玉液，欲将调鼎献明光。①

诗歌首联交代了王缙初至徐州，以及彭祖井的位置。颔联先是语带自豪地向王缙介绍彭祖井是在徐州城访古的必到之处，又夸耀彭祖宅堪与葛洪的洞天福地相媲美。由此看来，王缙游览此处是由皇甫冉所推荐的可能性是存在的。紧接着，在颈联中，皇甫冉继续将道家的意境蕴含在写景中。尾联则话锋一转，奉承王缙能够在彭祖道法的熏陶中益寿延年，将自己的才能多多献给朝廷。单以奉和诗来说，这是一篇既奉承了上官，又能展现自己才华的出色作品。但如果从所奉和的对象来看，对于王缙这位极度虔诚的佛教徒来说，这首诗的整篇诗意都是极不合适的。无论是当面鼓吹道教福地，用道家意境写景，还是祝对方在道音中延年益寿、得道成仙、报效朝廷，都可以说是对佛教徒的一种冒犯。

另一首《奉和汉祖庙下之作》之中也有同样的问题。此诗尾联云："神心降福处，应在故乡多。"② 即言汉高祖已成神，当降福祉于故乡。言下之意，徐州城是汉高祖这位神明的故乡，当受其庇佑。但汉祖庙是道观，汉高祖这位神明也不是佛教所封，在一位佛教徒当面宣称其镇守之

---

① 《皇甫冉诗集》卷下，页十六，A 面，《中华再造善本》影印宋刻本。
② 《皇甫冉诗集》卷下，页十七，B 面，《中华再造善本》影印宋刻本。

地归道教神仙所辖，这同样是非常不合适的。

前文已述，皇甫冉夙有抱负，但一生未得高位。事实上，跟随王缙这般位高权重，且喜好分明的上司，以皇甫冉之才，只消逢迎巧妙，获得青睐并非十分困难。与皇甫冉同在王缙幕中的赵涓等人，此后也大多官途顺利，而皇甫冉离开王缙幕之后却未能得到大力提携，其原因是值得思考的。皇甫冉这几首向王缙大谈仙道的奉和诗，必然是无法得到王缙赞赏的。但从前几首奉和诗来看，皇甫冉并非不想逢迎上官，更不可能有意讥刺王缙的宗教信仰。如此情况下，促使皇甫冉对王缙大谈仙道的原因就很值得讨论了。

皇甫冉天宝年间曾作《答张諲刘方平兼呈贺兰广》，其在诗中形容自己隐逸生活道："屡枉琼瑶赠，如今道术存。"① 唐玄宗崇道，道术在当时的文人群体中广为流行，李白、杜甫、高适等大诗人访名山求仙之事在后世家喻户晓。由皇甫冉此诗可知其早年隐居时亦曾醉心道术。又加之皇甫冉根本不甚精通佛法，很可能对佛道之辩并不明确，因此才会在奉和诗中犯此忌讳。皇甫冉入王缙幕的经历，非但不能证明皇甫冉"从缙、杜而信佛"，反而恰恰为论证皇甫冉不信佛提供了最可靠的依据。

综上所述，通过深入研究皇甫冉与佛教有关的三类诗，可以清楚地看出，皇甫冉既非佛教信徒，于佛法亦不精通。其创作与佛教相关的诗歌，多因结交僧侣、游览寺院为当时潮流所尚，或因公务而需酬唱、奉和。

二 "名重朝端望，身高俗外踪"——皇甫曾的佛教信仰

二皇甫诗名相牟，历来为学界并提，这在一定程度上造成了对二者个体区别的忽视，进而产生某些同质化的解读。通过前文对二者生平的考证，以及科举及仕进观的对比研究，可以发现皇甫冉与皇甫曾在思想

---

① 《皇甫冉诗集》卷上，页九，B面，《中华再造善本》影印宋刻本。原本"道"字脱，此据明正德刘成德刻本补。

观念上是存在较大区别的。这一点也同样体现在宗教信仰上。皇甫冉并非佛教信众,而皇甫曾却与佛教有着更为密切的联系。

考皇甫曾生平可知,皇甫曾早年于科举并不执着,更热衷于漫游山水,与方外人士结交。天宝七载,皇甫曾东游至扬州,就曾拜会律宗名僧鉴真,作《赠鉴上人》。诗云:

> 律仪传教诱,僧腊老烟霄。树色依禅诵,泉声入寂寥。
> 宝龛经末劫,画壁见南朝。深竹风开合,寒潭月动摇。
> 息心归静理,爱道坐中宵。更欲寻真去,乘船沂海潮。①

此诗大量运用佛教语,如"律仪""僧腊""宝龛""末劫"等。这些佛教语并非应景而用,也非对仗所需,而是极为熟稔地用这些佛教语描写鉴真本人的状态以及其居处环境的禅意,自然地体现了鉴真兼通律、禅二宗真意的高僧风采。这与皇甫冉诗中浅显而毫无蕴藉地运用佛教语有着显著区别。此诗的写景也蕴含了佛教特色,作者将禅境化为诗意融入了近景远景的描写当中,笔法更近于王维,与皇甫冉为了营造佛意而反复使用的"远山""白云"等较为生硬、空洞的意象截然不同。这些特点说明了皇甫曾早年便精通佛理。

皇甫曾登第后,在京为官期间,与王维、杜鸿渐等皆有交往。前文已述,皇甫曾避安史之乱期间,并未如皇甫冉般在江南寻觅进身之机,而是一边漫游山水,一边向王维和杜鸿渐请求援引。王、杜皆笃信佛教,皇甫曾初入官场便能与二人结交,佛教当为其中的桥梁之一。

代宗即位后,王维虽已逝,但王缙、杜鸿渐权势更盛。皇甫曾很快得以回到长安,重入御史台,并在官阶上得以晋升。大历初,杜鸿渐萌生退意,诸事疏懒,迁入长兴宅中。皇甫曾与诸人同和,作《奉和杜相

---

① 《唐皇甫曾诗集》卷一,页六十七,B面,明刘成德正德十三年(1518)刻本。按:此本目录题作《赠鉴上人》,正文"鉴"作"监",当为"鉴"。

公移入长兴宅奉呈诸宰执》，诗云："从公亦何幸，长与佩声随。"① 进一步体现了二者的关系。反观皇甫冉自江南重回长安之路，先入河南幕，后为王缙所辟，辗转数年，方得入长安。王缙虽信佛，但皇甫冉不通佛法，甚至在奉和时有所不谐，以致未能在王缙处获得更多助力。两兄弟重回长安过程的对比，更加为皇甫曾信佛这一结论提供了佐证。

皇甫曾在江南期间，与多位东南高僧交往唱和，其中名望最高的当属神邕和皎然。

神邕是越州僧。《唐越州焦山大历寺神邕传》载："年十二辞亲学道，请业于法华寺俊师。每览孔、释二典，一读能诵。……开元二十六年，敕度隶诸暨香严寺名藉。依法华寺玄俨师，通《四分律钞》。……性非局促。又从左溪玄朗师习《天台止观》、禅门、《法华》《玄疏》《梵网经》等，四教三观等义，秘捷载启，观性知空，爰至五夏，果精敷演，吴会间学者从之。"② 据此记载可知，神邕是一位兼通数宗真义的高僧。皇甫曾与神邕的结交始于避安史之乱期间。神邕"倏遇禄山兵乱，东归江湖。……旋居故乡法华寺，殿中侍御史皇甫曾、大理评事张河、金吾卫长史严维、兵曹吕渭、诸暨长丘丹、校书陈允初赋诗往复，卢士式为之序，引以继支、许之游，为邑中故事。邕修念之外，时缀文句，有集十卷，皇甫曾为序"。文士与高僧交往虽是当时风尚，但为高僧文集作序，绝非一般诗友可为，必当精通佛理，甚至本身便是居士方可持笔。

皇甫曾与神邕的交往不止于此。大历十一年春，皇甫曾游越州，与越州诸僧酬唱，作《题赠吴门邕上人》，诗云："晚与门人别，依依出虎溪。"③ 圆融自然地化用了晋僧慧远"虎溪三笑"之典，不仅表达了与神邕的深厚友情，也借此典中的三教之别，表现了其对自身的认知是"信佛的儒士"，而非完全的佛教徒。毫无疑问，皇甫曾精擅佛理，与高僧的

---

① 《唐皇甫曾诗集》卷一，页六十七，B面，明刘成德正德十三年（1518）刻本。
② 《宋高僧传》卷十七《护法篇第五》，第421页。
③ 《唐皇甫曾诗集》卷一，页六十四，A面，明刘成德正德十三年（1518）刻本。

关系也十分密切，但其并非王缙、杜鸿渐般崇佛无度的信徒，仍能守儒家士大夫之本。

皇甫曾贬官舒州期间，常与舒州刺史独孤及游寺，还曾随独孤及访滁州，造访笃信佛教的滁州刺史李幼卿。舒州任满后，皇甫曾重回江南，此后与身在湖州的诗僧皎然交往颇深。据第二章第二节《皇甫曾生平分期》考证，大历九年及大历十一年，皇甫曾两访湖州，与皎然、颜真卿等相酬唱，皎然有多首赠皇甫曾的诗，可见二人交情之深。

皇甫曾两至湖州，均客居在湖州建元寺中，行止近于居士。但事实上，皎然并未将皇甫曾视为真正的佛教中人。皎然有《五言建元寺集皇甫侍御书阁》，诗云：

不因居佛里，无事得相逢。名重朝端望，身高俗外踪。
机闲看净水，境寂听疏钟。宣室恩长在，知君志未从。①

此诗所写，即是皎然眼中皇甫曾的形象。在皎然的视角下，皇甫曾首先是一位名重朝堂的士大夫，而后又具备高出凡俗之外的风采。这位士大夫爱好"净水""疏钟"的禅境，但内心却又始终怀有出仕的政治抱负，因而不能算作佛教中人。《唐湖州杼山皎然传》亦云："昼生常与韦应物、卢幼平、吴季德、李萼、皇甫曾、梁肃、崔子向、薛逢、吕渭、杨逵，或簪组，或布衣，与之交结，必高吟乐道。道其同者，则然始定交哉。故著《儒释交游传》及《内典类聚》共四十卷、《号呶子》十卷，时贵流布。"② 可见在皎然心中，如皇甫曾、梁肃等精通佛法之士，仍皆为儒士。与梁肃等人的并举，也从侧面证实了皇甫曾的佛理造诣。

此外，皇甫曾还与灵一等高僧互有酬唱。

---

① 《吴兴昼上人集》卷三，页九，B 面，《四部丛刊》初编。
② 《宋高僧传》卷二十九《杂科声德篇第十之一》，第729页。

总之，皇甫曾确是一位精通佛理、有着佛教信仰的儒士。这一点与不信佛教、不通佛理的皇甫冉有着显著的区别。皇甫曾也因佛教在仕途上获取了一定的助益。

第四章

二皇甫的诗歌艺术

皇甫冉、皇甫曾均是肃、代时期具有代表性的诗人，在当时的诗坛占有重要地位。高仲武《中兴间气集》收皇甫冉诗十三首，在数量上为集中之最。其在《小序》中云："补阙自挟桂礼闱，遂为高格。往以世道艰虞，避地江外，每文章一至朝廷，作者变色。於词场为先辈，推钱、郎为伯仲，谁家胜负，或逐鹿中原。"① 可见对皇甫冉推崇备至。皇甫曾诗亦收七首，仅少于钱起、郎士元、李嘉祐、刘长卿等人，但考虑到皇甫曾存世诗歌总计只有四十余首，收录的比例已经非常高。其《小序》云："昔孟阳之与景阳，诗德远惭厥弟，协居上品，载处下流，今侍御之与补阙，文辞亦而。体制清洁，华不胜文。然'寒生五湖道，春及万年枝'五言之选也。其为士林所尚，宜哉！"② 高仲武先推皇甫冉与钱、郎为伯仲，又云皇甫曾远胜皇甫冉，按此逻辑，皇甫曾当为肃、代诗坛之冠冕。可见高仲武对二皇甫的评价确有溢美成分，但也可窥见二人在当时诗坛声名之盛。难怪后人在争论"大历十才子"成员时，亦曾将二人列入其中。③ 二皇甫诗歌的思想、艺术、成就等方面，前人亦多有论述。本章从二皇甫诗歌文本出发，对其特点略作阐述，以期抛砖引玉。

---

① 《唐人选唐诗新编》（增订本），第478页。
② 《唐人选唐诗新编》（增订本），第520页。
③ 按：宋人江休复在《江邻几杂志》中将皇甫曾列入"大历十才子"；王士禛《带经堂诗话》卷十七、翁方纲《石洲诗话》卷二在讨论"大历十才子"时认为应该将二皇甫并入十才子之列；清人管世铭《读雪山房唐诗钞》卷十八则将皇甫冉列入其中。

第一节　王维诗对皇甫冉的影响

独孤及《唐故左补阙安定皇甫公集序》云："沈、宋既殁，而崔司勋颢、王右丞维复崛起于开元、天宝之间。得其门而入者，当代不过数人，补阙其人也。"① 作为与皇甫冉同时代的人，独孤及认为皇甫冉的诗得入王维之门。然而皇甫冉与王维在诗歌上究竟存在怎样的续承关系，独孤及没有详述，后人偶有提及亦多空泛。众所周知，王维诗为后世称道的主要特色一为"禅意"、一为"画意"。皇甫冉的诗是否得王维之法，则需从这两方面讨论。

前文已述，皇甫冉并非佛教信徒，于佛理也不甚精通。他虽然有数量不少的与寺庙和僧侣有关的诗，但多为应酬所需，诗中所用佛教语亦较浅显、生硬，更无甚禅趣可言。这一点与笃信佛教，并善于在诗中营造禅意的王维相去甚远。很显然，在"禅意"这一方面，皇甫冉的诗不可能与王维存在任何的继承关系。那么就只能从绘画性的角度来考量了。

一　"唯将山与水，处处谐真赏"——皇甫冉与画家的交往

考量皇甫冉诗歌是否具备绘画性，首先需关注其是否可能具备绘画能力或赏画修养，这一点可以从其与当时画家的交往中进行考量。皇甫冉本人并不擅长作画，至少史籍以及《历代名画记》《唐朝名画录》等绘画方面的文献皆无皇甫冉擅长绘画的记载。但皇甫冉与同时代的很多知名画家有交往酬唱。经统计，皇甫冉与画家酬唱以及赏画题材的诗歌共计 19 首，其中包含的著名画家有刘方平、张諲、高云、毕宏、韩滉等。

刘方平是天宝年间著名画家。《唐才子传》载："方平，河南人。白皙美容仪。二十工词赋，与元鲁山交善。隐居颍阳大谷，尚高不仕。皇

---

① 《毗陵集》卷十三，页六，A 面，《四部丛刊》初编。

甫冉、李颀等相与赠答。"① 《历代名画记》载："刘方平，工山水树石，汧国公李勉甚重之。"② 刘方平是皇甫冉早年关系最为密切的朋友。天宝中后期，刘方平隐居颍阳，皇甫冉隐居洛郊，二人时有书信往来。皇甫冉曾作《刘方平壁画山》，诗云：

墨妙无前，性生笔先。回溪已失，远嶂犹连。
侧径樵客，长林野烟。青峰之外，何处云天。③

这是皇甫冉现存的唯一一首四言诗，也是一首品评画作的诗。刘方平善画山水，皇甫冉此诗内容恰为品评刘方平山水题材的壁画。首联先定格调，赞扬刘方平的山水画"意在笔先"。其后三联从构图、细节、意境、留白等方面全方位地描述了刘方平的这幅山水画，使人未见其画便知此画概貌。很显然，皇甫冉不仅具备品评绘画的眼光，同时也对绘画构图等专业领域有着较深的理解。

皇甫冉曾与画家张諲一同拜访刘方平。张諲也是当时的著名画家。《唐诗纪事》云："諲官至刑部员外郎。善草隶，工丹青，与王维、李颀等为诗酒丹青之友，尤善画山水。"④《历代名画记》亦有记载⑤。由此可知，张諲与刘方平一样擅长山水画，其二人友善当与此有关。皇甫冉有《与张諲宿刘八城东庄》《答张諲刘方平兼呈贺兰广》《夜集张諲所居（得飘字）》三首诗与张諲酬唱。皇甫冉虽无画名，但能与张諲、刘方平两位山水名家酬唱并一同品评画作，其鉴赏功力当无须怀疑。

张諲与王维为丹青之友，而皇甫冉也与王维有直接的酬唱。天宝十五载初，皇甫冉在长安备考时，就曾与丘为一同干谒王维，作《和王给

---

① 《唐才子传校笺》卷三，第一册，第587—590页。
② （唐）张彦远撰：《历代名画记》卷十，页二，A面，《景印文渊阁四库全书》第812册，台湾商务印书馆1983年版，第351页。
③ 《皇甫冉诗集》卷上，页十二，B面，《中华再造善本》影印宋刻本。
④ 《唐诗纪事》卷二十，第291页。
⑤ 《历代名画记》卷十，页一，B面，《景印文渊阁四库全书》第812册，第350页。

第四章 二皇甫的诗歌艺术

事禁省梨花咏》。干谒王维之事虽有行卷之意，但也可证明皇甫冉与王维、张諲等画家皆有往来。且与王维直接的诗歌唱和，为皇甫冉诗歌受王维影响提供了客观环境上的可能。

皇甫冉结交的第四位画家是高云。高云擅画仕女、功德。《唐朝名画录》列入"能品中"，亦为当时著名画家。① 上元元年冬，刘展之乱爆发。皇甫冉弃无锡尉，隐居义兴。隐居中，与同隐义兴的高云相酬唱。皇甫冉曾到高云家中拜访，作《题高云客舍》，吟咏了乱世之中如庄周、阮籍、陶渊明般隐逸生活的高妙。诗尾联云："唯将山与水，处处谐真赏。"② 既是赞叹高云宅邸外的真实景物，也是对对方画家审美品位的一种称颂。大历中，皇甫冉辞官还乡后，仍不忘与高云的友谊，又作《寄高云》，怀念当初与之交游的岁月。

大历二年，皇甫冉在京任左拾遗期间，曾与毕宏、韩滉交游、赏画。毕、韩二人皆为著名画家。《历代名画记》载："毕宏，大历二年为给事中，画松石于左省厅壁，好事者皆诗咏之。改京兆少尹，为左庶子。树石擅名于代。树木改步变古，自宏始也。"③ "韩滉，字太冲，官至金紫光禄大夫、浙东西两道节度使、左仆射、同平章事，封晋国公。贞元三年（卒），年六十五，赠太傅，谥忠肃。工隶书、章草、杂画，颇得形似，牛羊最佳。"④ 皇甫冉作《同韩给事观毕给事画松石》诗云：

> 海峤微茫那得到，楚关迢递心空忆。
> 夕郎善画岩间松，远意幽姿此何极。
> 千条万叶纷异状，虎伏螭盘争劲力。
> 扶疏半映晚天青，凝澹全和曙云黑。

---

① （唐）朱景玄撰：《唐朝名画录》页十八，B面，《景印文渊阁四库全书》第812册，台湾商务印书馆1983年版，第371页。
② 《皇甫冉诗集》卷下，页十二，A面，《中华再造善本》影印宋刻本。
③ 《历代名画记》卷十，页五，A面，《景印文渊阁四库全书》第812册，第352页。
④ 《历代名画记》卷十，页九，A面，《景印文渊阁四库全书》第812册，第354页。

烟笼月照安可道，雨湿风吹未曾息。
能将积雪辨晴光，每与连峰作寒色。
龙楼不竞繁花吐，骑省偏宜遥夜直。
罗浮道士访移来，少室山僧旧应识。
掖垣深沈昼无事，终日亭亭在人侧。
古槐衰柳宁足论，还对罘罳列行植。①

毕宏尤善画树石。《历代名画记》曾载其见张璪画树石而搁笔的典故："张璪，……尤工树石山水，自撰《绘境》一篇，言画之要诀。词多不载。初，毕庶子宏擅名于代，一见惊叹之。异其唯用秃毫或以手摸绢素，因问璪所受。璪曰：'外师造化，中得心源。'毕宏于是阁笔。"② 皇甫冉同韩滉一道鉴赏毕宏所画的岩间松，赞其"远意幽姿"。诗中用八联的笔墨详尽地描摹了画中松与石的姿态，其中不仅包含了大量精妙的比喻，且对画作中的构图、色彩等方面做出了相当专业的品评。足见皇甫冉对绘画的鉴赏功力。

除此之外，皇甫冉另有数首评画诗。如《酬包评事壁画山水见寄》，诗云："濡翰生新兴，群峰忽眼前。黛中分远近，笔下起风烟。岩翠深樵路，湖光出钓船。寒侵赤城顶，日照武陵川。"③ 可见皇甫冉对山水画中表现远景近景的手法、山与水之间的构图、冷暖色调等方面均有很深刻的见解。

要之，通过皇甫冉与当时著名画家的交往酬唱，可以看出皇甫冉对画作，尤其是山水画，既懂且爱，又有着较高的鉴赏水平。"懂画人"的身份为皇甫冉得王维诗法的论断提供了有可能成立的前提条件。

---

① 《全唐诗》卷八八二，第9974页。
② 《历代名画记》卷十，页六，《景印文渊阁四库全书》第812册，第353页。
③ 《皇甫冉诗集》卷上，页十，《中华再造善本》影印宋刻本。

二 "驿树寒仍密，渔舟晚自还"——皇甫冉以景为画的写景手法

众所周知，"诗中有画"是苏东坡对王维诗的经典评价。蒋寅在《对王维"诗中有画"的再讨论》中认为："这里的'画'应该指绘画的特征和意趣，即绘画性或者说造型性。"① 因此，要讨论诗与画间的联系，关键着眼点应在于诗中写景的特色。

王维诗写景的特点历来备受研究者关注。魏耕原先生在《王维"诗中有画"的模式》中将王维诗写景的"诗中有画"特征归纳为三个模式：即"山水诗'二维空间叠合'模式""画的深远与诗暗示空间的'外'"以及"动静、颜色与拟人化模式"②。这三个方面皆是精读王维诗歌后，运用数据统计以及分析、归纳等方法总结出来的，基本上表达出了王维诗歌写景的特色。研究皇甫冉诗与王维诗的续承关系，亦不妨从这几个方面入手。

第一是"二维空间叠合"模式。所谓"二维空间叠合"，即"把远近不同的景物，即处于二维不同空间景物'叠合'起来，远景凌驾于中景之上，形成一维扁平视觉上的'错觉'，而突出远近不同空间景物所形成的陌生美"③。如王维《登辨觉寺》云："窗中三楚尽，林上九江平。"④ 这种写景的手法并非王维所独创，同时代的杜甫诗人的诗中皆有此法，如杜诗中家喻户晓的"窗含西岭千秋雪，门泊东吴万里船"。但王维诗中此用法十分普遍，形成了个人的写景特色。

皇甫冉在写景中也使用过这种手法。如《同裴少府安居寺对雨》云："炉烟云气合，林叶雨声馀。"⑤ 将近处的炉烟与天边的云气叠合进同一个

---

① 《武汉大学学报》（哲学社会科学版）2019年第1期。
② 《长安大学学报》（社会科学版）2016年第4期。
③ 魏耕原此言中混淆了一维、二维与三维的定义。其语意当为："将远近不同的处于三维空间内的景物'叠合'到二维平面上，形成二维扁平视觉错觉。"
④ （唐）王维著，（清）赵殿成笺注：《王右丞集笺注》卷八，上海古籍出版社1984年版，第150页。
⑤ 《皇甫冉诗集》卷下，页十四，B面，《中华再造善本》影印宋刻本。

平面中进行描写，使这个寺中常见的景色充满了陌生化的新奇感。又如《曾东游以诗寄之》云："古寺杉栝里，连樯洲渚间。"① 透过杉栝枝叶间的缝隙，看到寺庙如同就建在树木的枝叶间，而江中的帆船与洲渚本也有远近之分，但一个"间"字不仅消弭了二者之间的距离，将它们括进了同一个二维画面。再如《题高云客舍》云："窗中恶城峻，树外东川广。"② 直接将窗中所见之景描绘成了一个平面，将远处的城池写成窗中之物。

这些例子说明皇甫冉基本掌握了这种将远景和近景叠合的写景技巧。但同时也要看到，皇甫冉运用这种手法的例子并不十分多见，且没有通过这种手法创造出名句名篇，运用的质量远远无法同王维相比。应该说，这样的手法并不是皇甫冉擅长使用的，绝非其诗歌特点。

第二是写景中"外"字的运用。诗歌写景时，用"外"字区分近景与远景的手法古已有之。但"王维诗在山水画深远的启迪下，往往把视野被遮蔽或看不到的空间，特意指示出来，让人情思飞越"③。也就是说，王维受到山水画注重纵深景物的启发，在诗歌中发展了"外"字的用法，用以将极远或被遮蔽而无法看到的景物指示出来。如《别弟缙后登青龙寺望蓝田山》中的"登高不见君，故山复云外"④。

皇甫冉在写景中运用"外"的例子很多。其中不乏传统的用来区分近景及远景的用法。如《寄刘方平大谷田家》中的"篱边颍阳道，竹外少姨峰"⑤。这里的竹是眼前事物，而少姨峰则是目光可及的远景，一个"外"字将近景和远景区分开来，使诗句描述的画面产生了层次感。但皇甫冉诗中"外"字的用法更多却是如同王维般用来指示深远而不可见之象，提供更丰富的联想空间。如《寄刘方平》中的"烟霞相亲外，墟落

---

① 《皇甫冉诗集》卷上，页十五，A面，《中华再造善本》影印宋刻本。
② 《皇甫冉诗集》卷下，页十二，A面，《中华再造善本》影印宋刻本。
③ 魏耕原：《王维"诗中有画"的模式》，《长安大学学报》（社会科学版）2016年第4期。
④ 《王右丞集笺注》卷四，第150页。
⑤ 《皇甫冉诗集》卷下，页十一，B面，《中华再造善本》影印宋刻本。

今何有"①。烟霞本就朦胧幽远，烟霞之外更是目光不可及，无论墟落是否存在，都是不可见的事物。又如《送段明府》中的"日夕望前期，劳心白云外"②。白云本已在天边，白云之外，更不可能看见。想象着行至白云之外的友人，离别的愁思和意境便被营造出来。再如《使往寿州淮路寄刘长卿》中的"乡路遥知淮浦外，故人多在楚云东"③。诗人自己奉使远行，思念远方友人之时，不禁想起回乡的路远在淮河的另一边，虽然诗人身在淮河之上可以看到对岸，但是回家的路却是不可见的。这一个"外"字凝聚起了浓浓的孤寂感和忧愁。皇甫冉诗中类似的例子还有很多。这些"外"字给诗人描绘的画面增加了极大的纵深感，犹如山水画由近及远、由浓转淡，直至留白的表现手法。

值得留意的是，皇甫冉在诗中用"外"字指示不可见的事物时，也都将"外"字放在句末，这种用法与王维几乎是相同的。

第三是"动静、颜色与拟人化模式"，其中与绘画性直接相关的是前两者。④ 前者是对绘画这门单一的视觉艺术的补充，后者是对诗中画面的构建。

王维诗的写景时常具备视听结合的特点，主要方式是在一联的两句中分别写视觉和听觉。如《过香积寺》中的"泉声咽危石，日色冷青松"⑤。一联之中既有视觉的色彩和构图，又有听觉的体验，使全诗的写景生动起来。

皇甫冉在写景时也经常运用这样的手法。如《与张补阙王炼师自徐方清路同舟中下于台头寺留别赵员外裴补阙同赋杂题一首》中的"钟声

---

① 《皇甫冉诗集》卷上，页十四，B 面，《中华再造善本》影印宋刻本。
② 《皇甫冉诗集》卷上，页二十一，A 面，《中华再造善本》影印宋刻本。
③ 《皇甫冉诗集》卷下，页二，A 面，《中华再造善本》影印宋刻本。
④ 魏耕原文章中所谓王维诗的"动静"结合，其实讲的是写景中视觉和听觉的结合。王维既是诗人，又是画家，兼具画家敏锐的视觉和诗人灵动的听觉。
⑤ 《王右丞集笺注》卷七，第 131 页。

野寺迥,草色故城空"①。两句分别写听觉和视觉,用钟声来写寺庙隐藏在深山之中的不可见的悠远,用春日的草色烘托城池空寂的氛围。又如皇甫冉最为人所称道的名作《巫山峡》中的"朝暮泉声落,寒暄树色同"②。出句写峡中的泉声从不停歇,对句写无论是何季节,峡中的树色不曾变换。这一联从视觉和听觉两方面营造出巫山峡不受尘世所影响的仙境般的气质,视听结合手法的运用已臻大成。

此外,皇甫冉对这种视听结合的表现手法也有着自己的探索。如《寄刘方平大谷田家》中的"冰结泉声绝,霜清野翠浓"③。这一联的出句是从听觉来描写,但却与其他例子有所不同。描写听觉未必一定要有声响,也可以用听觉上的无声来展现物象的情状。诗人不写泉声,却写泉水结冰之后寂静无声,配合对句的视觉描写,反而给冬日山中的景物赋予了浓浓的画意,实为妙笔。

视听结合的例子在皇甫冉的诗中比比皆是,这也是皇甫冉最擅长的手法之一,这种手法须经过长期锤炼方能运用自如。皇甫冉《清明日青龙寺上方赋得多字》中有"远近水声至,东西山色多"一联④。此诗是皇甫冉早年的作品,虽然运用了视听结合的手法,但稍显生硬、刻板,可以清晰地看出学诗的痕迹。同样作于天宝年间的《河南正少尹城南亭送郑判官还河东》中有"泉声喧暗竹,草色引长堤"一联⑤,更显示了学习的过程。此联基本上化用了王维的"泉声咽危石,日色冷青松"。由此可见,皇甫冉早年的确借鉴过王维诗写景的一些技巧。

色彩是绘画中最重要的元素之一。魏耕原认为王维"是画家,故对暖色红、黄,以及金、玉字眼不那么看重,而对冷色调青与白却特别垂青,正像他的山水画绝不是李将军的金碧山水,亦非赭石那样带有些暖

---

① 《皇甫冉诗集》卷上,页三,A面,《中华再造善本》影印宋刻本。
② 《皇甫冉诗集》卷上,页一,B面,《中华再造善本》影印宋刻本。
③ 《皇甫冉诗集》卷下,页十一,B面,《中华再造善本》影印宋刻本。
④ 《皇甫冉诗集》卷上,页十四,A面,《中华再造善本》影印宋刻本。
⑤ 《皇甫冉诗集》卷上,页十一,B面,《中华再造善本》影印宋刻本。

色的，而是不带色彩的水墨山水。"① 这一点或可商榷。山水画以自然景物为主要表现对象，并非画家不注重其他色彩，而是自然山水本就以青、白等冷色系为主。诗歌中青、白等颜色出现的概率高是自然而然的，这本身与诗歌是否具备绘画性并无关联。讨论诗歌的绘画性，不能只是简单地关注诗中的惯用色彩与水墨画的色彩是否具有相似性，而应该重视诗人对色彩的敏感度。水墨画用色彩的对比和浓淡变化来凸显不同景物的特点，而大多具备绘画性的诗歌所运用的色彩也能够表达不同物象的神韵，并将不同物象凝聚在一幅对比鲜明的画面中。自然而然，这其中描写的色彩也不应局限于青与白。

王维诗的色彩运用自不必说。如《终南山》中的"白云回望合，青霭入看无"②，《山居即事》中的"嫩竹含新粉，红莲落故衣"③。一联之中分别用两种色彩描写两种物象，以形成视觉上的鲜明对比。这种一联两句中分别写一种色彩形成对比，共同构成画面的写景方式一旦大量出现，就绝非偶然的巧合，必定是诗人主观为之。

皇甫冉诗中并非完全没有突出色彩的描写。如《送李使君赴邵州》中的"争看使君度，皂盖雪中新"④，就描写了李使君赴任路上的画面：黑色的仪仗篷伞在皑皑白雪中行进，一个"新"字极大地突出了黑白两种颜色的对比，使得场景极具画面感。但纵观《皇甫冉诗集》，却很难见到王维那种色彩模式。即使偶有一联两句之中分别包含一种色彩的情况，如《题裴二十一新园》中的"开门白日晚，倚杖青山暮"⑤，也并非以色彩为刻画重点，反而可能纯属巧合。应该承认的是，通过对比并不能看出皇甫冉诗写景中的色彩运用与王维诗存在师承关系。

皇甫冉诗在体现绘画性的方面亦有自己的特色。其《酬包评事壁画

---

① 魏耕原：《王维"诗中有画"的模式》，《长安大学学报》（社会科学版）2016年第4期。
② 《王右丞集笺注》卷七，第124页。
③ 《王右丞集笺注》卷七，第124页。
④ 《皇甫冉诗集》卷下，页四，B面，《中华再造善本》影印宋刻本。
⑤ 《皇甫冉诗集》卷上，页二十四，A面，《中华再造善本》影印宋刻本。

山水见寄》中有"岩翠深樵路，湖光出钓船"①一联。这是一首描摹山水画的诗，这一联出句和对句分别描写画卷中的两个主要场景。两句合而为一，则从宏观角度直接描述出了画卷的整体构图结构。画作中的景物，是固定范围和视角的纯静态景物。皇甫冉用这样的写法来描写画作中的景物并无不寻常之处，但他在描写真实景物时，也常用同样的手法，这便值得关注了。例如《与诸公同登无锡北楼》中的"驿树寒仍密，渔舟晚自还"一联②。这一联中描写了诗人在高楼中眼望窗外所看到的景色。出句描摹岸边的树，对句描写江中的船。二者相合，恰是诗人从窗口中所见到的完整画面。两句中的场景分别是合成整个画面的构图元素，至于视线中应有的远天，直接便成了画面中的留白。可以说，皇甫冉在这一联中的写景与其描写山水画构图时的方法没有任何区别。很显然，诗人在这里是把视线里的景色完全当成了一幅画来描写。又如《归渡洛水》中的"渚烟空翠合，滩月碎光流"一联③。诗人站在渡口码头之上眺望，选取了一个视角中的固定场景当作一幅画卷进行描写，两句分别写画面中的上半部分和下半部分，如同品评一幅画的构图结构。

可以说，以赏画的眼光赏景正是皇甫冉写景的最大特色。这样的写景手法既是来自赏画的灵感，也可能是对南朝谢朓山水诗的追溯。不过皇甫冉与众多画坛名家交游，频繁地赏画，自会产生对景物的独到理解，用赏画的眼光赏景亦不足为奇。

经以上与王维诗若干特点的对比发现，王维诗中运用的不少写景手法，在皇甫冉诗中亦可窥见。这其中一部分手法皇甫冉只能算粗有涉猎，而另一部分手法则可谓擅长。在那些皇甫冉同样擅长的手法里，可以清晰地看到学习王维的痕迹。这大概也是王维作为引领盛唐山水诗潮流的一代诗坛宗主，在诗坛晚辈心中魅力的体现。由此，我们也可以看到，皇甫冉的诗虽不具备"禅意"，但在绘画性上来讲，在不少方面与王维诗

---

① 《全唐诗》卷八八二，第 9974 页。
② 《皇甫冉诗集》卷上，页五，A 面，《中华再造善本》影印宋刻本。
③ 《皇甫冉诗集》卷下，页十八，B 面，《中华再造善本》影印宋刻本。

第四章　二皇甫的诗歌艺术

有着续承关系。独孤及作为与皇甫冉同时代的人,认为皇甫冉诗得王维之门而入的说法并非空言。但也须承认,皇甫冉作为盛、中唐之际的一代名家,亦有其自身的特色和魅力。

第二节　"春愁暝色渚烟空"
——二皇甫诗歌的艺术特色

清代著名学者谢启昆在《读全唐诗仿元遗山论诗绝句一百首》中,有一首专论皇甫曾,诗云:

春愁暝色渚烟空,好景何人描写工?
毕竟阿兄让难弟,漏声遥在百花中。①

此诗是谢启昆仿照元好问的论诗诗而作。在这组诗中,谢启昆并没有专门另作一首诗来写皇甫冉,只论了皇甫曾一人。从表面上看,这首诗似乎只是一首普通的论诗绝句。首句罗列出了皇甫曾诗中常用的意象,第二句进行设问,意在说明皇甫曾诗写景工丽,后两句则略述皇甫曾在唐代诗坛的地位。但如果仔细分析这首诗的内容,则又大有文章可挖掘。

诗歌首句中的"春愁""暝色""渚烟空",似乎是要概括皇甫曾诗歌的艺术特色。但如果熟悉二皇甫的诗,就会发现,这一句其实是从皇甫冉《归渡洛水》的前两联"暝色赴春愁,归人南渡头。渚烟空翠合,滩月碎光流"②中截搭而来。这就让第二句中"好景何人描写工"的设问显得耐人寻味了。写景工丽的到底单单是皇甫曾,还是也有皇甫冉呢?紧接着,谢启昆自己揭开了谜底。"毕竟阿兄让难弟"一句中,实际上暗用了高仲武评价二皇甫的典故。上文已述,高仲武在《中兴间气集》皇

---

① (清)谢启昆撰:《树经堂诗初集》卷九,《续修四库全书》第1458册,上海古籍出版社2002年版,第117页。

② 《皇甫冉诗集》卷下,页十八,B面,《中华再造善本》影印宋刻本。

甫曾前《小序》中，将二皇甫比作张载、张协兄弟，盛赞皇甫曾如张协胜过张载般在诗歌上远胜皇甫冉。谢启昆则在这里认为那只是兄长相让阿弟的缘故。最后一句"漏声遥在百花中"出自《早朝日寄所知》[①]。这是一首重出诗，兄弟二人的诗集中均有收录，无法确证归属。谢启昆引用这首诗中的诗句作为论皇甫曾诗的末句，有三层含义：其一，用兄弟二人诗集中的重出诗作结，是对诗中设问回答的进一步补充。这意味着在谢启昆看来，二皇甫之间不存在高下之别，他的这首诗也并非单论皇甫曾，而是将皇甫冉也涵盖在内。其二，"漏声遥在百花中"一句用了听觉、视觉结合的写景手法，而这正是两兄弟共同擅长的用来描写景物的手法，以此来概括二人的艺术特色最为恰当。第三，用这句诗来结尾或许也蕴含了一种隐喻，寓意二皇甫的诗歌如同百花中的寒漏声般，在同时代诗坛的众多名家中独具一格、脱颖而出。

从以上分析看，谢启昆这首题为论皇甫曾的诗，实际上讨论的对象为二皇甫。这首诗不但精当地概括了二皇甫选取诗歌意象的偏好以及描写景物的手法，还巧妙地回答了高仲武提出的二皇甫作品高下的问题，在后世诸多评价二皇甫诗歌艺术的文献中可谓独到。本节就以谢启昆的论断为基础试论二皇甫诗歌的意象特征和意境追求。

一 "暝色赴春愁"——二皇甫诗的情感表达和意象选择

上文已述，谢启昆所谓"春愁暝色渚烟空"，是由皇甫冉《归渡洛水》一诗中截搭而来。《归渡洛水》诗云：

> 暝色赴春愁，归人南渡头。渚烟空翠合，滩月碎光流。
> 澧浦饶芳草，沧浪有钓舟。谁知访歌客，此意正悠悠。

这是皇甫冉的一首颇具代表性的写景诗，作于天宝年间，彼时正是

[①]《唐皇甫曾诗集》卷一，页六十九，A面，明刘成德正德十三年（1518）刻本。

皇甫冉努力锤炼诗歌技巧的时期。这首诗写诗人自远方返回洛阳途中将渡洛水时所见的美妙暮色，表现诗人如隐士般恬淡的心情。全诗自然清丽，所写之景极具画面感，使人神往；情致悠然，所蕴之情如闻舟上渔歌，令人陶醉。以艺术成就论，此诗堪与其最著名的《巫山峡》一较短长。然而谢启昆在截搭诗句时，选取的不是唯美的"滩月"、悠闲的"钓舟"这样令人印象深刻的诗歌意象，而是"春愁""暝色"这样抽象的情绪和色调。显然谢启昆认为"暝色"是二皇甫诗中所钟爱的色调，而"春愁"则是二皇甫诗中经常借诗歌表达的情绪，或者说情感。二者结合在一起，则是借景抒情的一种表现方式。

事实上，描写暮色和夜色景象来表达悲愁，也正是二皇甫诗中常见的内容。以皇甫冉诗为例，如《送郑二员外》诗云："置酒竟长宵，送君登远道。羁心看旅雁，晚泊依秋草。"① 诗人在夜宴中送别友人赴远方，描写夕阳中南飞的旅雁和暮色中的秋草，表达浓浓的离愁。又如《酬李郎中侍御秋夜登福州城楼见寄》云："辛勤万里道，萧索九秋残。月照闽中夜，天凝海上寒。"② 诗人在秋夜寄书万里之外的友人，通过写秋夜的月光挥洒在冰冷海面的萧瑟景色，烘托出思念的忧愁。再如《福先寺寻湛然寺主不见》尾联云："惆怅层城暮，犹言归路逢。"③ 此诗前三联都是写景，丝毫没有表现出拜访友人而不遇的心情。尾联突然转折，用一句暗沉的暮色直抒惆怅，又言希望返回的路上恰巧遇到对方归来，彻底表达出了寻人不遇的急切和烦闷。与之相似的是《送萧献士》，诗云："惆怅烟郊晚，依然此送君。"④ 同样是用一句晚景抒情。可见"暝色"在皇甫冉的诗中表达悲愁的情绪，正是其诗歌的惯用手法。

皇甫曾诗中也不乏此例。如《送陆鸿渐山人采茶回》诗云："幽期山

---

① 《皇甫冉诗集》卷下，页十八，B面，《中华再造善本》影印宋刻本。
② 《皇甫冉诗集》卷上，页四，B面，《中华再造善本》影印宋刻本。
③ 《皇甫冉诗集》卷上，页十一，B面，《中华再造善本》影印宋刻本。
④ 《皇甫冉诗集》卷下，页十六，《中华再造善本》影印宋刻本。

寺远，野饭石泉清。寂寂然灯夜，相思磬一声。"① 诗人通过描写夜色中的烛火和磬声，烘托出了蕴藏在寂静山夜中带着春寒的愁思，进而表达出送别友人的离愁和思念之情。又如《遇刘员外长卿别墅》诗云："返照寒川满，平田暮雪空。沧洲自有趣，不复哭途穷。"② 诗人通过描写冬日傍晚夕阳中的山川和田梗间映着寒光的积雪，表达了对友人晦暗前程的深深担忧。

这些例证，皆是通过描写暮色、夜色来表达愁绪。这样的写法，正是对"暝色赴春愁"的完美诠释。

在这样一种"借景抒情"的写法中，意象的选择往往是决定表达效果的最重要因素。在用"暝色"写"忧愁"时，二皇甫通常会选择寒冷、幽远的意象。

如皇甫冉的《秋夜寄所思》，诗云：

寂寞坐遥夜，清风何处来。天高散骑省，月冷建章台。
邻笛哀声急，城砧朔气催。芙蓉已委绝，谁复可为媒。③

这首诗是皇甫冉在江南避安史之乱时作，表达了秋夜的愁思以及希冀回京求官却无人汲引的惆怅。诗中运用了大量寒冷、幽远的意象，如长夜的清风、清冷的月光、哀戚的笛声、寒风中的城墙、枯萎的芙蓉等。这些意象营造出的悲凉气氛，极大地加深了清秋之夜的寒冷和诗人心中无助的忧愁。

再如皇甫冉的《赋中送权三兄弟》诗云：

淮海风涛起，江关幽思长。同悲鹊绕树，独作雁随阳。

---

① 《唐皇甫曾诗集》卷一，页六十四，B面，明刘成德正德十三年（1518）刻本。
② 《唐皇甫曾诗集》卷一，页六十七，A面，明刘成德正德十三年（1518）刻本。
③ 《皇甫冉诗集》卷上，页十三，《中华再造善本》影印宋刻本。

山晚云和雪，汀寒月照霜。由来濯缨处，渔父爱沧浪。①

　　此诗是皇甫冉上元元年冬避刘展之乱途中送别友人的诗。诗人在写景时选取了残阳斜照的场景描写。悲鹊、旅雁、江树、残阳、远山、孤云、积雪、汀洲、寒月、晚霜等一系列幽寒意象共同烘托了"幽思长"这个主题。

　　皇甫曾诗同样具备这样的特点。如《晚至华阴》诗云：

　　腊尽促归心，行人及华阴。云霞仙掌出，松柏古祠深。
　　野渡冰生岸，寒川烧隔林。温泉看渐近，宫树晚沉沉。②

　　此诗是皇甫曾天宝中某年腊月由洛阳归长安时所作，描绘了一幅腊月黄昏中的自然图景。诗中意象繁多，如夕阳中的华岳、松柏、古祠、渡头、冰封的河岸、远树之外如同被夕阳点燃的积雪山川以及昏暗中阴沉的温泉宫等。这些意象组合在一起，为远行的旅者营造出了一种幽沉的倦意。放在诗人的生平中理解，也可体现出一种对科举前途的忧心。

　　又如《秋兴》诗云：

　　流萤与落叶，秋晚共纷纷。返照城中尽，寒砧雨外闻。
　　离人见衰鬓，独鹤暮何群。生容在千里，相思看碧云。③

　　这是一首典型的"悲秋"诗。诗人用流萤、落叶、夕阳、寒砧、秋雨、离人、衰鬓、孤鹤、碧云等一系列"伤逝"的意象，构筑出了一幅萧瑟寒冷的秋日黄昏景象。最后点明主题，抒发对友人的相思之愁。

　　从以上的例证中，可以看出，有一些表达寒冷、幽远的意象出现的

---

① 《皇甫冉诗集》卷上，页六，B面，《中华再造善本》影印宋刻本。
② 《唐皇甫曾诗集》卷一，页六十五，B面，明刘成德正德十三年（1518）刻本。
③ 《唐皇甫曾诗集》卷一，页六十五，B面，明刘成德正德十三年（1518）刻本。

频率非常高，比如冷月、寒砧、旅雁、残阳、积雪、江树等。尽管这些意象在每一首诗中的具体用法各异，但它们的频繁出现，使人读二皇甫诗时，时常可以感受到昏暗、幽冷、寂寥。

总而言之，"暝色"与"愁"的关联，是二皇甫诗歌中很常见的情感表达方式，也决定了他们在写景时的意象选择和运用。

二 "渚烟空翠合"——二皇甫诗歌的意境追求

上文讨论了谢启昆截搭句中"春愁"和"暝色"之间的关联，即二皇甫诗中习惯性的情感表达和意象选取。而"渚烟空"所侧重的则是二皇甫诗歌的意境营造。

如果从皇甫冉原诗的角度看，谢启昆截取的"渚烟空"三个字属于割裂了诗句中的原意。皇甫冉"渚烟空翠合"一句讲的是"渚烟"与"空翠"相合，即洲渚上的云气与远方的天色在视觉上合而为一。这属于本章上一节中所讨论的"二维空间叠合"写景方法。

若从诗歌意境方面讨论，则应看到相对处于近处的"渚烟"与极目之远的"空翠"之间巨大的空间跨度，通过宏观视角的整体渲染，突出了视野的开阔和画面的空旷感，营造出一种"空"的意境。这样的诗歌意境正是二皇甫都较为钟爱的。

在二皇甫的诗中，营造这种"空"的诗歌意境主要有两种手法：

其一，直接使用类似广角镜头的视角，囊括极大画面和极远之景，使人产生画面中除诗人所写之物外再无他物之感。如皇甫冉《西陵寄灵一上人朱放》中的"终日空江上，云山若待人"[1]。诗人在江上与友人话别，但写江景之时却有意避免了身在其中之感，用仿佛身在远处高楼之上极目远眺的视角，突出了江的平远与广阔。紧接着又将视线放在更远处的云山之上，使整个画面无比广阔。而在如此广阔的画面中，却仿佛除了清江与云山之外，再无一物，意境上"空"到了极致。又如《齐郎

---

[1] 《皇甫冉诗集》卷上，页二，A面，《中华再造善本》影印宋刻本。

中筵赋得的的帆向浦留别》中的"浦迥摇空色，汀回见落晖"①。诗人在舟上向友人赋离别诗，却写视线之中极远的水边朦胧得仿佛与傍晚的天空一色，而后又将夕照的光色填充进来，使人顿觉诗人与汀浦之间的广阔画面中一片空旷。这与上诗的写法如出一辙。再如皇甫曾《送王相公赴幽州》中的"暮日平沙淡，秋风大斾翻"②。这是诗人想象中王缙赴镇幽州路上经过荒漠的情景。诗人仿佛从极远处眺望着王缙的仪仗行进在夕阳中平远荒凉的沙漠上，大漠的秋风卷起旌旗，四野一片苍茫。上文所引皇甫曾《遇刘员外长卿别墅》中的"返照寒川满，平田暮雪空"也是完全相同的写法。此类例证在二皇甫的诗中不胜枚举。

其二，在一联之中分别写近景和远景，通过二者之间的视觉对比使人体会到画面的空间感。例如皇甫冉《刘方平西斋对雪》中的"委树寒枝弱，萦空去雁迟"③。出句先写庭院里弯曲萎靡的病枝情态，而对句中视线越过树枝直达高远的天空，迟行的大雁在高空中飞过。诗人通过这一远一近的两处描写，极大地拉伸了画面的纵深，远景和近景之间的距离感便在读者的心中形成了无限的空间，产生了"空"的意境。再如皇甫曾《题摽上人房》中的"壑谷闻泉近，云深得月迟"④。出句先写高僧所居山谷中的泉声，对句则写天空中的重云遮月，一近一远之间，就表现出了高僧"幽居在空谷"的意境。

通过以上论证，可见二皇甫不仅偏好宏观远眺的写景方式，也善于在远近结合中突出画面的空旷感，营造出"空"的意境，这也是二皇甫对诗歌意境的主要追求。

---

① 《皇甫冉诗集》卷上，页十九，A 面，《中华再造善本》影印宋刻本。
② 《唐皇甫曾诗集》卷一，页六十八，B 面，明刘成德正德十三年（1518）刻本。
③ 《皇甫冉诗集》卷上，页十一，A 面，《中华再造善本》影印宋刻本。
④ 王浩远著：《琅琊山石刻》，黄山书社 2011 年版，第 4 页。

第五章

二皇甫诗集版本与递藏考论

第一节 "宋本"《皇甫冉诗集》
版本与递藏考述

一 《皇甫冉诗集》实为明影宋本

《中国古籍善本书目·集部》卷二十三《唐五代别集类》著录："《皇甫冉诗集》二卷，唐皇甫冉撰，宋刻本"，图书编号为一〇九二①，此书现藏于中国国家图书馆。2002 年《皇甫冉诗集》列入《中华再造善本》，其"化身"得以与普通读者见面。世人多以宋本称之。

该书扉页钤"海源阁"朱文长方印。可知此书为清代山东聊城著名藏书楼海源阁旧藏。海源阁主人杨绍和《宋存书室宋元秘本书目》记载："宋本《常建诗集》二卷，宋本《杜审言诗集》一卷，宋本《岑嘉州诗集》四卷，宋本《皇甫冉诗集》二卷。共四册一函。"② "四集同出一版。每半叶十行，行十八字。"③《楹书隅录》则详细记述了该书情况：

---

① 中国古籍善本书目编辑委员会编：《中国古籍善本书目·集部》，上海古籍出版社1998年版，第92页。
② （清）杨绍和藏并编：《宋存书室宋元秘本书目》卷四《集部·宋本》，影印国家图书馆藏清杨氏海源阁钞本，《续修四库全书》第927册，第150页。
③ （清）杨绍和撰：《楹书隅录》卷四《集部上·宋本十九》，影印清光绪二十年聊城海源阁刻本，《续修四库全书》第926册，第668页。

宋本。《常建诗集》二卷，《杜审言诗集》一卷，《岑嘉州诗集》四卷，宋本《皇甫冉诗集》二卷。共四册一函。"嘉靖戊午七月既望，云栖馆假来。"在《皇甫冉集》后。右宋椠四家诗集，不详何人所编，无刊书年月。首常尉、次杜必简、次岑嘉州、次皇甫茂政。常、杜二集为一册，岑集二册，皇甫集一册，卷末有明人题识。版刻颇精，古香可挹。余从都中故家得之，重事装池，并考各版本异同，附诸于后。宋存书室主人。①

今查《皇甫冉诗集》下卷末页"诗集下终"四字左侧一行确有"嘉靖戊午七月既望，云栖馆假来"。该行文字并不是明人墨笔题写，而是雕版印刷文字，即原书雕版即有此行文字。"嘉靖戊午七月既望"为明嘉靖三十七年（1558）七月十六日。"云栖馆"不详所在，《中国古籍善本书目·集部》记载："《荆溪疏》二卷，明王穉登撰，明万历吴宅云栖馆刻本。""《三体宫词》三卷，明万历二十二年吴氏云栖馆刻本。"② 吴宅云栖馆或与此云栖馆同为一家，云栖馆既然刊刻图书，故推测其为某藏家书楼或书商店铺名称。由此可知，《皇甫冉诗集》刊印者于明嘉靖三十七年七月十六日，自云栖馆将该书原本借出，后又重刻再版。我们今天看到的《皇甫冉诗集》即为明嘉靖影印宋本。

万曼《唐集叙录》据杨绍和记述，进而认为常建、杜审言、岑参、

---

① （清）杨绍和撰：《楹书隅录》卷四《集部上·宋本十九》，影印清光绪二十年聊城海源阁刻本，《续修四库全书》第926册，第668页。

② 著录见《中国古籍善本书目·集部》第737页与第1370页。按：吴河清、刘慧敏《〈常建诗集〉版本源流考述》一文认为："此云栖馆为明代嘉靖年间王穉登室号"［文载《苏州大学学报》（哲学社会科学版）2007年第5期］。此说恐误。李维桢《徵君王百穀先生墓志铭》（《大泌山房集》卷八八《墓志铭》收录，《四库存目丛书》集部第152册，第543—546页）及王穉登自撰《广长庵主生圹志》（《王百穀集》收录，《四库禁毁书丛刊》集部第175册，第267—269页）均无"云栖馆"为王氏室号的记载。

皇甫冉四人诗集"盖皆南宋书棚本，但杨绍和未言及此"①。"南宋中期最有名的坊刻本是'临安府棚北睦亲坊南陈宅书籍铺'刊刻的唐人诗集和分编为《江湖前集》《后集》《续集》《中兴集》的宋人诗集，通称为'书棚本'。"②杨绍和并非不识版本，而是对《皇甫冉诗集》卷末明代题识有清醒认知：如果按照图书原始版本，可将其列入宋版之列；但根据题记可知，该书并非宋版原书。

宋代皇室伪造始祖赵玄朗，"玄""朗"二字皆避讳。《皇甫冉诗集》上卷《赠郑山人》"玄纁倘有命"③，《登玄元庙》《玄元观送李深李风还奉先华阴》④，"玄"字缺笔，皆避讳。但也有数处未避讳，如《送王绪刻中》"朝朝忆玄度"⑤，《见诸姬学玉台体》"清弦侍卢女"⑥，《酬裴十四》"玄发何须变"⑦，"玄"字未缺笔；再如《适荆州途次南阳赠何明府》"一遇朗陵公"⑧，"朗"字未缺笔。黄永年认为"坊刻不如官本避得严格"⑨，《皇甫冉诗集》具备南宋书棚本的诸多特征，出现避讳不严的情况也是可以说得通的。但我们现在所见版本为明影宋本，当无疑议。

二 《皇甫冉诗集》明清递藏考

全书分上下两卷，无序言，两卷首、末页均钤有藏书章数枚。若对藏书章的主人进行探究，我们可大致摸清《皇甫冉诗集》的递藏情况，为研究该书版本提供有益的帮助。现将该书藏书印章情况罗列如下。

上卷首页有藏书印九枚，分为两列，第一列在边栏左侧第一行空白

---

① 万曼著：《唐集叙录》，中华书局1980年版，第98页。
② 黄永年：《古籍版本学》，江苏教育出版社2009年版，第67页。
③ 《皇甫冉诗集》上卷，页十一，A面，北京图书馆出版社2003年版。
④ 《皇甫冉诗集》上卷，页十二，北京图书馆出版社2003年版。
⑤ 《皇甫冉诗集》上卷，页四，A面，北京图书馆出版社2003年版。
⑥ 《皇甫冉诗集》上卷，页二十三，A面，北京图书馆出版社2003年版。
⑦ 《皇甫冉诗集》下卷，页十五，B面，北京图书馆出版社2003年版。
⑧ 《皇甫冉诗集》上卷，页十五，B面，北京图书馆出版社2003年版。
⑨ 黄永年：《古籍版本学》，江苏教育出版社2009年版，第71页。

处，共六枚，自上而下分别为"周/遏"朱文方印、"北京/图书/馆藏"朱文方印、"东郡宋存/书室珍藏"朱文长方印、"元/甫"白文方印、"克/承"朱文长方印、"安雅/生"白文长方印；第二列在边栏左侧第三行，自上而下分别为"协卿/读过"白文方印、"曰东/私印"白文方印、"顾千里/经眼记"朱文长方印。

上卷末页有藏书印三枚，自上而下分别为"克/承"朱文长方印、"陈淳/私印"白文方印、"淳洋"朱文方印。

下卷首页有藏书印两枚，自上而下分别为"克/承"白文方印、"安雅/生"白文长方印。

下卷末页有藏书印五枚，分为三列，第一列在边栏右侧第一行空白处，共三枚，自上而下分别为"北京/图书/馆藏"朱文方印、"周/遏"朱文方印、"周曰东印"白文方印；第二列在边栏右侧第二行空白处，仅一枚"克/承"朱文长方印，第三列在边栏右侧第三、四行，共三枚，自上而下分别为"东郡杨/绍和彦/合珍藏"朱文方印、"任/易"朱文方印、"晋宁/侯裔"朱文方印。

上述印章中，"克承"印出现四次，"安雅生"出现两次。二印主人为明代苏州吴县人顾德育。《冯元成集》载："顾德育，初号少潜，晚称安雅生，吴县人。抱甕灌蔬。以资朝夕。暇则垂帘焚香趺坐。尤好读书，得异本必手抄，至数十百册。诗法岑嘉州，字法钟太傅。"王世贞《三吴楷法跋》："德育书法酷似徵仲，惟老密处有别耳。"[①]《藏书纪事诗》载："《吴中纪事》，顾德育钞本跋云：'隆庆改元，丁卯四月，安雅生顾德育记。时年六十有五。'""《式古堂书画考》：周复卿《小斋雅致图》，顾德育跋，有'克承'、'安雅堂'二印。"[②]明隆庆元年（1567），顾德育六十五岁。由此推算，顾氏当出生于明弘治十六年（1503）。顾德育获得《皇甫冉诗集》当是明嘉靖、隆庆年间之事。

---

① 转引自叶昌炽著，王欣夫补正，徐鹏辑《藏书纪事诗》卷三《顾德育克承》，上海古籍出版社1989年版，第202—203页。

② 《藏书纪事诗》，第202页。

"曰东私印""周曰东印"二印主人应为周曰东。周氏生平不详。《铁琴铜剑楼藏书目录》载："《烟云过眼录》一卷。……卷尾一行云：'隆庆三年秋八月，周曰东重书一过。'"[1] 可知周曰东应生活于明嘉靖、隆庆年间，与顾德育生活年代大致相同。

　　"陈淳私印""淳洋"二印主人应为陈淳。陈淳"字道復，后以字行，别号復甫，苏郡长洲之大姚村人也"，从文徵明学，"凡经学古文、词章书法、篆籀画诗，咸臻其妙，称入室弟子"。嘉靖二十三年（1544）十月二十一日卒于家，"距其生成化二十年（1484）六月二十八日，春秋六十有二。先墓在白阳山，故以为号，而当世亦称之"[2]。

　　根据上述三人生活年代推断，《皇甫冉诗集》当是陈淳首得，再转至周曰东、顾德育二人之手。但值得注意的是，《皇甫冉诗集》卷末题记作"嘉靖戊午七月既望，云栖馆假来。"即嘉靖三十七年（1558），此年已是陈淳病卒十四年后，陈氏绝无可能在该书钤印。[3] 若是伪造印章抬高书价，似乎亦无此必要。原因有二：其一，该书仅是明嘉靖景印宋本，伪造陈淳印章也无法抬高书价；其二，陈淳虽然年长，但顾德育、周曰东与陈淳生活年代存在交集，且顾、陈二人均为苏州人，本地人应是知晓书画名家陈淳生卒情况的。因此，若陈淳卒年无误，笔者倾向于陈淳印章或是陈氏后人所为，此后未久《皇甫冉诗集》流入顾德育手中。

　　入清之后，《皇甫冉诗集》曾经顾千里之手，故有"顾千里经眼记"印章。顾千里为清代乾嘉时代著名学者，有"清代校勘第一人"之称。李兆洛《顾君墓志铭》载："先生名广圻，字千里，以字行，号涧薲。……年三十，始补博士弟子员。……孙渊如观察、张古愚太守、黄

---

[1]（清）瞿镛撰：《铁琴铜剑楼藏书目录》卷十六《子部四·谱录类》，影印清光绪间常熟瞿氏家塾刻本《续修四库全书》第926册，第278页。

[2]（明）张寰：《白阳先生墓志铭》，陈淳《陈白阳集》附录《志铭》，影印明万历四十三年陈仁锡阆帆堂刻陈沈两先生稿本，《四库全书存目丛书集部》第146册，第88—89页。

[3] 按：王欣夫云："《文禄堂访书记》元刊本《李学士新注孙尚书内简尺牍》陈道復跋云：'嘉靖壬戌八月十日，借沈润卿家工装于金台玉河桥邸。道復志。'"（参见《藏书纪事诗》卷三《陈道復復甫》，第198页。）嘉靖壬戌为嘉靖四十一年（1562），则指陈淳卒年非嘉靖二十三年。

荛圃孝廉、胡果泉中丞、秦敦夫太史、吴山尊侍读皆深于校雠之学，无不推重先生，延之刻书。……道光十九年（1839）二月十九日卒，年七十。"① 另据《顾千里先生年谱》记载，顾氏生于乾隆三十一年（1766）八月，卒于道光十五年二月十九日，年七十岁。② 李兆洛记载有误。

《皇甫冉诗集》中"东郡宋存书室珍藏""协卿读过""东郡杨绍和彦合珍藏"三印主人均为海源阁主人杨绍和。杨绍和，字彦合，号协卿。山东聊城人。杨以增次子，为海源阁第二代主人。据上文杨绍和自述：常建、杜审言、岑参、皇甫冉四人诗集得自北京，"余从都中故家得之，重事装池"。杨绍和于同治"乙丑（四年，1865）入翰林"③，可知《皇甫冉诗集》得于杨绍和在京为官期间，得书时已是"四册一函"，统一存放。

但将《皇甫冉诗集》与其余三家诗集比较后发现，《常建诗集》《杜审言诗集》均有"顾千里经眼录"印章，《岑嘉州集》无顾千里印。《常建诗集》仅有清代及民国印章，而无明代印章。《杜审言诗集》有"大有""顾元庆印"二印，当为明代苏州人顾元庆旧藏。《岑嘉州集》有"停云生""翰林待诏"二印，当为文徵明旧藏；又有"袁褧之印""袁氏尚之"二印，又当为明代苏州人袁褧所藏。④

由此可见，自明嘉靖以后以来，上述四种唐人诗集的藏家并非一家，而是分藏各家之手。四种诗集印章均无明嘉靖之前藏书家印章，或可说明四种诗集均属明嘉靖时期的影宋本。

至清乾嘉时期，常建、杜审言、皇甫冉三人诗集经顾千里鉴定并钤印。此后流入京师，又与《岑嘉州诗集》"相遇"，被杨绍和一同纳入海源阁宋存书室之中。"1927年，海源阁后人杨敬夫将大批善本运往天津，

---

① （清）李兆洛：《养一斋文集续编》卷四《墓志铭》，影印清道光二十年活字印二十四年增修本，《清代诗文集汇编》第439册，第374页。

② 赵诒琛辑：《顾千里先生年谱》，影印民国二十一年（1932）对树书屋刻本，《丛书集成续编》第259册，第768—813页。

③ （清）杨绍和撰：《楹书隅录》卷首《自序》，《续修四库全书》第926册，第547页。

④ 按：《常建诗集》《杜审言诗集》《岑嘉州诗》亦见《中华再造善本》。

或抵押或售，周叔弢不惜重金购之。"四人诗集又转入周叔弢之手。"周叔弢（1891—1984），原名明扬，后改名暹，字叔弢"，以字行。故四人诗集均钤有"周暹"之印。"周叔弢素笃典籍，其'自庄严堪'书斋藏书达 4 万余册。1952 年 8 月，周叔弢将其中 715 种 2672 册善本无偿捐给北京图书馆（今国家图书馆）"①。

第二节　明刘成德《唐二皇甫诗集》版本与递藏考述

中国国家图书馆（原北京图书馆）与宁波天一阁博物馆藏有该书。1987 年出版的《北京图书馆古籍善本书目》《集部·总集类》著录："《唐二皇甫诗集》八卷。明刘成德编，明正德十三年刘成德刻本（《四库》底本）一册，十行十六字，小字双行。同白口，四周单边。《皇甫冉诗集》七卷，唐皇甫冉撰。《皇甫曾诗集》一卷，唐皇甫曾撰。"②

《天一阁博物馆藏古籍善本书目》载："善 4401。《唐二皇甫诗集》八卷。（明）刘成德辑。明正德十三年刘成德刻本。十行十六字，白口，四周单边。毛装。一册。《唐皇甫冉诗集》七卷，（唐）皇甫冉撰。《唐皇甫曾诗集》一卷，（唐）皇甫曾撰。"③ 现将该刻本基本情况、刘成德其人以及《四库全书》底本递藏等三方面问题考述如下。

一　《唐二皇甫诗集》体例概述

首先需要说明的是，刘成德刻本中并不存在《唐二皇甫诗集》这一书名，这一书名是四库馆臣在编纂《四库全书》的过程中，选用了刘成

---

① 李颖：《国家图书馆藏周叔弢所捐宋元明清古籍善本说略》，《新世纪图书馆》2014 年第 5 期。
② 北京图书馆编：《北京图书馆古籍善本书目》，书目文献出版社 1987 年版，第 2857 页。
③ 天一阁博物馆编：《天一阁博物馆藏古籍善本书目》，国家图书馆出版社 2016 年版，第 416 页。

德刻本,将《唐皇甫冉诗集》与《唐皇甫曾诗集》并称之后,重新拟定的书名。

该刻本分为四个部分:第一部分为卷首,第二部分为《唐皇甫冉诗集》,第三部分为《唐皇甫曾诗集》,第四部分为卷末。现将这四部分的基本情况介绍如下:

第一部分卷首,依次为王廷相《刊大历二皇甫诗集序》、皇甫冉生平简介、独孤及《左补阙安定皇甫冉集序》与《唐皇甫冉诗集目录》。其中王廷相序作于"明正德戊寅上巳日",即明正德十三年(1518)三月三日,半页五行,满行十字,共四页。皇甫冉生平简介,共五行,除第一行十六字外,其余四行每行十五字,共一页。独孤及序,半页十行,满行十六字,共两页。《唐皇甫冉诗集目录》共十三页。王廷相序与皇甫冉生平简介共编页码,独孤及序与《诗集目录》均为独立页码。

第二部分《唐皇甫冉诗集》共七卷。除卷一题名署"唐补阙润州皇甫冉茂政著,刑部郎中江都萧海校正"外,其余六卷题名均只署"唐补阙润州皇甫冉茂政著"。卷一为四言古诗、五言古诗。卷二为七言古诗。卷三为五言律诗。卷四为五言排律。卷五为七言律诗。卷六为五言绝句(附六言诗五首)。卷七为七言绝句。

第三部分为《唐皇甫曾诗集》一卷,前有皇甫曾生平简介及《唐皇甫曾诗集目录》。生平简介共九行,除第一行十六字外,其余八行每行十五字,共一页。《唐皇甫曾诗集目录》共三页。仍以五言古诗、五言律诗、五言排律、七言律诗、五言绝句、七言绝句为序。题名署"唐监察御史皇甫曾著,刑部郎中江都萧海编校"。自《唐皇甫冉诗集》始,至《唐皇甫曾诗集》止,页码连续,共计七十一页。

第四部分卷末,有杨慎《刊二皇甫诗后语》一篇,作于"正德戊寅六月",与卷首王廷相序同年。半叶五行,满行十至十一字不等,共三页。

二 刘成德与萧海生平

王廷相《刊大历二皇甫诗集序》云:"同寅刘君润之工于唐人之作,

政暇取大历十子诗校正，命梓以传后，取皇甫冉诸君之诗续之。"① 杨慎《刊二皇甫诗后语》又云："河中刘润之苦勤声律于唐，尤数数者。近辑《二皇甫集》将锲布之。"② 两处仅提及《二皇甫诗集》的编者为刘润之，河中人，与王廷相为同僚。生平事迹并不翔实。《四库全书总目》也只称："河中刘润之辑《二皇甫集》，然则此集即润之所编也。"③ 也不详刘润之其人其事。

好在刘润之所编图书极多，不少古籍善本流传至今。其中即有《汉魏诗集》，该书序言为我们考察刘润之生平提供了重要线索。《汉魏诗集》卷首有三篇序跋，依次分别为何景明《汉魏诗集序》，作于"正德丁丑春正月"；张文锦跋，作于"正德丁丑夏六月既望"；刘成德《汉魏诗集序》作于"正德十二年岁在丁丑春正月上元日"。何景明序云："侍御刘君博学于诗而好古不厌，乃辑汉魏之作，访罗遗失，汇为此编。"④ 张文锦跋云：《汉魏诗集》"盖其弟中舍君仲默、萧比部子所亲较，蒐辑成编者刘柱史润之也"⑤。由此可知御史刘润之即是《汉魏诗集》的编者。再查刘成德《汉魏诗集序》云："噫！风雅日漓，淫哇日起，恐古音益衰，不自忖度，辄为选次，欲其溯流求源而不失其旧音耳。"可知刘成德即此书编者，刘成德自署题名"赐进士出身文林郎巡按直隶监察御史河中刘成德"⑥。结合何景明序、张文锦跋相关记载，刘润之与刘成德确系同一人，润之应是刘成德的字。

查《明清进士题名碑录索引》，刘成德为明正德六年（1511）进士，

---

① （明）王廷相：《刊大历二皇甫诗集序》，页三，（明）刘成德编：《二皇甫诗集》卷首。
② （明）杨慎：《刊二皇甫诗后语》，页二，刘成德编：《二皇甫诗集》卷末。
③ （清）永瑢等撰：《四库全书总目》卷一八六《集部·总集类一》，中华书局1965年版，第1690页。
④ （明）何景明：《汉魏诗集序》，页二，（明）刘成德编：《汉魏诗集》卷首。明万历陈堂刻本。
⑤ （明）张文锦：《跋》，页一，（明）刘成德编《汉魏诗集》卷首。
⑥ （明）刘成德：《汉魏诗集序》，页五，（明）刘成德编：《汉魏诗集》卷首。

山西蒲州人①。清乾隆《蒲州府志》卷八《选举上》"正德辛未会试杨慎榜"有"刘成德，蒲州人。湖北参议。"② 此"湖北参议"有误，明代有湖广，而无湖北。《明武宗实录》记载：正德七年五月，刘成德为山东道试监察御史③，十二年二月，刘成德升任四川按察司佥事④。嘉靖元年十月"辛卯，升四川按察司佥事刘成德为湖广布政使司右参议"⑤。由此可知，《汉魏诗集》刊刻时，刘成德仍在监察御史任上，至《二皇甫诗集》刊印时，已任湖广布政司右参议一职。这也应当是刘氏所任最高官职。

萧海为正德三年进士，锦衣卫籍，原籍南直隶江都。⑥ 正德四年五月，授萧海都察院理刑。⑦ 同年十月，改授山东道试监察御史。⑧ 五年三月，又以诸道御史"短于激扬，历练未纯"，将萧海等人调任各部主事。⑨ 至正德十一年十一月，又有命"刑部郎中萧海"处理案件的记载。⑩ 刘成德与萧海皆为进士，雅好诗文，文化素养较高，且以编辑、校阅、刊印前代诗集为乐事。了解此二人大致生平情况，对于我们研究《唐二皇甫诗集》及其他刘、萧二人编印的古籍颇有意义。

三 《四库》底本《唐二皇甫诗集》递藏考述

国家图书馆藏刘成德刻本《二皇甫诗集》为《四库全书》底本。今

---

① 朱保炯、谢沛霖编：《明清进士题名碑录索引》，上海古籍出版社1979年版，第2031页。

② （清）周景柱等纂修（乾隆）：《蒲州府志》卷八《选举上》，页七，清乾隆十九年（1754）刻本。

③ 《明武宗实录》卷八七，"正德七年五月辛酉"。台北"中央研究院"历史语言研究所《明实录》校勘本，1962年版，第1868—1869页。

④ 《明武宗实录》卷一四六，"正德十二年二月庚戌"，第2848页。

⑤ 《明世宗实录》卷十九，"嘉靖元年十月辛卯"，第566页。

⑥ 《明清进士题名碑录索引》，第1445页。

⑦ 《明武宗实录》卷五十，"正德四年五月壬寅"，第1145页。

⑧ 《明武宗实录》卷五六，"正德四年十月戊申"，第1259—1260页。

⑨ 《明武宗实录》卷六一，"正德五年三月戊午"，第1335页。

⑩ 《明武宗实录》卷一四三，"正德十一年十一月丙申"，第2813—2814页。

可从书中标记与印章两个方面进行考察。

  国家图书馆藏《二皇甫诗集》有不少四库馆臣所作标记，如卷首王廷相《刊大历二皇甫诗集序》，被圈改为《二皇甫集序》；卷末杨慎《刊二皇甫诗后语》被圈改为《跋》，这与文渊阁《四库全书》收录的《二皇甫集》一致。① 卷首《皇甫冉诗集目录》最末页，标注"此处缺二题，照集中补入"。各卷均在首页上方标注新卷数，甚至将"《唐皇甫曾诗集》卷之一"，径直改为"卷之八"，与前七卷《皇甫冉诗集》统一。

  该书存有不少藏书章。卷首王廷相《序》首页有印章七枚，其中一枚为九叠篆大印章，但印文模糊不清；其余六枚印章，分别为"万卷楼/藏书记"白文长方印、"重/光"白文方印、"子/宣"朱文方印、"李□/之印"白文方印、"秉/成"朱文方印、"燕庭/藏书"朱文长方印。《唐皇甫冉诗集目录》首页有印章三枚，分别为"御赐/清爱堂"朱文长方印、"刘/喜海"白文方印、"燕/庭"朱文方印。《唐皇甫冉诗集》卷一首页有"燕庭/藏书"朱文长方印。卷末最末页有"北京图书馆藏"朱文方印、"约/轩"朱文长方印、"李氏/所藏"朱文长方印。

  "重光""子宣"二印主人是蒋重光。彭启丰《赠奉直大夫蒋君墓志铭》载："君讳重光，字子宣，世居苏州长洲县。……乾隆三十八年，诏开四库馆，征四方书。时君已下世，子曾銮检君所审定秘书百种进御。天子嘉之，敕赐《佩文韵府》一部，亲制七言诗，书于所进。职官分纪之，首美其好古，复惜其不遇。人莫不荣君之遭，而因以羡君之有子也。……其卒以乾隆三十三年四月廿四日，年六十有一。"② 《四库全书总

---

  ① 按：分别见文渊阁《四库全书》所录《二皇甫集》，台湾商务印书馆《景印文渊阁四库全书》1983 年版，第 1332 册，第 282、319 页。

  ② （清）彭启丰：《芝庭先生集》卷十六《志铭四》；《清代诗文集汇编》第 296 册，第 608—609 页，影印清光绪二年重刻本，上海古籍出版社 2011 年版。按：蒋重光有"重光""子宣"印章，参见刘晓丽《〈皕宋楼藏书志〉"笪重光旧藏"辩证》，《德州学院学报》2018 年第 2 期）。

目》在《二皇甫集》下也明确标注："江苏蒋曾莹家藏本"①。"曾莹"为"曾䒷"之误。尤其值得注意的是，刘成德刻本卷首有九叠篆印章，虽然印文模糊，难以辨识，但应当是四库馆臣钤盖的。②综上所述，国家图书馆藏刘成德刻本《二皇甫诗集》确系《四库全书》底本无疑。

《四库全书》编修完成之后，《四库》底本因已失去"价值"，被送至翰林院收藏，此后不断出现图书流失的情况。③《二皇甫集》同样流出翰林院，流入藏书家刘喜海之手。刘喜海，字吉甫，号燕庭，别号三巴子，祖籍山东诸城。生于乾隆五十八年（1793），卒于咸丰三年（1853）。清道光、咸丰年间著名金石学家、古钱币学家、藏书家。④《二皇甫诗集》所钤"燕庭藏书""御赐清爱堂""刘喜海""燕庭"四种印章均为刘喜海所有。⑤刘氏死后，书籍再度散出，最终入藏中国国家图书馆。

---

① （清）永瑢等撰：《四库全书总目》卷一八六《集部·总集类一》，中华书局1965年版，第1690页。

② 按：四库底本钤印情况参见刘蔷《"翰林院印"与四库进呈本真伪之判定》，《图书馆工作与研究》2006年第1期。

③ 按：四库全书底本流失情况参见张升《〈四库全书〉的稿本与底本》，《图书情报工作》2008年第11期。

④ 按：刘喜海生平事迹详见胡昌健《刘喜海年谱》，《文献》2000年第2期。

⑤ 按：刘喜海印章情况见《藏书纪事诗》卷六《刘喜海燕庭》，第644—646页。

附录一

唐故左补阙安定皇甫公集序

（唐）独孤及

五言诗之源，生于《国风》，广于《离骚》，著于李、苏，盛于曹、刘，其所自远矣。当汉魏之间，虽以朴散为器，作者犹质有余而文不足。以今揆昔，则有朱弦疏越、太羹遗味之叹。历千余岁，至沈詹事、宋考功，始财成六律，彰施五色，使言之而中伦，歌之而成声，缘情绮靡之功，至是乃备。虽去《雅》寖远，其丽有过于古者，亦犹路鼗出于土鼓，篆籀生于鸟迹也。沈、宋既殁，而崔司勋颢、王右丞维复崛起于开元、天宝之间。得其门而入者，当代不过数人，补阙其人也。

补阙讳冉，字茂政。元晏先生之后，银青光禄大夫泽州刺史讳敬德之曾孙，朝散大夫饶州乐平县令讳价之孙，中散大夫潭州刺史讳颙之子。十岁能属文，十五岁而老成。右丞江张公深所叹异，谓清颖秀拔，有江、徐之风。伯父秘书少监彬尤器之，自是令闻休畅。举进士第，一历无锡县尉、左金吾兵曹。今相国太原公之推毂河南也，辟为书记。大历二年迁左拾遗，转右补阙。奉使江表，因省家至丹阳。朝廷虚三署郎位以待君之复，不幸短命，年方五十四而没，呜呼惜哉！君忠恕廉恪，居官可纪，孝友恭让，自内形外，言必依仁，交不苟合，得丧喜愠，罕见于容。故睹君述作，知君所尚。以景命不永，斯文未臻其极也。盖存于遗札者，凡三百有五十篇。其诗大略以古之比兴，就今之声律，涵咏《风》、

《骚》,宪章颜谢。至若丽曲感动,逸思奔发,则天机独得,有非师资所奖。每舞雩咏归,或金谷文会、曲水修禊、南浦怆别,新声秀句,辄加于常时一等,才钟于情故也。

君母弟殿中侍御史曾字孝常,与君同禀学诗之训,君有诲诱之助焉。既而丽藻竞爽,盛名相亚,同乎声者方之景阳、孟阳。孝常既除丧,惧遗制之坠于地也,以及与茂政前后为谏官,故衔痛编次,以论撰见托,遂著其始终以冠于篇。

附录二

《中兴间气集》皇甫冉小传

(唐) 高仲武

补阙自擢桂礼闱，遂为高格。往以世遘艰虞，避地江外，每文章一到朝廷，而作者变色。于词场为先后，推钱、郎为宗伯，诗家胜负，或逐鹿中原。如"果熟任霜对，篱疏从水度"；又"裛露收新稼，迎寒葺旧庐"；又"燕知社日辞巢去，菊为重阳冒雨开"，可以雄视潘、张，平揖沈、谢。又《巫山》诗，终篇奇丽，自晋宋齐梁陈隋以来，採掇珍奇者无数，而补阙独获骊珠，使前贤失步，后辈却立，自非天假，何以逮斯。恨长辔未骋，芳兰早凋。悲夫！

附录三

刊大历二皇甫诗集序

（明）王廷相

　　唐大历中，以诗名者，有钱起、卢纶、李端、吉中孚、韩翃（翊）、司空曙、苗发、崔峒、耿㴶、夏侯审十人，当时以才子目之。后世之论，恒不释于斯。较唐一代著作，神龙、垂拱朴而实，开元、天宝淳而畅，及大历则美丽矣。物至于丽，削薄以之；而才之称，反不出于盛唐诸君子之际，何耶？盖声称获于偶然，而标榜起于所尚，古今之通途也。功相亚则以功并显，德相侔则以德并著，志相符则以志并传，文相拟则以文并美。故三杰、二疏、七贤、七才子之见称于时，故能矣。今观十子之诗，其气骨类递，相仿效者，虽间有才质缩舒，而其机轴如丛于一，遽不得以参差论也。然则名称、标榜之来，谓不自兹乎？虽然刘长卿、二皇甫亦为同时，其才格当不在十子之下，而不得与其列，何哉？盖招摇之光属于斗外，济水泓然以渎并名。故曰声称获于偶然，殊不足为定论也。同寅刘君润之，工于唐人之作。政暇取大历十子诗校正，命梓以传后，取皇甫诸君之诗续之。呜呼！君之意可以识矣。

正德戊寅上巳日　仪封王廷相子衡序

附录四

刊二皇甫诗后语

（明）杨慎

　　慎早闻诗于李文正先生，曰：唐人号能诗者，无虑千家。其有传者百余集而止。其集可以讽咏、兴观，难以章什拈摘者，自李杜外，虽高岑王孟固有憾然矣。又曰：选唐者凡几，人虽精驳相出入，然而良金美玉人共珍拾，未有隐焉者也。慎周于是言，则取唐集之存者披之。其的然可传者，昔人盖尝表之矣。弃余虽富，平漫实繁，山林遐远、篇籍罕具者，不必以未见为恨也。河中刘润之苦勤声律于唐，尤数数者，近辑二皇甫集，将锲布之。吾观二子生实伯仲，故调亦雅，似时以方张景阳、孟阳焉。然二张集吾不见其全矣。迹若是者，吾见二陆焉。评者舍陆而称张，知儗伦矣。呜呼！二陆之集，自昭明选外，无留良者，况又甚亚乎？吾于是安得不重有感于文正之言也！

正德戊寅六月成都杨慎书

参考文献

一 古籍

（汉）司马迁撰：《史记》，中华书局1959年版。

（汉）班固撰：《汉书》，中华书局1964年版。

（后晋）刘昫等撰：《旧唐书》，中华书局1975年版。

（宋）欧阳修、宋祁撰：《新唐书》，中华书局1975年版。

（宋）司马光编著：《资治通鉴》，中华书局1956年版。

（唐）杜佑撰，王文锦等点校：《通典》，中华书局2016年版。

（宋）王溥撰：《唐会要》，中华书局1960年版。

《明实录》，台湾"中央研究院"历史语言研究所1962年校印本。

（清）黎翔凤撰，梁运华整理：《管子校注》，中华书局2004年版。

（唐）李白撰，郁贤皓校注：《李太白全集校注》，凤凰出版社2015年版。

（唐）杜甫撰，萧涤非主编：《杜甫全集校注》，人民文学出版社2014年版。

（唐）王维著，（清）赵殿成笺注：《王右丞集笺注》，上海古籍出版社1984年版。

（唐）王维撰，陈铁民校注：《王维集校注》，中华书局1997年版。

（唐）皇甫冉撰：《皇甫冉诗集》，《中华再造善本》影印宋刻本，北京图书馆出版社2003年版。

（唐）皇甫冉、皇甫曾撰：《唐二皇甫诗集》，明刘成德正德十三年

（1518）刻本。

（唐）皇甫冉、皇甫曾撰：《二皇甫集》，《景印文渊阁四库全书》，台湾商务印书馆 1983 年版。

（唐）独孤及撰：《毗陵集》，《四部丛刊》初编，上海商务印书馆民国十八年版。

（唐）萧颖士著，黄大宏、张晓芝校笺：《萧颖士集校笺》，中华书局 2017 年版。

（唐）刘长卿撰，储仲君校注：《刘长卿诗编年笺注》，中华书局 1996 年版。

（唐）刘长卿撰，杨世明校注：《刘长卿集编年校注》，人民文学出版社 1999 年版。

（唐）卢纶撰，刘初棠校注：《卢纶诗集校注》，上海古籍出版社 1989 年版。

（唐）韦应物著，陶敏、王友胜校注：《韦应物集校注》（增订本），上海古籍出版社 2011 年版。

（唐）皎然撰：《吴兴昼上人集》，《四部丛刊》初编，上海商务印书馆民国二十四年版。

（唐）韩愈撰，马其昶校注：《韩昌黎文集校注》，上海古籍出版社 1986 年版。

（唐）权德舆撰，郭广伟点校：《权德舆诗文集》，上海古籍出版社 2008 年版。

（元）李存撰：《俟庵集》，《景印文渊阁四库全书》，台湾商务印书馆 1983 年版。

（明）陈淳：《陈白阳集》，影印明万历四十三年陈仁锡阅帆堂刻陈沈两先生稿本，《四库全书存目丛书》，齐鲁书社 1997 年版。

（清）李兆洛著：《养一斋文集续编》，影印清道光二十年活字印二十四年增修本，《清代诗文集汇编》，上海古籍出版社 2010 年版。

（清）谢启昆撰：《树经堂诗初集》，《续修四库全书》，上海古籍出版社

2002年版。

（清）彭启丰著：《芝庭先生集》，影印清光绪二年重刻本，《清代诗文集汇编》，上海古籍出版社2011年版。

（宋）李昉等编：《太平广记》，中华书局1961年版。

（宋）李昉等编：《太平御览》，中华书局2000年版。

程俊英、蒋见元著：《诗经注析》，中华书局1991年版。

（明）刘成德编：《汉魏诗集》，明万历陈堂刻本。

（宋）李昉等编：《文苑英华》，中华书局1956年版。

（宋）孔延之编：《会稽掇英总集》，《景印文渊阁四库全书》，台湾商务印书馆1983年版。

（清）彭定求等编：《全唐诗》，中华书局1960年版。

（清）董浩等编：《全唐文》，中华书局1983年版。

（清）管世铭：《读雪山房唐诗钞》，清嘉庆十四年刻本。

傅璇琮、陈尚君等编：《唐人选唐诗新编》（增订本），中华书局2014年版。

陈尚君编：《全唐诗补编》，中华书局1992年版。

（梁）钟嵘著，周振甫译注：《诗品译注》，中华书局1998年版。

（宋）计有功辑撰：《唐诗纪事》，上海古籍出版社2008年版。

（宋）江休复：《江邻几杂志》，民国二十□年上海进步书局石印本校勘景排印。

（明）胡应麟撰：《诗薮》，上海古籍出版社1958年版。

（清）王士禛：《带经堂诗话》，清乾隆二十七年刻本。

（清）翁方纲：《石洲诗话》，粤雅堂丛书本，清咸丰伍崇曜校刊本。

（唐）李吉甫撰，贺次君点校：《元和郡县图志》，中华书局1983年版。

（宋）陈舜俞撰：《庐山记》，《景印文渊阁四库全书》，台湾商务印书馆1983年版。

（宋）乐史撰，王文楚等点校：《太平寰宇记》，中华书局2007年版。

（宋）王象之撰：《舆地纪胜》，中华书局1992年版。

（清）顾祖禹撰，贺次君、施和金点校：《读史方舆纪要》，中华书局 2005 年版。

（宋）祝穆撰、祝洙增订，施和金点校：《方舆胜览》，中华书局 2003 年版。

（清）穆彰阿、潘锡恩等纂修：《大清一统志》，《四部丛刊》续编，上海商务印书馆民国二十三年版。

（清）于成龙等修，张九徵等纂：康熙《江南通志》，清康熙二十三年（1684）江南通志局刻本。

（宋）谈钥纂：嘉泰《吴兴志》，《宋元方志丛刊》，中华书局 1990 年版。

（宋）沈作宾修，施宿等纂：嘉泰《会稽志》，《宋元方志丛刊》，中华书局 1990 年版。

（宋）史能之撰修：咸淳《毗陵志》，清嘉庆二十五年赵怀玉刻，李兆洛校本，《宋元方志丛刊》，中华书局 1990 年版。

（宋）范成大纂修，汪泰亨等增订：《吴郡志》，《宋元方志丛刊》，中华书局 1990 年版。

（元）俞希鲁纂：至顺《镇江志》，民国十二年丹徒昌广生重刻本，成文出版社 1967 年版。

（明）梅守德、徐子龙等修：嘉靖《徐州志》，刘兆祐主编《中国史学丛书》三编，台湾学生书局 1976 年版。

（明）郭大纶修、陈文烛纂：万历《淮安府志》，《天一阁藏明代方志选刊续编》，上海书店出版社 1990 年版。

（清）邵大业修、孙广生纂：《禹州志》，清乾隆十二年刻本。

（清）周景柱等纂修：乾隆《蒲州府志》，清乾隆十九年刻本。

（清）徐松撰、张穆校补，方严点校：《唐两京城坊考》，中华书局 1985 年版。

（南朝宋）刘义庆编，周兴陆辑著：《世说新语汇校汇注汇评》，凤凰出版社 2017 年版。

（唐）张彦远撰：《历代名画记》，《景印文渊阁四库全书》，台湾商务印书馆1983年版。

（唐）朱景玄撰：《唐朝名画录》，《景印文渊阁四库全书》，台湾商务印书馆1983年版。

［日］真人元开撰：《唐大和上东征传》，中华书局1979年版。

（宋）赞宁撰：《宋高僧传》，中华书局1987年版。

（元）辛文房撰，傅璇琮主编：《唐才子传校笺》，中华书局1987年版。

（宋）晁公武撰，孙猛校证：《郡斋读书志校证》，上海古籍出版社1990年版。

（宋）陈振孙撰：《直斋书录解题》，上海古籍出版社1987年版。

（宋）陈思纂辑：《宝刻丛编》，清光绪十四年陆氏十万卷楼刻本。

（清）永瑢等撰：《四库全书总目》，中华书局1965年版。

（清）杨绍和藏并编：《宋存书室宋元秘本书目》，影印国家图书馆藏清杨氏海源阁钞本，《续修四库全书》，上海古籍出版社2002年版。

（清）瞿镛撰：《铁琴铜剑楼藏书目录》，影印清光绪间常熟瞿氏家塾刻本，《续修四库全书》，上海古籍出版社2002年版。

（清）杨绍和撰：《楹书隅录》，影印清光绪二十年聊城海源阁刻本，《续修四库全书》，上海古籍出版社2002年版。

（清）徐松撰，赵守俨点校：《登科记考》，中华书局1984年版。

（清）徐松撰，孟二冬补正：《登科记考补正》，北京燕山出版社2003年版。

（清）劳格、赵钺著，徐敏霞、王桂珍点校：《唐尚书省郎官石柱题名考》，中华书局1992年版。

（清）陆心源撰：《三续疑年录》，清光绪五年刻本。

（清）叶昌炽著，王欣夫补正，徐鹏辑：《藏书纪事诗》，上海古籍出版社1989年版。

二　近人著作

期刊

储仲君：《皇甫冉考论》，《山西大学师范学院学报》（综合版）1991年第

1 期。

储仲君:《皇甫冉诗疑年》,《山西大学师范学院学报》(综合版) 1993 年第 1 期。

储仲君:《皇甫冉诗疑年(续)》,《山西大学师范学院学报》(综合版) 1993 年第 3 期。

储仲君:《皇甫冉诗疑年(二续)》,《山西大学师范学院学报》(综合版) 1994 年第 1 期。

储仲君:《皇甫冉诗疑年(三续)》,《山西大学师范学院学报》(综合版) 1994 年第 4 期。

储仲君:《皇甫曾诗疑年》,《晋阳学刊》1994 年第 2 期。

黄桥喜:《皇甫冉里居生平考辨》,《文学遗产》1990 年第 1 期。

张瑞君:《李嘉祐皇甫冉生平事迹补证》,《山西师大学报》(社会科学版) 1992 年第 4 期。

熊飞:《皇甫曾贬舒州时间考》,《咸宁师专学报》1993 年第 1 期。

王定璋:《钱起交游考》,《成都大学学报》(社会科学版) 1987 年第 4 期。

蒋寅:《走向情景交融的诗史进程》,《文学评论》1991 年第 1 期。

赵望秦:《独孤及年谱》,黄永年主编《古代文献研究集林》第二集,陕西师范大学出版社 1992 年版。

陈冠明:《李翰行年稽实》,《烟台师范学院学报》(哲会社会科学版) 1995 年第 4 期。

徐文明:《此湛然非彼湛然》,《世界佛教研究》1999 年第 2 期。

胡昌健:《刘喜海年谱》,《文献》2000 年第 2 期。

缐仲珊:《大历诗人严维的生平与诗作》,《古典文学知识》2001 年第 5 期。

刘蔷:《"翰林院印"与四库进呈本真伪之判定》,《图书馆工作与研究》2006 年第 1 期。

胡可先:《刘长卿事迹新证》,《学术研究》2008 年第 6 期。

王超：《大历诗人李幼卿考论》，《西安石油大学学报》（社会科学版）2011年第4期。

李颖：《国家图书馆藏周叔弢所捐宋元明清古籍善本说略》，《新世纪图书馆》2014年第5期。

何一昊、原瑕、何飞：《秦琼娣孙秦晙墓志与唐代高僧湛然》，《中原文物》2015年第6期。

魏耕原：《王维"诗中有画"的模式》，《长安大学学报》（社会科学版）2016年第4期。

刘晓丽：《〈皕宋楼藏书志〉"笪重光旧藏"辩证》，《德州学院学报》2018年第2期。

张艮：《天台宗僧诗创作传统考论》，《中南大学学报》（社会科学版）2018年第4期。

贾晋华：《皎然论大历江南诗人辨析》，《文学评论丛刊》第二十二期，中国社会科学出版社1984年版。

蒋寅：《对王维"诗中有画"的再讨论》，《武汉大学学报》（哲学社会科学版）2019年第1期。

著作

朱保炯、谢沛霖编：《明清进士题名碑录索引》，上海古籍出版社1979年版。

万曼著：《唐集叙录》，中华书局1980年版。

傅璇琮撰：《唐代诗人丛考》，中华书局1980年版。

吴廷燮撰：《唐方镇年表》，中华书局1980年版。

谭优学著：《唐诗人行年考》，四川人民出版社1981年版。

郁贤皓著：《李白丛考》，陕西人民出版社1982年版。

谭其骧主编：《中国历史地图集》，中国地图出版社1982年版。

傅璇琮等编：《唐五代人物传记资料综合索引》，中华书局1982年版。

严耕望撰：《唐仆尚丞郎表》，中华书局1986年版。

北京图书馆编：《北京图书馆古籍善本书目》，书目文献出版社1987

年版。

赵诒琛辑：《顾千里先生年谱》，影印民国二十一年对树书屋刻本，《丛书集成续编》，台北市新文丰出版公司 1988 年版。

辞源修订组编：《辞源》（修订本），商务印书馆 1988 年版。

闻一多撰：《闻一多全集》，湖北人民出版社 1993 年版。

吴汝昱等编：《唐五代人交往诗索引》，上海古籍出版社 1993 年版。

蒋寅著：《大历诗人研究》，中华书局 1995 年版。

中国古籍善本书目编辑委员会编：《中国古籍善本书目·集部》，上海古籍出版社 1998 年版。

傅璇琮主编：《唐五代文学编年史》，辽海出版社 1998 年版。

郁贤皓著：《唐刺史考全编》，安徽大学出版社 2000 年版。

岑仲勉著：《唐人行第录》，中华书局 2004 年版。

陶敏著：《全唐诗人名汇考》，辽海出版社 2006 年版。

严耕望撰：《唐代交通图考》，上海古籍出版社 2007 年版。

黄永年著：《古籍版本学》，江苏教育出版社 2009 年版。

王浩远著：《琅琊山石刻》，黄山书社 2011 年版。

天一阁博物馆编：《天一阁博物馆藏古籍善本书目》，国家图书馆出版社 2016 年版。

吴在庆、丁放主编：《唐五代文编年史》，黄山书社 2018 年版。